U0451395

唐诗

可以这样学

诗

杨寿良 著

商务印书馆
The Commercial Press
创于1897

图书在版编目(CIP)数据

唐诗可以这样学/杨寿良著.—北京:商务印书馆,
2021(2021.4重印)
ISBN 978-7-100-18710-7

Ⅰ.①唐… Ⅱ.①杨… Ⅲ.①唐诗—诗歌欣赏
Ⅳ.①I207.227.42

中国版本图书馆 CIP 数据核字(2020)第 114156 号

权利保留,侵权必究。

唐诗可以这样学
杨寿良 著

商 务 印 书 馆 出 版
(北京王府井大街 36 号 邮政编码 100710)
商 务 印 书 馆 发 行
北京艺辉伊航图文有限公司印刷
ISBN 978-7-100-18710-7

2021年1月第1版	开本 880×1230 1/32
2021年4月北京第2次印刷	印张 9¾

定价:46.00 元

序

朱永新

我和寿良相识于 2012 年 6 月。他和同为诗人的焦作师范专科学校校长张丙辰先生一同来访，我们一起探讨新教育在师范学院的课程设置和义工团队的发展等问题。他送了我一本他为女儿出版的书《一凡的天空——四岁女孩的话与画》，这是中国第一本亲子教育的博客书，记录了他和女儿充满诗意和童趣的对话。他还时常给我发来他写的诗词，使我对他充满诗意的教育理想和生活有了深刻的印象。

后来寿良发起了"诗意国学"，致力于中国诗词的推广和教育研究，希望通过诗词教育来推进母语和语文教学，让青少年对汉语母语有更加敏锐而深刻的体认，从而提高理解、感受、领悟、写作、创造方面的综合能力，让人的精神世界更加丰富、充盈和喜悦。他还给我寄来了他的书稿，请我指导。

我觉得他的"诗意国学"教育与"新教育"是"心有灵犀一点通"的。他从一首诗的字词入手，首先就让传统的字词教学有了趣味性，能让学生把字词认读化为审美感知的能力。他对诗词的讲解，从色彩、声音、场景、氛围入手，让一首诗的学习和理解变成了可视、可感、可闻的动态的空间，学习中国诗词的过程，变成了与音乐、绘画、书法结合互动的过程，一种进行科学思维探究能力提升的"探案""探险"和"探索"，将中国诗词精微、含蓄、深长的美感和情绪都挖掘了出来，不仅让学生感受到汉语诗歌的美，还深深理解了诗人的情感、思想和生活中丰富的精神内涵，这一点，是非常难得的。可以说，通过一首诗，我们就可以理解诗人，深深地记住诗人和他的诗作。这让我对"诗意国学"有了浓厚的兴趣和进一步的了解。寿良很认真、勤奋，为了讲解一首短短的小诗，他的讲稿竟然有几万字，可见他是一个能够把事做到极致的人。

"新教育实验"的目标是让师生"过一种幸福完整的教育生活"，提倡的重要的生活方式就是"晨诵、午读、暮省"。其中"晨诵"就是结合了中国古典诗词、儿歌与儿童诗，在晨间诵读的复合课程。词句优美、儿童在吟诵时可以感受与理解、传递人类美好的愿望与情愫，这是新教育晨诵的三个基本特点。"新教育实验"也是一个人完整的理解力与创造力的教育。寿良的"诗意国学"的基本主张与此是非常契合的。

我有很多擅长格律诗词创作的朋友，寿良是其中的一个。他在家庭教育、青少年传统文化教育、语文教育方面都是一个抱着理想和情怀进行研究和实践的人。他还是一个颇有情调的诗人，跟他一起品茶、谈诗、论书画，都是愉快的事。

希望寿良的这本《唐诗可以这样学》及其"诗意国学"课程，能为青少年的诗词鉴赏能力和语文综合能力的提升，带来更大的益处。

是为序。

2020年4月22日

目录

概说 你可以这样学唐诗
学诗要先学唐诗 …………………………………… 001
学唐诗要懂点儿格律 ……………………………… 005
用探案的方式学唐诗 ……………………………… 010

第一课 《绝句四首》其三（两个黄鹂鸣翠柳）
草堂里的千载春愁 ………………………………… 001

知人论世：诗圣千古一诗史 ……………………… 003
访古寻踪：万里桥西一草堂 ……………………… 013
整体阅读：《绝句四首》的内容和基调 ………… 018
深度探究：《绝句四首》其三（两个黄鹂鸣翠柳）
　　　　　诗意 …………………………………… 030
美感体验：《绝句四首》其三（两个黄鹂鸣翠柳）
　　　　　的形式美和韵律美 …………………… 063
自主学习：画出《绝句四首》其三（两个黄鹂鸣翠
　　　　　柳）的诗意 …………………………… 070

第二课 《送元二使安西》
一首唐诗的音乐奇缘 ······ 073
- 设身处地：中国古代的交通和通信状况 ······ 075
- 知人论世：多才多艺的王维 ······ 082
- 明题辨义：《送元二使安西》为谁而作 ······ 086
- 深度探究：《送元二使安西》诗意 ······ 089
- 美感体验：《送元二使安西》的声律美和视觉美 ······ 109
- 思域拓展：《送元二使安西》的音乐奇缘 ······ 116

第三课 《静夜思》
以最美的诗歌朗照乡愁 ······ 131
- 正本清源：《静夜思》版本考辨 ······ 133
- 知人论世：千古诗仙一太白 ······ 137
- 深度探究：《静夜思》诗意 ······ 143
- 思域拓展：明月千里寄相思 ······ 165
- 自主学习：《静夜思》的诗情与画意 ······ 169

第四课 《登鹳雀楼》
最高大上的哲理诗 ······ 171
- 访古寻踪：鹳雀楼的前世今生 ······ 173
- 知人论世：《登鹳雀楼》的作者到底是谁 ······ 178
- 深度探究：《登鹳雀楼》诗意 ······ 185
- 思域拓展：古人的登高情结 ······ 204
- 自主学习：《登鹳雀楼》的诗情与画意 ······ 209

第五课 《滁州西涧》
与韦应物一同去游春 ·················· 211

    知人论世：浪子回头韦应物 ················ 213
    明题辨义：《滁州西涧》诗题 ················ 219
    深度探究：《滁州西涧》诗意 ················ 223
    美感体验：《滁州西涧》的声律美和视觉美 ········· 249
    访古寻踪：到底有没有滁州西涧 ·············· 253
    自主学习：《滁州西涧》的诗情与画意 ··········· 262

附录
    "诗意国学"的基本主张 ··················· 266
    "诗意国学"课程追记 ···················· 269
    "诗意国学"课程侧记 ···················· 272

后记 ······························ 281

概说

你可以这样学唐诗

▌学诗要先学唐诗

经常会有一些家长朋友问我这样的问题，想让孩子学一些古代诗歌，是学《诗经》呢，还是学《楚辞》？还是学别的，比如乐府诗、唐诗、宋词？谈到学习中国古代诗歌，这其实是一个很大的话题。因为他们提到的这些古代诗歌，都是非常重要的，都值得我们去潜心学习。可是，学习古代诗歌首先要面临一个文字关。《诗经》《楚辞》等，对于初学者来说，生僻字是一个不小的拦路虎，会让学习变得格外吃力，也会影响到学习的兴趣和积极性。除了文字以外，还有一些其他的问题如历史文化知识、古代名物制度等，都是影响古诗学习的不可忽略的因素。所以，从《诗经》《楚辞》及乐府诗入手学古诗，并非上选。

那应该让孩子们从哪里入手来学习中国古代诗歌呢？我的回答是：学诗要先学唐诗。

（一）中国诗词文学的分类

我们先来看一看中国诗词文学的一个简单分类。

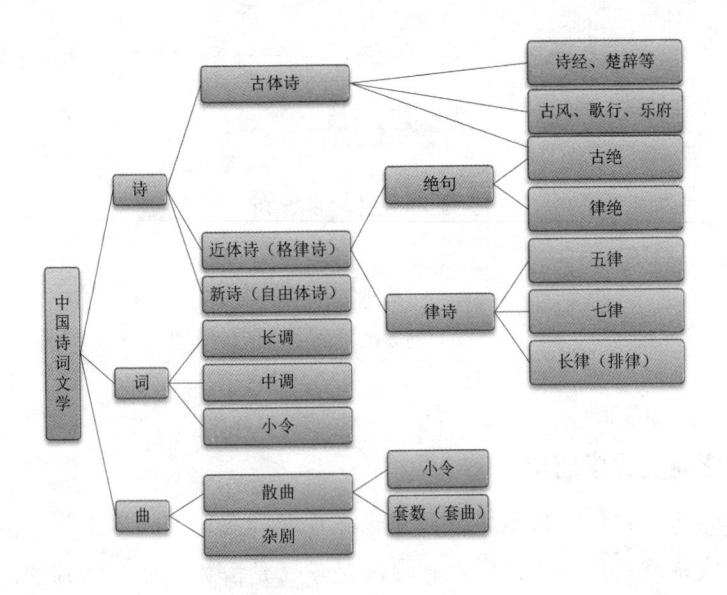

```
                                            ┌─ 诗经、楚辞等
                              ┌─ 古体诗 ─────┤
                              │             └─ 古风、歌行、乐府
                              │                      ┌─ 古绝
                              │             ┌─ 绝句 ─┤
                      ┌─ 诗 ──┤             │       └─ 律绝
                      │       ├─ 近体诗(格律诗)       ┌─ 五律
                      │       │             │       ├─ 七律
                      │       ├─ 新诗(自由体诗)  律诗─┤
                      │       │             └──────┤
中国诗词文学 ─────────┤       ├─ 长调                └─ 长律(排律)
                      │       │
                      ├─ 词 ──┼─ 中调
                      │       │
                      │       └─ 小令
                      │                     ┌─ 小令
                      │       ┌─ 散曲 ──────┤
                      └─ 曲 ──┤             └─ 套数(套曲)
                              └─ 杂剧
```

中国古代的文学作品，按照押韵与否，可以划分为两大类，一类是韵文，一类是不押韵的文章（称为散文）。韵文就是以诗、词、曲为代表的文学作品。对于词和曲，在我们讲宋词和元曲的时候再仔细讨论。在此，我们主要谈论中国诗歌。

中国诗歌可分为三类：

第一类是格律诗，又称近体诗。它是隋唐时期形成的讲究严整格律的古诗。

第二类是中国古代不讲求格律的诗，统称古体诗，包括格律诗形成之前（从《诗经》《楚辞》到汉魏六朝乃至隋唐的不讲格律的诗歌）以及格律诗出现后的不讲格律的诗歌（如唐代及其后的古风、乐府诗等）。

第三类是中国近代出现的白话新诗，又称新体诗。

（二）为什么学诗要从唐诗入手

在中国文学艺术史上，有一个比较有趣的现象，很多朝代都有其在某一领域中最具代表性的文艺成就，这种成就又几乎成为后世难以超越的高峰。人们往往把某个文艺领域与某个有代表性的朝代相提并论。提到某个朝代，我们首先想到的就是这个朝代的某个成就；提到某个文学艺术领域的成就，我们就首先会想到某个朝代。比如：谈及赋这种文体，我们就想到汉赋；谈及书法，我们就想到晋字；谈及诗歌，我们就想到唐诗；谈及词，我们就想到宋词；散曲和杂剧在元代得以流行，因而元代就和元曲联系在了一起。

当然，各个朝代的诗歌艺术都有其成就和特色。但是，我们必须承认，唐诗是中国古代诗歌史上的一座高峰，也是中国古代诗歌艺术的宝贵财富。我们要学习中国古代诗歌，就不能绕过唐诗，更不能忽略唐诗。

其实对于唐诗，我们都不陌生。每个中国人都能背诵很多唐诗，教育部推荐的中小学生古诗文背诵篇目中，唐诗占了很大的比例。在唐代，国力强盛，对外交流频繁，文化繁荣，思想开放，人们乐观进取，所以唐代的诗歌，尤其是盛唐时期的诗歌，有一种昂扬奋发的精神，阳光、开朗、自信，对处于世界观、人生观形成时期的青少年的成长，具有很大的引导和熏染作用。所以，"诗意国学"主张中小学生学古诗，要先从唐诗入手。

唐太宗李世民改革了隋代施行的科举取仕制度，增加了诗赋取仕的环节，诗写得好可以直接选拔入仕，而且人们往往认为通过诗赋考试（进士）入仕要比通过常规的经学考试（明经）入仕难度更大，也更牛，这就刺激了当时的读书人刻苦学习诗歌创作，诗人也比以前更受重视了。唐代全社会对诗歌创作和诗人的推崇远远超过了前朝，从唐太宗到各级的文人士大夫，大都擅长写诗。政府的支持，加上全社会对于诗人和诗歌的推崇，使得有唐一代诗风日盛、诗意颇浓，优秀的诗人、诗作层出不穷。唐代诗歌因此达到了中国古代诗歌艺术创作的顶峰。我们学习诗歌，就要先从经典的唐代诗歌入手。

我们主张先学唐诗的第二个原因是，到了唐代，格律诗已经成熟，对于平仄、用韵、对仗等都有明确的规定。要知道，汉语的诗词格律堪称世界上最为完备的"诗词法典"。格律诗对于我们学习、品味汉语诗歌之美，提高表达和写作能力，学好母语，有很大的益处。

唐代诗人众多，诗歌作品也很多。但是，由于当时印刷出版技术的局限，加上历代战乱和朝代更替，很多唐代诗歌不可避免地散佚了。清代康熙年间编纂的《全唐诗》，收录了49 000多首唐诗，2 873位诗人。这两个数字，其实并不能反映唐代诗歌的鼎盛风貌。但是，从这些流传下来的诗作中，我们仍不难发现唐代诗人大胆创新和非凡创造的能力、才华和成就。向唐诗学习，不仅是向唐代的诗人们致敬，也是向这些伟大创新和成就表示我们的敬意和自豪，表明我们担当和传承汉语母语的文明财富、艺术精神的决心和行动。

学唐诗要懂点儿格律

格律诗分两类：一类是律诗，一类是绝句。

律诗由 8 句组成，又分为五律和七律两类。五律就是每句 5 个字（五言），全诗一共 40 字；七律就是每句 7 个字（七言），全诗一共 56 字。还有一种篇幅加长的律诗，称为排律，又称长律。

律诗的 8 句，分为四联：第一、二句为首联，像头的位置；三、四句称为颔联，像下巴的位置；五、六句称为颈联，像脖颈的位置；最后的七、八句称为尾联，像尾部。

律诗的特点是：

1. 每句字数相等。或五言，或七言。

2. 押平声韵，一韵到底。不能换韵，不能押仄声韵；偶句一定要押韵，首句可入韵可不入韵，其余的奇数句不押韵。七律以首句入韵为正格，如杜甫的七律《登高》首句"风急天高猿啸哀"，入韵。五律以首句不入韵为正格，如杜甫的五律《春夜喜雨》首句"好雨知时节"，不入韵。

3. 颔联、颈联一般要求对仗。

如杜甫五律《春夜喜雨》的颔联"随风潜入夜，润物细无声"和颈联"野径云俱黑，江船火独明"就都是对仗的。

4. 全诗要合乎平仄的要求。

关于律诗的平仄，下面谈到绝句的时候一并来谈。

我们再来说绝句。

绝句为 4 句。按每句的字数可分为五绝和七绝。

绝句又分为律绝和古绝两类。

格律诗中的绝句称为律绝。律绝要符合格律诗的用韵和平仄规则，押平声韵。本书中讲到的《绝句四首》其三（两个黄鹂鸣翠柳）、《送元二使安西》、《登鹳雀楼》、《滁州西涧》都是律绝。

还有一类不属于格律诗的绝句，称为古绝。格律诗形成之前的4句的五言或七言古诗、格律诗出现后的不讲格律的4句的五言或七言诗，都属于古绝。如本书中讲到的李白的《静夜思》，就属于古绝。古绝不讲平仄，也不一定押平声韵，可以押仄声韵。在格律诗产生后，很多的古绝押仄声韵，以与唐代以前的古绝有所区别。像孟浩然的《春晓》"春眠不觉晓，处处闻啼鸟。夜来风雨声，花落知多少"、李绅的《悯农》"锄禾日当午，汗滴禾下土。谁知盘中餐，粒粒皆辛苦"，就都押仄声韵，属于古绝。

讲平仄是格律诗的一个重要特征。普通话将汉字声调分为阴平、阳平、上声、去声四种，也就是第一、二、三、四声。而在古代，汉字声调分为平、上、去、入四种。古代的平声，我们现在分为阴平和阳平。古代属于上声字的一部分演变为现在的去声了，古代的入声字，在普通话里，则被归到平、上、去三声里了。这叫"平分阴阳""上声归去""入派三声"。上声、去声、入声，都属于仄声。仄就是不平的意思。格律诗要严格讲究平仄规则。

入声字是学习格律诗的一个障碍。一些方言中尚保留着一些入声字，而普通话里是没有入声的，所以不懂这些方言的人辨认格律诗中的入声字会有点困难。不过，只要掌握了一些规律，勤于练习，熟能生巧，掌握入声字其实并不难。

平水韵是南宋末年平水人刘渊整理出的唐代人的诗韵用字，平水也就是现在的山西省临汾市。平水韵一共106韵。格律诗韵脚字须出自平水韵的同一韵部或相邻韵部，否则就是"出韵"。

格律诗讲求平仄上变化与不变的统一，这也是古代哲学思想在诗歌中的体现。

格律诗的第一、三、五、七句称为"出句"，第一句收尾可平可仄，其余的要以仄声字收尾；第二、四、六、八句称为"对句"，要以平声字收尾。这是平仄上的要求。

格律诗里的变，就是"对"。"对"就是每联的对句的平仄要与出句的平仄相反。比如出句"两个黄鹂鸣翠柳"的平仄是仄仄平平平仄仄；对句"一行白鹭上青天"的平仄是平平仄仄仄平平。出句"白日依山尽"，仄仄平平仄；对句"黄河入海流"，平平仄仄平。这是"相对律"。

而"不变"就是"粘"。它是指上一联中对句的第二个字和下一联出句的第二个字的平仄要相同，也就是说，律绝和律诗的第三句的第二个字的平仄要跟第二句的第二个字的平仄相同。律诗的第五句的第二个字的平仄要跟第四句的第二个字的平仄相同。第七句的第二个字的平仄要跟第六句的第二个字的平仄相同，这叫"粘"。比如，杜甫的律诗《春夜喜雨》的第三句"随风潜入夜"的第二个字"风"跟第二句"当春乃发生"的第二个字"春"，都是平声。第五句"野径云俱黑"的第二个字"径"，跟第四句"润物细无声"的第二个字"物"，都是仄声。第七句"晓看红湿处"的第二个字"看"与第六句"江船火独明"的第二个字"船"都属于平声。这称为格律诗的"相粘律"。

相反、相对,是变化;而相同、不变,则体现稳定与均衡。

一般而言,格律诗中的平仄规则是平仄相间,两两出现的。拿五言诗来说,共有四种平仄句式:平平平仄仄,仄仄仄平平,仄仄平平仄,平平仄仄平。第一句的句式无外乎这四种。依第一句第二个字的平仄称该句为"平起式"或"仄起式",其最后一个字为"收"字。第一句的起收样式共有四种:平起仄收、仄起平收、仄起仄收、平起平收。确定好了第一句的句式,就可以根据相对律和相粘律,列出后面几句的平仄来。拿《登鹳雀楼》来说,第一句"白日依山尽",平仄是仄仄平平仄,仄起仄收。第二句平仄要相对,最后一个字要押平声韵,即:平平仄仄平——"黄河入海流"。第三句要粘,第二个字要跟上一句,也就是第二句的第二个字"河"的平仄一致,用平声,最后一个字还要是仄声字。所以第三句平仄就是:平平平仄仄——"欲穷千里目"。其中第一个字可平可仄,所以这里的第一个字"欲"为仄声,是可以的。接下来第四句要对,最后一个字押平声韵,所以应该是:仄仄仄平平——"更上一层楼"。

七绝也是这样。不过多了两个字,平仄依然是相间出现的,无外乎以下四种句式:仄仄平平平仄仄,平平仄仄仄平平,平平仄仄平平仄,仄仄平平仄仄平。比如:"两个黄鹂鸣翠柳",仄仄平平平仄仄,首句仄起仄收。第二句要"对",最后一个字押平声韵,所以应该是:平平仄仄仄平平——"一行白鹭上青天"。第一个字可平可仄,所以"一"这个入声字为仄声,是可以的。接下来要"粘",就是:平平仄仄平平仄——"窗含西岭千秋雪"。第三个字可平可仄,"西"平声是可以的。接下来要"对",最后一个字要押平声韵:仄仄平平仄仄平——"门泊东吴万里船"。第一个字可平可仄,"门"平声也是可以的。

律诗不过是绝句的加长版,按照相对律和相粘律类推就行了。你可以分别找一首五律和七律来分析一下。

还有一类格律诗的变体,就是绝句的第三句与第二句不遵守"相粘律",它们的第二个字的平仄相反,而不是相同、相粘,这样的一首诗,仿佛从腰部折断了,所以称为"折腰体"。它属于格律诗的变体。本书中讲到的王维的《送元二使安西》和韦应物的《滁州西涧》,就属于折腰体。《送元二使安西》的第三句"劝君更尽一杯酒"的第二个字"君"是平声,上一句"客舍青青柳色新"的第二个字"舍"是仄声,不粘。《滁州西涧》的第三句"春潮带雨晚来急"的"潮"与第二句"上有黄鹂深树鸣"的"有",也是一平一仄,不粘。折腰体是格律诗的变体。这一现象比较有趣。王维之后的"大历十才子"就常常写折腰体的诗。

平仄比较枯燥,要通过反复练习才能熟练掌握,在这里不做过多的讲解。中国文化中的这些"规矩""讲究",正是古人注重细节、追求品质的体现。如果缺少细节的讲究,不仅不会有好的诗词艺术,也不会有精美的作品和产品。现在人们提倡"技术美学""工匠精神",其实都是意识到了细节的重要性,不能抛弃细节上的"讲究"。

▌用探案的方式学唐诗

我们常听到这样一句话:"熟读唐诗三百首,不会写诗也会吟。"最为常见的学习唐诗的方法就是熟读、背诵。因为人们都期待随着阅历的丰富和知识的积累,那些尚未明白的东西,会在将来的某一天豁然开朗;期待那些以前印象不深的东西,也会在某一天突然浮现在脑海中,有全新的、深刻的认识……我们太期许未来,就往往忽略了当下的努力。

除了这种熟读、死记硬背的方法,是不是还有别的学唐诗的好方法呢?我们应该怎么来学唐诗呢?

我认为,除了熟读、背诵之外,最重要的学习方式,应该经历探究、理解、领悟的过程。在当今这样信息爆炸的时代,只有那些深入探究、理解、领悟的东西,才会在你的心里扎下根,成为你思想的一部分。而那些你没有弄懂、领会的信息、知识,则会随着时间的流逝,被别的信息和知识挤出大脑,慢慢被遗忘。还没有等到豁然开朗的那一天的到来,你就已经把它们抛到九霄云外了。为什么很多人现在不喜欢古诗文,对古诗文的储备那么少,在写文章、说话、与人交往的时候,语言干瘪、粗俗、乏味?就是因为理解、领悟的古诗文的知识储备太少了,没有学会精致、优雅、得体地表达自我、与人交流,丧失了发现、感受和创造诗意生活的能力。所以,学会理解唐诗,领悟唐诗的审美世界,是我们阅读、背诵的基础。你理解了、领悟了,自然就能轻轻松松地背诵了。而且,这些诗意还会浸润你的生命,与你的生活融为一体,永久伴随着你……

所以,学习唐诗应该是从语言文字入手,同时又不满足于对语言文字的粗浅了解，而是要继续深入，通过对唐诗的深度探究、解读，理解诗人之所想，以及诗人为什么这么想，进而领略诗歌的艺术魅力和审美特征，领会诗人的创造力和表现力，最终理解诗人的情思、精神、境界。这个过程，就像剥洋葱，逐渐深入，不断发现，不断获得惊喜。

中国古代哲学中有三个重要的概念——言、象、意。以往人们主要侧重从哲学角度来谈这三个概念。王弼曾说：

> 夫象者，出意者也。言者，明象者也。尽意莫若象，尽象莫若言。言生于象，故可寻言以观象；象生于意，故可寻象以观意。意以象尽，象以言著。故言者所以明象，得象而忘言；象者，所以存意，得意而忘象……是故，存言者，非得象者也；存象者，非得意者也。象生于意而存象焉，则所存者乃非其象也；言生于象而存言焉，则所存者乃非其言也。然则，忘象者，乃得意者也；忘言者，乃得象者也。得意在忘象，得象在忘言。故立象以尽意，而象可忘也；重画以尽情，而画可忘也。①

言、象、意是得以把握和理解世界的三个要素。言，就是语言、文字，象就是物质世界的物象，意就是世界的意义。言的作用在于呈现物象，即"立言以尽象"。象的作用在于承载意义，即"立象以尽意"。而我们要做到的是不为物象和语言文字所限制，要有所舍弃，有所超越，即"得象忘言""得意忘象"。我们还常常说"得意忘言"。像陶渊明的"此中有真意，欲辨

---

① 王弼撰，楼宇烈校释《周易略例·明象》，中华书局，2011年6月，第1版，第414—415页。

已忘言",就是要超越语言文字的局限,达到更高的意义体验和感悟的层面。我们不必过多讨论这些哲学内涵,但可以借用这三个概念,作为文学研究、欣赏和评论的重要参考,在对这三个概念进行重新诠释的基础上,来谈论学习唐诗的重要路径和方法。

学唐诗的第一个层面就是把握"言",包括语言、文字、版本等文本信息。要对诗歌中关键字的古文字字形做一些梳理,探究文字的本义和引申义,寻求其意义的变化,体会汉字结构、形体和表意的美。只有将字、词、句的意思弄清楚了,我们才能准确地去解读和理解诗歌和诗人。

由于有些唐诗在流传过程中经过了后人的改动,我们有必要做一些基本的版本考证,并对诗歌的文本进行深入的解读和阐释。关注诗句的古今异同,通过对这些差异的考证,更好地分析诗歌的原始风貌和本来状态。在本书中,我们就对《静夜思》的版本进行了梳理和考证,从而得出结论,李白的《静夜思》在宋代已经流传的版本,到明代被人篡改了。而我们现在所熟知会背的,正是明代的版本。通过对《静夜思》的探究性学习,你就会了解更多我们以前忽略的,或者不知道的信息和知识。像《登鹳雀楼》《滁州西涧》也存在版本的差异,《登鹳雀楼》的作者归属也值得考证,这些都需要我们深入探究。

第二个层面是"象",包括载体、意象、场景、仪式等信息,是诗人基于字、词、句表达出的对于外在世界和内心情感的感受和体验。"意象"是外在物质世界与诗人思想感情的复合体,是承载着诗人浓浓的情感的物质形态。它能鲜活、生动地体现出诗人的思想和情感表现的独特性和创造性。诗人更倾向于通过"意象"来表情达意。古诗中存在很多的"意象",如"感时花溅泪,恨别鸟惊心"中的"花"和"鸟"本是自然物,因为诗人独特的情感活动,它们的形态、动作、声音就都跟诗人的情感世界有了关联,因而成为诗歌的"意象"。王国维在《人间词话》里说:

> 昔人论诗词,有景语、情语之别,不知一切景语,皆情语也。[①]

诗词中写景的语句,都寄托着诗人的情思;而诗人的情思,也往往要通过写景的语句来表达出来。

古诗以含蓄为最高的艺术追求,所以诗人往往通过外在的事物、景物来寄托、表达自己的情感。这就是"借景抒情""托物言志"。比如李白"我寄愁心与明月,随风直到夜郎西"的诗句,其中的"明月"就是用以表达诗人李白情感的意象。本书中讲到的这几首唐诗里就有很多这样的意象,比如杜甫诗歌《绝句四首》其三(两个黄鹂鸣翠柳)中的"黄鹂""白鹭""千秋雪""万里船",《送元二使安西》中的"渭城""柳色""阳关",《登鹳雀楼》中的"白日",《静夜思》中的"月",《滁州西涧》中的"幽草""野渡""舟"……都是体现诗人情感和精神追求的意象。学习古诗,就要注意这些意象,分析和探究其情感含蕴和文化含蕴,发现诗人运用这些意象所要表达的情思的特征和意义。这是一个接近和体认诗人的情感、精神以及审美取

[①] 王国维著,徐调孚校注《校注人间词话·卷下》,中华书局,2003年4月,第2版,第36页。

向的尝试,也是深入理解诗人创作和诗歌作品的关键所在。

除了意象之外,我们还要注意一些具有仪式化、典型化的程序、形式。比如,"客舍青青柳色新"呈现出的诗人送行时的"折柳","劝君更尽一杯酒"呈现出的"劝酒",李白思故乡时的"望月",《登鹳雀楼》里的"登高",都是很有情意的仪式。了解了这些仪式,才会对诗人和作品有更深切的体会。

第三个层面是"意",它是诗歌的核心,包括意蕴、象征、价值、精神。诗人写诗不是无病呻吟,一定是有所寄托,有感而发的。孟子早就提出了文学评论的两个方法,一个是"知人论世",一个是"以意逆志"。"知人论世",就是要了解作者的生平、身世,思想和创作的发展、变化过程。现在人们很注意原生家庭对一个人的影响,或者童年生活对后来生活的影响,在诗歌的欣赏中也同样要关注诗人的身世和经历,这样才不至于胡乱解释诗作,才能接近诗人创作的原意。我们要以客观的、科学的态度去深入了解诗人的生平、经历,对他的人生观、世界观、文学(艺术)观和创作思想有基本的了解。同时还要"以意逆志",就是要倒推作者的创作意图,要站在作者的角度来分析:他为什么要这样写?他这样写是要表达什么?这样才不至于张冠李戴,不至于曲解、误解诗人及其诗作。

"诗意国学"一直在提倡以科学与人文相结合的态度来接近诗人的本来意图和诗歌的本来面目,这是一种探案式的鉴赏和学习的方法。这样的探案式、考证式的学习方法,也有助于培养批判性思维、创造性思维。这种思维方法可以贯彻于唐诗学习的全过程。我们可以充当神探福尔摩斯,将一首诗当作一个案例，去求疑、探究、发现，顺着疑点搜集资料，考证典籍，发现真相，得出新的见解。这种探案式的学习，可以应用于很多方面，比如诗歌版本、文字的古今差异、作者生平、创作时间、创作地点、创作背景、创作意图、逸闻趣事、文学典故、古今对某些诗句的错解或曲解、诗歌的审美特征和艺术技巧，等等。进行考证的时候，不必迷信前人或者权威人士的定论，不必盲从常规的、常识性见解，不必人云亦云；而要依靠自己的探究和判断，大胆假设，小心求证，以科学的思维和科学的精神，以科学与人文结合的态度，去粗取精，推陈出新。

    本书为你提供了探究式学习唐诗的范例。通过本书的学习，你可以对杜甫《绝句四首》其三（两个黄鹂鸣翠柳）的诗意进行全新的思考，你可以对王维《送元二使安西》的"西出阳关无故人"等诗句做出全新的解释，你可以对李白《静夜思》的版本差异和不同版本的艺术水准形成自己的判断，你可以对《登鹳雀楼》的作者归属做出自己的思考，可以对"白日依山尽"的"白日"和"山"有全新的理解和感悟，你可以对《滁州西涧》诗里提到的——滁州西涧到底存在不存在，这个西涧在哪儿，"独怜幽草涧边生"的"幽草"到底是什么草——这些问题找出自己的答案……除了这些，你还可以对唐代的气候特征、唐代建筑中的窗户的形状、唐代交通的特点、唐代大曲的特征、《阳关三叠》的发展过程、唐代阳关的状况，对积雪的科学分类、白鹭的种属、植物学的研究方法，等等，有耳目一新的理解。这是一个抽丝剥茧式的探案过程，是一个带着批判性的思考去求证并得到惊喜发现的探究过程，是一种将科学的思维方法与人文精神有机融合的学习过程，是一种提升独立思考能力、科学思维能力的思维训练过程，是一种在学习中突破成见，勇于追求新思路、新观点、新方法的创新过程。

在弄懂、理解唐诗的基础上，我们还可以学习一些关于格律诗的规则和写作技巧，领会诗人们在创作格律诗时的艺术功力和杰出成就，并能将自己对自然、人生的所思所感，用格律诗表达出来。格律诗其实并不难。遗憾的是，我们很多人学过很多唐诗，讲解过很多唐诗，研究过多年的唐诗，却不懂诗歌的格律，不会写格律诗。希望本书能够帮助你对格律诗有更多的了解，能学会一些格律诗写作的基本方法，并能在生活中勤于格律诗创作。愿你能像李白那样，在思乡时，通过明月来寄托对亲人和故乡的思念；像王维那样，用柳色和歌声来表达离愁别绪；像《登鹳雀楼》中那样，在登高望远中发现诗意以及生活的哲理和乐趣；像韦应物那样，过"贵而能贫"的生活；在山涧水流旁获得自然的乐趣和内心的宁静……

第一课

《绝句四首》其三(两个黄鹂鸣翠柳)

草堂里的千载春愁

提到唐代的优秀诗人,几乎每个人都会提到两个名字:李白和杜甫。"李杜文章在,光焰万丈长。"这是唐代文学家韩愈对李白和杜甫的评价。李杜是唐代诗歌的两座高峰,杜甫比李白小12岁。杜诗有3 000多首,流传下来1 400多首。《全唐诗》收录李白诗歌896首,杜甫诗歌1 158首。《唐诗三百首》收录77位唐代诗人的310首诗,其中收录杜甫诗歌39首,约占1/8。2011年国内出过一本《唐诗排行榜》,用统计学方法列出了一份古今最有影响力的唐诗前100名榜单。上榜诗作篇数最多的诗人里,杜甫排第一位,有17首;王维排第二,10首;李白排第三,9首。可约略看出杜甫诗歌在后代的价值和影响力。

我们来学习杜甫的《绝句》组诗中的第三首,以深入的赏读来表达对这位伟大诗人的礼敬。

知人论世
诗圣千古一诗史

分析文学作品,首先要"知人论世",了解作者的生活轨迹以及他所处的时代背景。对于诗人杜甫,也当如是。深入了解杜甫的人生轨迹,逼近诗人的创作时代和真实的创作状态,方能对他的诗歌创作和艺术成就有准确的认识。

杜甫,生于公元712年,卒于公元770年,享年59岁。"甫"是古代男子的美称,《说文解字》说:"甫,男子美称也。"后指人的表字。

表字是解释说明其名的。杜甫,字子美。"甫"是美称,所以,字里也有"美"字。"子"是指有道德、学问的君子,如孔子、孟子、庄子,都是这个意思。用在表字里,也是希望杜甫成为一个德才兼备的人。

大概在公元751年左右,杜甫在长安城南杜陵一带定居,所以他自号"少陵野老",还号"杜陵野客""杜陵布衣"。后人往往称杜甫为"杜少陵"。杜甫后来曾在成都建草堂居住,所以,他又被称为"杜草堂"。但这个不是号。

> **知识链接**
>
> ## 古人的名、字和号
>
> 古代，询问他人的名号时，会用一个很美的词语——"台甫"。比如说："请教尊姓台甫？"便是礼貌地问对方的姓名和表字了。什么是表字？就是旧时人在本名以外用以表示本名意义的名字，也称为"字"。这个"表字""字"，是用来说明、解释人的名的。古人认为姓名是宝贵而有尊严的，辈分低、年龄小、职务低的人，直接称呼平辈、长辈、官员、老者的姓名不礼貌、不恭敬，要称呼其"字"或者"号"才显得敬重。可惜我们现在的人，很少拥有"字"了。
>
> 古人除了姓、名、字之外，还有号，来表达自己的价值取向和人生取向，很有励志意义。如李白，号青莲居士，青莲出淤泥而不染，很高洁，所以李白把自己比作青莲。白居易号香山居士，他晚年住在河南洛阳的香山，就以他喜爱的香山为号。杜甫没有用很高大上的词语来标榜自己，而自号"少陵野老"。"少陵"在今陕西西安市南。汉宣帝之陵称为"杜陵"，其许皇后之陵，规模比宣帝的杜陵小，故名"少陵"，又名"小陵"。

杜甫做过左拾遗、剑南节度府参谋兼检校工部员外郎。"拾遗"就是"捡漏儿"的意思，负责检查皇帝决策失误的地方，给皇帝挑毛病。参谋是节度使的幕僚，负责出谋划策。检校，起初是代理的意思，未实授其官，但已掌其职事。员外郎简称外郎或员外。我们看古装戏常有员外的角色。员外的意思是定员之外增设的职位，即编制以外的郎官。唐代以郎中、员外郎为六部各司的正副职领导，虽号"员外"，其实已经在编，属于正式公务员了。唐代有吏、户、礼、兵、刑、工六部。工部掌管营造工程事项，尚书是一把手，正三品；副职、二把手叫侍郎，正四品下。下面有工部、屯田、虞部、水部郎中各一人，从五品上；这四个下属机构各设员外郎一人，从六品上。杜甫就是一个工部下属司（局）的代理副司（局）长，不过是代理的，有职无权，属于闲差。他最终也没能赴任。

杜甫的家族属于名门望族，是有家学渊源的。杜甫和晚唐的杜牧都是晋代大学者、名将杜预之后。

杜甫自小聪明好学，七岁能诗，九岁能书，少年有才："七龄思即壮，开口咏凤凰。九龄书大字，有作成一囊。"（《壮游》）这样的孩子，确实很招人喜欢。他也很顽皮："忆年十五心尚孩，健如黄犊走复来。庭前八月梨枣熟，一日上树能千回。"（《百忧集行》）15岁的时候还如有多动症似地跑来跑去，没个消停，还爱上树摘梨摘枣解馋，就是一个正常的、可爱的孩子，却并不是纨绔子弟。

杜甫的老家是湖北襄阳，后来迁到了河南的巩县，也就是现在的巩义市，离洛阳很近。当时洛阳属于唐代的东都，非常繁华，后来杜甫也在洛阳生活过，所以他在一首《闻官军收河南河北》的诗里，才有"即从巴峡穿巫峡，便下襄阳向洛阳"的诗句。他后来在长安住过一段时间，然后颠沛流离，于759年辗转到了成都。

> 知识链接

杜甫祖父杜审言

杜甫的祖父杜审言（约645—约708年），与李峤、崔融、苏味道被称为"文章四友"，世号"崔李苏杜"，是唐代近体诗（格律诗）的奠基人之一。他工于五律，被后人标为中国五言律诗奠基人。其五律《和晋陵陆丞早春游望》，被胡应麟赞为初唐五律第一，并说："初唐无七言律，五言亦未超然，二体之妙，实为杜审言首倡。"杜甫也赞他的爷爷"吾祖诗冠古"。杜审言还是书法名家，工于草隶。

"审言"的意思是说话时要审慎。出自孔子的名言"敏于事而慎于言"。"慎于言"就是说话要谨慎的意思。所以他字"必简"。但是这个杜审言说话是简单，却一点也不谨慎，性格很狂傲。他认为自己的书法了不起，文章了不起，"吾文章当得屈、宋作衙官，吾笔当得王羲之北面"。够狂吧？——我的文章比屈原和宋玉好，他们只配给我当下属；我的书法也好，王羲之只配给当我弟子。可见他说话未必"审言"，简直是狂言。他恃才傲物，吃了不少亏。他的一个儿子也很有肝胆。吉州司马周季童和司户郭若讷罗织罪名把杜审言抓到监牢，还想杀了他。杜审言的二儿子，也就是杜甫的二叔杜并，当时才16岁，揣着利刃，到酒宴上刺杀了周季童，杜并也当场被杀。周季童临死时感慨说："我不知道杜审言竟然有这样一个孝子！"杜并因此被时人称赞。

杜审言病重时，宋之问、武平一曾去看望他，他对二人说："由于我的存在，一直压着你们，使你们没有出头之日。我现在死了，也是值得欣慰的事，只可惜不见有谁能接替我啊。"至死都是这么狂傲。

759年年底，杜甫在西郊开始建草堂。762年，他的好友严武担任成都尹兼剑南西川节度使，是成都的最高首长，对杜甫多有关照。杜甫这才过上了一段安稳的生活。764年，严武请杜甫做节度使参谋，并为他谋了个检校工部员外郎的职位。

765年四月，杜甫离开成都东归。接着又得知严武去世。杜甫经嘉州（今四川乐山）、戎州（今四川宜宾）、渝州（今重庆）、忠州（今重庆忠县）、云安（今重庆云阳），于766年到达夔州（今重庆奉节）。由于夔州都督柏茂林的照顾，杜甫得以在那里暂住，为公家代管东屯公田一百顷，自己也租了一些公田，有了四十亩果园，得以休养生息。这一时期，他作诗430多首，约占他存世诗歌总数的七分之二。

768年正月，杜甫从夔州乘船出峡，二月到了江陵（今湖北荆州）。李白《早发白帝城》"朝辞白帝彩云间，千里江陵一日还"走的也是这一段路。此时的杜甫，一路奔波颠沛，身多疾病，走得根本没有李白那么轻松。

从江陵，往北可以到襄阳通往洛阳、长安，往南可以南下岳州（今湖南岳阳）、潭州（今湖南长沙），或者东去广陵（今江苏扬州）。杜甫想在江陵停留休整一段再做打算。但是，商州兵马使刘洽叛乱，杀了防御使殷仲卿。八月吐蕃大举进犯灵州（今甘肃灵武，756年唐肃宗李亨在此即位），攻到了邠州（今陕西彬县）。邠州距离长安不过二三百里，京师长安戒严，通往长安的路途受阻，杜甫只好放弃了北上回乡的打算。

他还想去东边的扬州，可是在江左的姑姑和五弟杜丰一直没有消息，他对去扬州也没有把握，只好继续留在江陵。

"落日心犹壮，秋风病欲苏。"大历三年（768年）秋，他从江陵到了公安（今湖北公安县），但是接着公安发生了变乱，他只好继续南下，年底漂泊到了岳州。769年，他由岳州到了潭州，又由潭州南下到了衡州（今湖南衡阳），本打算投奔任衡州刺史的老友韦之晋，却听说韦之晋已改任潭州刺史了，两人失之交臂。于是他折身回潭州。夏天回到潭州后，得知韦之晋四月到潭州不久就暴病去世了。这样，颠沛流离的杜甫，彻底没有了依靠。这时杜甫已经58岁，身体状况很不好，据专家考证，他患有急性胰腺病、风湿病、肺病、心肌梗死、疟疾、痛风、糖尿病等症。他也自述"此身飘泊苦西东，右臂偏枯半耳聋"（《清明二首》其二）。耳朵半聋，右臂偏枯，牙齿掉了一半，此时杜甫已是衰弱多病的老人。

770年，臧玠（jiè）在潭州发动叛乱，杜甫逃出潭州，慌忙前往衡州。他在诗里感叹："已衰病方入，四海一涂炭。乾坤万里内，莫见容身畔。"（《逃难》）天下之大，竟然容不下一个诗人的病躯。他打算往郴州（今湖南郴州）投靠任录事参军的舅父崔沔（wéi）。但行到耒阳（今湖南耒阳），遇江水暴涨，只得停泊于方田驿（今耒阳新市镇龙市村）。好几天没吃到东西，幸亏当地聂县令派人送来酒肉，他专门写了一首名字很长，篇幅也很长的诗《聂耒阳以仆阻水，书致酒肉，疗饥荒江，诗得代怀，兴尽本韵。至县，呈聂令，陆路去方田驿四十里，舟行一日，时属江涨，泊于方田》致谢。

据此，有传说云，杜甫"饫（yù）死（饮食过量撑死）耒阳"。《旧唐书》记载："永泰二年，啖牛肉白酒，一夕而卒于耒阳，时年五十九。"①说的就是杜甫吃了聂县令送来的白酒和牛肉一夜就死了。

唐代还没有蒸馏酒（也就是我们现在所说的"白酒"）。当时人们用白米酿造米酒，故称米酒为"白酒"。可能久未进食的杜甫肠胃虚弱，这样一通暴饮暴食，消化不良，又喝了甜度很高的米酒，血糖升高，而致身死。《新唐书》可能觉得"饫死"有点不雅，便将《旧唐书》的这段文字改为："令尝馈牛炙白酒，大醉，一昔卒。"②颇有为名人讳的意味。据郭沫若考证，时值夏天，县令送的牛肉没有条件冷藏，导致腐败变质，使得杜甫食后中毒而死。

不管这个传说是否可信，都足以表明杜甫当时颠沛流离、贫病交迫的困境。

耒阳因此被认为是杜甫去世的地方。耒阳也有杜甫墓，并有宋代刻"唐工部杜公墓"碑。

也有人说，杜甫没有死于耒阳。由耒阳到郴州，须逆流而上，当时洪水泛滥，去郴州难度很大。杜甫感觉去日无多，一心北归，就乘船顺流而下，折回潭州。770年冬，杜甫由潭州向岳州北行，在平江一带的小船上去世，时年59岁。

这就是诗人杜甫的一生。他虽然一生贫病，但"穷年忧黎元，叹息肠内热"（《自京赴奉先县咏怀五百字》），无时不把民

---

① ［后晋］刘昫等撰《旧唐书·卷一百九十下》，中华书局，1975年5月，第1版，第5 055页。
② ［宋］欧阳修、宋祁撰《新唐书·卷二百一》，中华书局，1975年2月，第1版，第5 738页。

生疾苦放在心上。元人马祖常赞杜甫"平生无饱饭,抵死只忧时",也是知音之论。

杜甫去世后,灵柩一直存放在耒阳。《旧唐书》载:"子宗武,流落湖、湘而卒。元和中,宗武子嗣业,自耒阳迁甫之柩,归葬于偃师县西北首阳山之前。"[①]杜甫的孙子杜嗣业归葬杜甫灵柩,是在813年,已经是杜甫去世44年以后了。流落漂泊的一代诗人杜甫,至此才得以安葬。现在杜甫的坟墓有八座,分别位于河南巩义、偃师,湖南耒阳(今耒阳市)、平江,湖北襄阳等地。

在杜甫生前及其死后的几十年里,世人给他的冷遇要比赞赏多,同时代的诗歌圈没有给他太高的评价。到元稹、白居易等发起"新乐府运动",杜甫才受到人们的大力推崇,并影响了皮日休、聂夷中、杜荀鹤等晚唐诗人的创作。杜甫的遭遇,跟著名画家凡·高有相似之处,都是生前寂寞贫寒,死后极尽荣耀。

明末清初的文学家金圣叹把杜甫的诗歌与屈原的《离骚》、庄子的《庄子》、司马迁的《史记》、施耐庵的《水浒传》和王实甫的《西厢记》合称"六才子书",当是极高的赞誉了。

通过对杜甫凄惨艰难的晚年生活的描述,可见杜甫过得比我们每个人都要惨,但是他并不计较个人的得失悲喜,他更多关注国家的安危和百姓的疾苦,如他写的《自京赴奉先县咏怀五百字》、"三吏三别"、《茅屋为秋风所破歌》等诗篇,关注更多的是他人,而不是自己。这就是他的伟大之处。一个人

---

① [后晋]刘昫等撰《旧唐书·卷一百九十下》,中华书局,1975年5月,第1版,第5 055页。

在个人生存有保障的富贵安逸环境中忧国忧民是相对容易做到的，但是像杜甫那样，贫病交加，依然忧国忧民，一般人就极难做到。当我们遇到困难，生活陷入困境的时候，想到杜甫，与杜甫相比，你就会觉得自己这点痛不算什么。后人尊称他为"诗圣"，他是诗人中的圣人，他是写诗的圣人。他诗歌里记录的所见所闻，都与当时的社会、历史事件有关，所以他的诗又被称为"诗史"。读他的诗歌，便是在深入了解唐代的历史、社会。所以，我们看到，即便身处盛唐时代，杜甫也并没有我们想象中的那样锦衣玉食、光鲜亮丽，不管历史书将大唐盛世描绘得如何繁荣昌盛，杜甫都让我们看到了这个盛世的另一面，让我们看到普通百姓的疾苦、唐代人真实的生命状态，感受到杜甫对于苍生的深情。

梁启超1922年5月21日为清华大学诗学研究会做过一个题为《情圣杜甫》的演讲，称杜甫为"情圣"："我以为工部最少可以当得起情圣的徽号。因为他的情感的内容，是极丰富的，极真实的，极深刻的。他表情的方法又极熟练，能鞭辟到最深处，能将他全部完全反映不走样子，能像电气一般一振一荡地打到别人的心弦上。中国文学界写情圣手，没有人比得上他。所以我叫他做情圣。"[①] 这种丰富性、真实性、深刻性，也是杜甫的历史价值。

20世纪美国现代诗人雷克斯罗斯这样评价杜甫："我认为他是有史以来在史诗和戏剧以外的领域里最伟大的诗人，在某

---

① 梁启超著《饮冰室文集之三十八·情圣杜甫》，中华书局，2015年1月，第1版，第38页。

些方面他甚至超过了莎士比亚和荷马,至少他更加自然和亲切。"

历史学家洪业(William Hung,1893—1980年)在《杜甫:中国最伟大的诗人》(*Tu Fu:China's Greatest Poet*)中这样评价杜甫:

> 他是孝子,是慈父,是慷慨的兄长,是忠诚的丈夫,是可信的朋友,是守职的官员,是心系家邦的国民。他不但秉性善良,而且心存智慧。他对文学和历史有着深入的研习,得以理解人类本性的力量和脆弱,领会政治的正大光明与肮脏龌龊。他所观察到的八世纪大唐帝国的某些情形依然存在于现代中国;而且,也存在于其他的国度。[①]

所以,在任何时代,阅读杜甫的诗歌,都能感受到他超越时空的真实和伟大。这就是杜甫及其诗歌的历史意义和现实意义。

[①] 洪业著,曾祥波译《杜甫:中国最伟大的诗人》,上海古籍出版社,2011年,第1版,第252页。

访古寻踪

万里桥西一草堂

著名诗人和杜甫研究专家冯至在他的《杜甫传》里说："人们提到杜甫时，尽可以忽略了杜甫的生地和死地，却总忘不了成都的草堂。"[①] 谈到杜甫的诗歌创作以及他的晚年生活，就必须了解他在成都的那段生活。

我们先说一说成都这个地方。

在唐代，除了长安和洛阳两个大城市之外，南方著名的大

> **知识链接**
>
> ### 成都为什么称为锦官城？
>
> 益州早在西汉时期就是著名的大都市，因所产蜀锦很有名，朝廷曾设置锦官负责督办皇室所用蜀锦，所以成都古称锦城、锦官城。

---

① 冯至《杜甫传》，百花文艺出版社，2007年，第1版，第128页。

《明皇幸蜀图》，[唐]李昭道作，绢本设色
横81cm，纵55.9cm

城市就要数扬州和益州了，益州就是成都。当时有"扬一益二"之称。

唐代成都的农业、丝绸业、手工业、商业发达，造纸、印刷术发展很快，是富庶之地。这里又是通往长江及其下游的重要港口，所以水陆交通都很发达。加上"蜀道之难"，兵乱较少，相对比较稳定。《资治通鉴》援引《幸蜀记》说，唐玄宗欲往蜀地避难，高力士给出的理由便是"剑南虽窄，土富人繁，表里江山，内外险固"[①]。

759年冬天，杜甫为避"安史之乱"，携家带口由陇右（今

---

① [宋]司马光《资治通鉴·卷第二百一十八》，中华书局，1956年6月，第1版，第6 975页。

甘肃南部）辗转到了四川成都。先住在西郊浣花溪寺里，后来在城西七里的浣花溪边开辟了一亩左右的荒地，建了一座草堂，其实就是茅草屋。为了建草堂，他四处向朋友们求助，有的给他送钱，有的给他送树苗、果木、竹子、瓷器，等等。在大家的帮助之下，草堂终于在760年春天建成，世称"杜甫草堂"，也称"浣花草堂"。他在这里先后创作了240多首诗。他的"万里桥西一草堂，百花潭水即沧浪"（《狂夫》）、"时出碧鸡坊，西郊向草堂"（《西郊》）以及《茅屋为秋风所破歌》所提到的"茅屋"，都是指成都的草堂。

其实，从760年草堂建成，到764年写作《绝句》，杜甫并非一直都安安稳稳地住在草堂的。

762年，杜甫的好朋友、剑南西川节度使严武被朝廷征召入长安，后为太子宾客，升任京兆尹兼御史大夫。七月，杜甫为严武送行，一直送到绵州奉济驿（今四川绵阳市东）。严武前脚刚走，严武的副职、成都少尹兼侍御史徐知道就趁机起兵叛乱，自称成都尹兼侍御史中丞、剑南节度使，控制成都，扼守剑州（今四川广元市），切断通往长安的道路，成都乱成一团。杜甫得知这一消息，不能返回成都，不得已从绵州前往东川节度使的治所梓州（今四川三台县）避难，与留在草堂的妻子儿女失联了。八月，徐知道被手下杀死，叛乱平息。杜甫的好友、诗人高适接替了严武的职位，坐镇成都。到了晚秋，杜甫才得以返回成都。这时，吐蕃又起兵进犯，攻陷了陇右，蜀郡西北的松州（今四川松潘县）、维州（今四川理县）、保州（今四川成都西北）等地先后沦陷，后吐蕃又攻陷了长安。杜甫把家人接到了梓州，他自述"五载客蜀郡,一年居梓州"(《去蜀》)。

763年秋和764年春,杜甫又两次到了阆州(今四川阆中)。从762年到764年,他到过绵州、梓州、阆州、汉州(今四川广汉),杜甫自己感慨说"三年奔走空皮骨"(《将赴成都草堂途中有作,先寄严郑公五首》其四)。他有一年零九个月没能住在成都草堂。这段时间,他颠沛流离,衣食没有着落,为了谋生,不得不经常与权贵们迎来送往。到了764年春天,他决计从阆州沿着阆水到嘉陵江再沿长江东去。此时,因高适治蜀不力,严武又重新被任命为成都尹兼剑南西川节度使,杜甫这才取消了东归的计划,重新回到了成都草堂,并将草堂修葺一新。严武率兵西征,大破吐蕃,经过长期征战,最终解除了吐蕃对成都乃至长安的威胁。

知识链接

"花间词派"代表韦庄

韦庄(约836—约910年)是唐代诗人韦应物的四世孙,他与温庭筠并称"温韦",同为"花间词派"代表。韦庄字端己,庄重的人首先要行为端庄,所以字"端己"跟名"庄"是同义的。韦庄近60岁时才考取进士,属于真正的大器晚成。901年,韦庄入蜀,此后就一直在蜀地做官,做到了前蜀的开国宰相。宋代张唐英评价他:"不恃权,不行私,惟至公是守,此宰相之任也。"所著长诗《秦妇吟》在当时享有盛名,与《孔雀东南飞》《木兰诗》并称"乐府三绝",是现存唐诗中最长的诗作。他著有《浣花集》十卷。

到了765年春，杜甫还是下定决心要离开成都东归。这一走，草堂就彻底荒废破败了。

说到草堂，还要提到一个关键人物——晚唐和五代时期的著名诗人、词人韦庄。

韦庄在成都做官期间，找到了杜甫草堂的遗址，重新修建了茅屋，使之得以保存。可以说，没有韦庄，也就没有后世的杜甫草堂。杜甫草堂在宋、元、明、清历代都有过修葺扩建。今天的杜甫草堂占地面积近300亩，保留了明、清时期修葺扩建时的建筑格局。1955年成立杜甫纪念馆，1985年更名为成都杜甫草堂博物馆，这是中国规模最大、保存最完好、知名度最高且最具特色的杜甫行踪遗迹地。

整体阅读

《绝句四首》的内容和基调

现在我们言归正传,来讲一讲杜甫的这首《绝句》:

两个黄鹂鸣翠柳,一行白鹭上青天。

窗含西岭千秋雪,门泊东吴万里船。

公元764年春天,杜甫在成都草堂写了《绝句四首》,这首诗是其中的第三首。

在学习这首诗之前,我们须先注意一点:杜甫为什么要写这首诗?他要表达怎样的主题和意图?

如果完全按照诗歌的字面意思来解析,就有背离诗人原意的可能。而目前很多人解读古诗文,惯用的正是这种"不求甚解"的路子。正确学习和理解诗歌的方式,是尽量迹近作品和作者本来的思想情感。我们主张以忠实于诗人本来思想情感的路径去理解作者和作品,在准确把握其思想、情感的基础上,对作品进行深入探究,发掘诗人创作的审美特征,并用于指导我们今天的审美实践。

正因如此,我们对诗人杜甫的人生历程做了详细的描述,旨在关注杜甫的生活状况和价值关怀。这样,我们在理解杜甫诗歌时，才不会背离杜甫的思想和生活实际。

《绝句四首》其三是一首很美的诗，描绘了春天的景色——黄鹂、翠柳、飞翔的白鹭、蓝蓝的天空、远处的雪山、门前的舟船。写景写得还很美，还很通俗，不需要过多解释就能明白，非常适合中小学生学习。但是如果没有将我们个人的生活、生命体验和审美体认与唐诗建立内在的联系，我们就不能深入感受这首诗中的诗意和美，不能与这首诗融为一体。

理解这首《绝句》，就要将它放在杜甫生活的那个时代，体会杜甫当时的心境。要明白：这首绝句与其他三首是有机关联的一个整体。

这四首绝句是这样的：

（一）

堂西长笋别开门，堑北行椒却背村。
梅熟许同朱老吃，松高拟对阮生论。

（二）

欲作鱼梁云复湍，因惊四月雨声寒。
青溪先有蛟龙窟，竹石如山不敢安。

（三）

两个黄鹂鸣翠柳，一行白鹭上青天。
窗含西岭千秋雪，门泊东吴万里船。

（四）

药条药甲润青青，色过棕亭入草亭。
苗满空山惭取誉，根居隙地怯成形。

这组诗的第一首，写的是杜甫回到草堂后的邻里社交生活。

"长笋"的"长"要读为"长短"的长（cháng）。跟下一句的"行（háng）椒"的"行"是对应的。"行椒"是一行行的椒树①。"笋"，是竹笋，也就是竹子的幼芽。四川自古就盛产竹子。竹子繁殖力极强，蔓延开来，就得费力修剪拔除。"长笋"不能理解为"生长的竹笋"，而要理解为"长长的竹笋"。

　　草堂广种了"笋""椒""梅""松"。763年，安史之乱结束。764年春，他得知好朋友严武又被任命为成都的最高长官，就打消了从阆州东归的打算，决定返回成都。

　　他在回成都途中作了《将赴成都草堂途中有作，先寄严郑公五首》，寄送严武，表达了对草堂"松竹久荒芜""荒庭春草色"的顾虑。其中的第三首说：

　　　　竹寒沙碧浣花溪，菱刺藤梢咫尺迷。
　　　　过客径须愁出入，居人不自解东西。
　　　　书签药裹封蛛网，野店山桥送马蹄。
　　　　岂藉荒庭春草色，先判一饮醉如泥。

　　担心草堂草深难行，菱刺尖长，藤梢缠人，诸物尘封，荒凉破败，不堪久居。第四首说：

　　　　常苦沙崩损药栏，也从江槛落风湍。
　　　　新松恨不高千尺，恶竹应许斩万竿。

　　担心当年种植花药的围栏、临江的栏杆被水沙冲坏。杜甫是带着这样的担忧再次回到成都的。"新松"指杜甫在草堂培植的四株小松树。竹子的生长比较有侵略性，蔓延很快，所以，

---

① ［明］王嗣奭云："'行椒'谓游行椒间。"（《杜臆》，上海古籍出版社，1983年，第1版，第147页）认为"行"意为"游行"。这是不对的。

杜甫称其为"恶竹"。杜甫久未在草堂居住，回成都途中，一是盼望小松树长高，二是希望竹子别疯长。他在别的诗里还有"舍下笋穿壁，庭中藤刺檐"（《绝句六首》其五）、"只须伐竹开荒径，倚杖穿花听马嘶"（《中丞严公雨中垂寄见忆一绝，奉答二绝》）、"无数春笋满林生，柴门密掩断人行。会须上番看成竹，客至从嗔不出迎"（《三绝句》其三）的句子，对竹子将"柴门密掩"而"断人行"是感慨万千的。

竹子又是"岁寒三友"之一，文人很喜欢竹子，把竹子虚心、正直、凌寒长青不凋等生物特征人格化，赋予它虚心、正直、有气节的内涵，杜甫也不例外。虽然他担心竹子疯长，却还是要在庭院里栽种竹子。在他的诗里频频出现松树和竹子。如：

但使闾阎还揖让，敢论松竹久荒芜。（《将赴成都草堂途中有作，先寄严郑公五首》其一）

入门四松在，步履万竹疏。（《草堂》）

四松初移时，大抵三尺强。别来忽三岁，离立如人长。（《四松》）

杜甫还有《觅绵竹》《觅松树子》等诗。除了竹子和松树，他还很在意他的五株桃树，如《题桃树》："小径升堂旧不斜，五株桃树亦从遮。"陶渊明自号"五柳先生"，我们的诗人杜甫堪称"五桃先生"。

"梅熟许同朱老吃"，这个"梅"指的是什么呢？

如果你以为是梅花。那就错了。为什么呢？

我们知道，梅花开在冬日或早春，到了暮春时节，梅花就过季了，所以这里的"梅熟"，不是梅花盛开的意思。而且用"熟"

来形容梅花，也是不恰当的。杜甫这样精于字词锤炼的诗人，断然不会这么不讲究。能说"生""熟"的，只能是果实一类的食物。我们可以说桃子熟了、莲子熟了，而不能说桃花熟了、荷花熟了。

杜甫在这里说的"梅"，其实是指南方的水果"杨梅"。杜甫还有"绿垂风折笋，红绽雨肥梅"（《陪郑广文游何将军山林十首》其五）的诗句，也是明证。垂下来的一团葱绿是风吹折的竹笋，耀眼火红的是雨润的杨梅。清代的倪璠注庾信《春赋》引沈莹《临海异物志》曰："杨梅大如弹丸，正赤。五月中熟，熟时似梅，其味甜酸。"[1]

杨梅一般 4 到 5 年即可挂果。我们可以推算一下，杜甫 759 年建草堂时栽种了杨梅，到了 764 年，有 4 年多了，杨梅即将挂果，所以才有"梅熟许同朱老吃"的诗句。杜甫有一首诗叫《诣徐卿觅果栽》，记述向朋友求果树栽于草堂的情形："草堂少花今欲栽，不问绿李与黄梅。石笋街中却归去，果园坊里为求来。"可知他希望多栽种一些绿李与黄梅一类的果树，而不是梅花。他还有诗《凭韦少府班觅松树子》："落落出群非榉柳，青青不朽岂杨梅。欲存老盖千年意，为觅霜根数寸栽。"说的是求松树来栽种，但是也提到了"杨梅"，也能佐证他栽种的果树也有杨梅。

杜甫多病，久病成医，精通医理，在草堂广种药材。中医认为笋能清热化痰、益气和胃，适用于浮肿、腹水、脚气足肿、急

---

[1] ［北周］庾信撰，［清］倪璠注，许逸民点校《庾子山集注·卷之一》，中华书局，1980 年 10 月，第 1 版，第 76 页。

性肾炎浮肿、喘咳、糖尿病（消渴症）等。《本草纲目》就说笋味甘、无毒、主消渴、利水益气、可久食。"椒"是花椒，又名蜀椒、川椒。果皮可做调料，并可提取芳香油，还可做药用。《药性论》就说花椒能治恶风、四肢顽痹、口齿浮肿摇动。椒与兰都可用来做香精、香料，古代文人常将椒兰并称，指代高洁的情操。当然，杜甫种这些植物，不单单是为了彰显其高洁的情操，同时还有实用的目的。有人说杜甫在成都种的是辣椒。但史料记载，辣椒是明代以后才传入中国的。而在《诗经》时期，中国就有了花椒。由此可以推断，杜甫种的是花椒，而不是辣椒。

"阮生"是当地姓阮的儒生，"朱老"是一个有威望的长者或者一个年长的隐士。杜甫有一首《过南邻朱山人水亭》："相近竹参差，相过人不知。幽花欹满树，小水细通池。归客村非远，残樽席更移。看君多道气，从此数追随。"这个"多道气"的南邻"朱山人"跟这首诗里"梅熟许同朱老吃"的"朱老"有可能是同一个人，是一个令人敬重的高人。杜甫乐意与乡邻交往，这首诗写的是他的杨梅快要成熟了，打算约朱老先生一同品尝；松树也长高了，准备约阮姓的儒生来谈诗作文。后世因此常用"阮生朱老"或"朱老阮生"来指代至交好友。这里"论"读 lún，它是"谈论""讨论"的意思。《论语》的"论"就读 lún。"论"做动词读为平声（lún），做名词读为去声（lùn）。

这首诗写的是竹笋丛生，挡住了草堂的院门，需要另外开个门才能进到院子里来；成行的花椒树长得太密，把草堂的院子与旁边的村子隔开了。

竹笋疯长、椒树成行、杨梅将熟、松树渐高，有收获的期待，也有庭院久未打理的荒芜杂乱。所以，这里的景象不全是喜悦，还有一种淡淡的伤感和凄楚。这是这首诗的情感基调。

我们再来看《绝句四首》的第二首。

第二首绝句提到的"鱼梁"是拦水捕鱼的设施，用木桩、竹木的枝条或者网状物在水流中做成栅栏，拦捕游鱼。杜甫想在溪水中做一个鱼梁来拦鱼，但是安置鱼梁的时候，突然天上的云像湍流一样翻涌起来，这让杜甫心里有点犯嘀咕了。

杜甫曾经在成州同谷县（治所在今甘肃康县，安史之乱后被吐蕃占据）住过一段时间，作过《同谷七歌》，其中的一首《万丈潭》里写道："青溪合冥莫，神物有显晦。龙依积水蟠，窟压万丈内。跼步凌垠堮，侧身下烟霭。"仇兆鳌注杜诗，曾引《方舆胜览》："万丈潭，在同谷县东南七里，俗传有龙自潭飞出。"① 《荀子》就有这样的话："积水成渊，蛟龙生焉。"这里有深潭，自然也有蛟龙。"冥莫"指广阔无边的苍天。蛟龙是传说中能呼风唤雨、招致洪水的龙。小者名蛟，大者称龙。传说蛟龙能显能隐、能小能大、能短能长。春分的时候飞升天空，秋分的时候潜入深渊。王充《论衡》说："蛟龙见而云雨至，雨至则雷电击。"蛟龙伴随着云雨雷电，给人的感觉神秘而可怖。杜甫这首《万丈潭》，写的就是他对这个深潭的印象。当地肯定有许多关于这个万丈潭的传说，自然少不了蛟龙上天入地、忽隐忽现的故事。地上的"青溪"，跟云笼雾罩的天空是声息互通的，那种神秘的"神物"，可能在天上，也可能在水里，

---

① ［唐］杜甫著，［清］仇兆鳌注《杜诗详注·卷之八》，中华书局，1979年10月，第1版，第701页。

可能显现出来,也可能隐藏起来。

所以,杜甫建造鱼梁的时候,看到天上的云突然翻涌变色,看到草堂边的溪水急流,会想起万丈潭这类或许会隐藏"神物"的神秘水流,马上想到春分过后,这溪水里的蛟龙升天,我在这里建鱼梁会不会惊扰了天上的蛟龙,云层才变得不安起来了呢?想到这里,虽然他筹备的竹木石头堆积如山,可是他却不敢继续动工建设了。从这一首诗看出,连个鱼梁都不敢建,这让杜甫感到担忧,又有点沮丧。"不敢安"的不仅仅是"鱼梁"和所有改善生活的建设项目,也包括他想在草堂安居乐业的心愿。了解了这些,我们就可以知道,诗人回到草堂后并不是快乐无忧的,他有隐忧在其中。①

在讲完第二首绝句之后,再来说说第四首。

第四首诗写的是他的药圃。杜甫懂医术,是一个种植药材的能手。他在长安期间就常打理药材,在后来离开成都东归的路上,为了维持生计,他还曾摆摊卖药。

明代文学家王嗣奭的《杜臆》里说:"公多病,故常种药,'种药扶衰病',公诗也。"② 杜甫《江村》诗也说:"多病所需惟药物,微躯此外复何求。"所以杜甫在草堂除了种松树、桃树、竹子、杨梅,还种了很多药材。他在《高楠》诗中写道:"楠

---

① [明]王嗣奭认为这首诗是"以蛟龙比势豪。而蛟龙必有云雨随之,势豪必有恶少助之,故'竹石不敢安',以谨避之耳"(《杜臆》,上海古籍出版社,1983年,第1版,第147页)。草堂地处荒郊,地方势豪自然不会觊觎,加上杜甫的好友严武为成都最高军政长官,地方势豪自然也不敢公然加害杜甫,所以此说过于牵强。
② [明]王嗣奭《杜臆》,上海古籍出版社,1983年,第1版,第148页。王嗣奭对杜甫这首绝句的理解也是有偏差的。

树色冥冥，江边一盖青。近根开药圃，接叶制茅亭。""茅亭"也就是《绝句四首》其四里"药条药甲润青青，色过棕亭入草亭"的"草亭"。这两首诗里都写到了药圃。

"药条"就是药草的枝条。《说文解字》："条，小枝也。""条"的本义是细小的树枝，引申泛指长条形的物体。

"药甲"是什么呢？解读杜甫诗句的人们对这个词的解释很少，也很含糊，没有给出明确的解释。

研究杜甫也好，讲解唐诗也好，都需要做大量深入细致的探究工作。我们就来做一个深入的探究。

"甲"的小篆字形，像草木生芽后种子外皮裂开的形象。《六书故》："甲象草木戴种而出之形。"其本义为种子萌芽后所戴的种壳。首先长出来的叶芽破壳而出，为甲；引申开来，出类拔萃、比赛获第一的，称为甲。汉代科举分甲乙丙科，最好的一等为甲等；甲是"甲乙丙丁戊己庚辛壬癸"这十个天干之首。所以，"甲"又有第一、初始、优秀等意思。我们常说"洛阳牡丹甲天下"，这个"甲"就是名列第一的意思。理解了这个字的意思，不仅能够理解跟这个字有关的很多字词，还能够准确、深入理解跟这个字有关的诗句。

古诗里把初生的蔬菜的叶芽叫"菜甲"。如：

自锄稀菜甲，小摘为情亲。（杜甫《宾至》）

二月二日新雨晴，草芽菜甲一时生。（白居易《二月二日》）

秋月庵居春也豪，药苗菜甲满西皋。（冯延年《秋月庵春暮作》）

菜甲怒生见英挺，梅花古致在萧疏。（胡蕴《杂诗》）

可见，用"甲"指称植物初生的叶芽，在古诗里是很常见的，只是我们现在不常用，感到陌生了。

蔬菜的初生叶芽叫"菜甲"，药材的初生叶苗，便是"药甲"。"药条药甲润青青"，意思就是所种的药材的叶芽受了雨水的滋润，青翠欲滴。"润青青"翻译为"青翠欲滴"是比较恰当的。什么是"润"？《广雅》说："润，饰也。"这个字左边是"氵（水）"，右边是"闰"，"闰"的意思就是添加的"余数"。历法纪年和地球环绕太阳一周运行时间的差数，多余的叫"闰"。多余的月就叫"闰月"，有"闰月"的那一年称为"闰年"。农历三年一个闰年，五年两个闰年。这个"润"字用一个成语来形容的话，就是"锦上添花"。"润青青"，是说这些药材的幼苗枝叶温润青翠，就像丝织品上添加的绿色一样美丽。所以这首诗里的美感，需要意会和想象。这里已经将景物与绘画、丝绸染色工艺等融为一体了。我们形容人类艺术的精巧瑰奇，往往用"巧夺天工"这个词，人类手艺赶上自然之美了，才能证明人类手艺之高超。达到艺术最高境界的途径是什么？是"师造化"，就是向自然万物学习，以自然万物为师。这是不矛盾的。一个"润青青"，就蕴含着丰富的美。

杜甫种植的药材很多，从第二句诗能看到从棕亭到草亭一片葱绿，富有生机。这个棕亭和草亭，都是他在草堂旁边建的亭子。在亭子旁边的空地上，杜甫种的都是药材，可见杜甫不是一个只知道附庸风雅的人，他也考虑到了实用价值和生计。

这首诗的第三句说"苗满空山惭取誉"，正因为种了这么多的药材，所以赢得了"苗满空山"的称誉。要知道他是在当时离成都七里之外荒凉的西郊盖草堂的，这里以前是荒地空山，他拓荒盖房种地，异常辛劳，所以人们才称赞他。但是杜甫对"苗满空山"的赞誉感到羞惭，这是为什么？

　　最后一句诗说："根居隙地怯成形。"这些药在荒凉干裂的地上，胆怯地扎根，不敢成形。植物没有情感思想，这里的"怯"，不是药草在"怯"，而是诗人杜甫在"怯"，未来不可知，他担心在漂泊动荡的乱世里，这些药材不能在这里扎根成材，即便看似茂盛，其实还是有太多的不确定性。如果自己在草堂生活不长久的话，这些药材又怎能扎根成形呢？"苗满空山"就是一句空洞的名不副实的赞誉，只会让自己面对这些药材感到惭愧。这样的担心，也只有历经乱世漂泊的人，才能写得出。我们再对照他第二首诗里的"竹石如山不敢安"，可以看出，他对能否在草堂安居乐业，是心里没底的。

　　杜甫住在同谷县的时候，写过一首《发同谷县》："贤有不黔突，圣有不暖席。况我饥愚人，焉能尚安宅？"就表达过对能否"安宅"的担忧。安稳活着、安居乐业，是杜甫最低的生活理想，可就是这么难以实现。

　　杜甫到了成都草堂仍然有这样的担忧。765年，他决定离开成都东归，走后不久，得知他的好友严武突然去世，对于成都，他再无牵挂留恋。他这一走，他种下的那些药材，更是难以"成形"、成活了。成都草堂，从此废弃，一直荒凉到200多年后韦庄到来……

　　我们从他的这几首绝句里能看到，他对安定生活的向往、对稳定环境的渴望，是如此强烈。但是他也有隐忧，隐隐感觉到这些都是奢望。所以，我们说杜甫是一个清醒的现实主义者，也是一个带有理想和爱心的现实批判者。

总而言之，这几首绝句，写的是杜甫重新回到成都草堂，看到草堂的景色后的心情和感慨。梅子快熟了，松树长高了，想安置鱼梁了，药材满园了，但是，杜甫的心里还是满怀忧惧，害怕局势再次动荡，害怕再次流离失所。有人把这几首诗理解为杜甫闲适、安居之作，显然理解偏了。

我们用了这么大的篇幅来梳理杜甫的这几首绝句，就是因为它们跟我们要讲的第三首是一个整体。对整体的内容和基调有了准确的认识以后，才可能对其中一首有准确的把握。

深度探究

《绝句四首》其三（两个黄鹂鸣翠柳）诗意

这首"两个黄鹂鸣翠柳"是杜甫绝句的代表作品之一，几乎人人都能背诵。对于这么一首大家耳熟能详的诗歌，有人认为学起来没有意义，既然了解了，干吗还要学呢？这不是在浪费时间吗？

要知道，学习一首唐诗不单要懂得它的表面意思，还要深度了解唐代的文化、社会、历史和文学。只有这样，才能了解汉语诗歌的美，了解中国的文化传承和诗意情怀。

▌两个黄鹂鸣翠柳

这首诗的一大特色就是极有画面感。

这首诗里首先提到了"黄鹂"，杜甫为什么要提黄鹂呢？

"鹂"的本字是"离"。"離"是"离"的繁体。黄鹂的"鹂"与"離"是一个意思。黄鹂又名黄莺、仓庚、青鸟。每个名字都有美丽的含义。黄鹂体部的羽毛呈黄色，翅膀和尾部有黑毛，黄鹂有几个特点：

第一，黄鹂往往雄雌同飞，这让我们联想到鸳鸯。

宋·毛益《榴枝黄鸟图》

　　黄鹂给人的感觉是和谐、团圆、恩爱。有一首歌曲《蜗牛与黄鹂鸟》，有这样的歌词："阿门阿前一棵葡萄树，阿嫩阿嫩绿的刚发芽。蜗牛背着那重重的壳呀，一步一步地往上爬；阿树阿上两只黄鹂鸟，阿嘻阿嘻哈哈在笑它。"这首歌写到黄鹂鸟的时候，说的是"两只黄鹂鸟"，也是符合实情的，说明歌词的作者陈弘文观察生活比较细致、准确。

　　第二，黄鹂比较胆小，隐藏在碧绿的树丛中，是比较难以看到的，所以我们只能根据鸣叫声来判断它们的所在，很难在树上看见它们。这一点我们必须知道。杜甫的《蜀相》诗里说"隔叶黄鹂空好音"，黄鹂隔着树叶传出美妙的叫声，杜甫的观察很仔细；韦应物的《滁州西涧》说"独怜幽草涧边生，上有黄鹂深树鸣"，黄鹂在树林深处鸣叫，能听其声而不见其形。如果在绘画中呈现的话，就需要含蓄一点，让黄鹂深藏在树叶间，这样才真实。

　　第三，黄鹂到了春天开始鸣叫，"鸣声洪亮，婉转多变，常两两呼应鸣叫……筑巢于树梢"[1]。所以人们认为黄鹂能报春

---

[1] 韩学宏《经典唐诗鸟类图鉴》，中州古籍出版社，2005年，第1版，第81页。

天的消息。宋代黄庭坚《清平乐》词："春归何处？寂寞无行路。若有人知春去处，唤取归来同住。春无踪迹谁知？除非问取黄鹂。百啭无人能解，因风飞过蔷薇。"春天的踪迹只有黄鹂鸟知道，可是黄鹂鸟飞过蔷薇花丛远去了，只有鸣叫声在风中回响。这样的场景有点令人惆怅，但是很令人回味。

古人认为黄鸟、黄莺和黄鹂是同一种鸟。唐代金昌绪有一首《春怨》："打起黄莺儿，莫教枝上啼。啼时惊妾梦，不得到辽西。"写一个闺中的女子，她的丈夫到辽西打仗去了，生死未卜。在春暖花开时节，女子独守空闺，她思念丈夫，却只能在梦中与丈夫相会。可是窗外树上却有黄莺儿，也就是黄鹂鸟在叫个不停，这个女子就生气地把黄莺儿打跑了。——我们很多人都是这么理解这首诗的。这是不错的。但是，我们如果知道黄鹂鸟是成双成对飞翔鸣叫的，它们给人的感觉是幸福、恩爱、团圆，就会明白闺中女子"打起黄莺儿"的另外一层意思了：这两只黄莺儿在孤独的女子的闺房外秀恩爱，让这个女子感到格外孤独，让她羡慕甚至嫉妒黄莺了，这才"打起黄莺儿"。黄莺儿惊扰了人家夫妻团聚的好梦，该打；在闺中女子期望做梦与丈夫团聚时，黄莺儿叽叽喳喳开心唱歌，吵醒了她，更该打。唐诗里还有"闺中少妇不知愁，春日凝妆上翠楼。忽见陌头杨柳色，悔教夫婿觅封侯"（王昌龄《闺怨》）的诗句，也是写春天里闺中女子与远在他乡做官的丈夫分离后的愁苦心情的。再想到唐代陈陶"可怜无定河边骨，犹是春闺梦里人"（《陇西行》）这样的句子，春闺中的妻子苦苦期盼丈夫回乡的时候，丈夫或许早已战死疆场，变成河边白骨了。把这些诗句联系起来，就更能感受到那个闺中少妇"打起黄莺儿"是多么令人心酸了。我们也会恼这些黄莺的美丽叫声背后的"残酷",对诗里女子的境遇感到悲伤和同情。①

杜甫这首诗开头就提到了黄鹂的鸣叫:"两个黄鹂鸣翠柳"。

什么是"鸣"?这个字左边是口,右边是鸟的形状,表示鸟张着嘴巴在叫。所以这个字的本义是鸟叫。《说文解字》就说:"鸣,鸟声也。"

> **知识链接**
>
> ### 鸟鸣与山幽
>
> 很寂静的环境里的虫声、鸟鸣,不会让人觉得吵闹,反而会衬托出环境的空幽、寂静。南朝诗人王籍《入若邪溪》里有这样的句子:"蝉噪林逾静,鸟鸣山更幽。"很多人对这两句诗表示赞赏。可宋代的王安石偏偏说:"茅檐相对坐终日,一鸟不鸣山更幽。"认为一点鸟叫声都没有,山才更幽静。关于鸟鸣山幽还是不幽,因此成为诗家很有意思的公案,引来后世很多诗人的争论。

黄鹂在哪儿鸣叫呢?是在翠柳之上。

"翠"的本义不是绿色,而是指青羽雀,即青绿色的雀鸟,

---

① 从科学的角度来讲,黄鹂、黄鸟和黄莺其实是不一样的。见韩学宏《经典唐诗鸟类图鉴》,中州古籍出版社,2005年,第1版,第82-83页。

> **知识链接**
>
> ### 这些字你写对了吗?
>
> 翠 羿 翼 翌 翚 翟
>
> 请仔细看这些字,它们上面的部分其实不是"羽毛"的"羽",都没有钩。所以要注意:只要是"羽"字头的字,上面的"羽"都不能带钩。

也叫翠鸟。后来才引申为青绿的颜色。翠鸟形似杜鹃,头部深橄榄色,有青绿色的斑纹,背部也是青绿色,腹部赤褐色,尾巴短小,捕食小鱼。

"翠"现在常和"翡"连用。我们现在说"翡翠",一般指的是玉。所谓红色的玉为翡,绿色的玉为翠。这种绿色的玉以缅甸出产的为最佳。其实呢,"翡翠"最早并不是指玉,指的是鸟。《说文解字》:"翡,赤羽雀也……雄赤曰翡,雌青曰翠。"雄鸟的羽毛是红色的,称为"翡";雌鸟的羽毛是绿色的,称为"翠"。这两个字都有表示鸟类的"羽",跟玉没有关系。

"柳"就是柳树,它是落叶乔木或灌木,枝条很柔韧,叶狭长,春天开黄绿色的花,种子上有白色的毛状物,成熟后随风飞散。古人送别亲友时,有折柳相送的习俗。

柳还指代春天。如"柳风"指的是春风。柳枝在春天的风里飘拂着,非常优美,提到春天的美景,一定会有风和日丽、百花盛开、杨柳依依的景象。所以，"柳"是中国文化、中国诗词文学中重要的寄托和表达情意的自然物。

"两个黄鹂鸣翠柳"这一句诗，字面意思很明确。诗里出现了两种自然物——"黄鹂"和"翠柳"，两种颜色——"黄"和"翠"，一种声音——黄鹂的"鸣"声。

我们再来看看"鹂、鸣、翠"这三个字的篆书字形：

从篆书字形可以看出，这三个字都跟"鸟"有关系，字形的视觉形象，都是鸟，也就是说，这句诗里的颜色词和声音词，在字形上，是有一致性的，显得比较协调。这句诗如果用篆书写出来的话，会特别有韵味，特别美，仿佛字里行间满是鸟儿和鸟儿的鸣叫声：

对于这句诗的遣词，有一个问题：如果把"翠柳"改为"绿柳"，好不好？

按常理来讲，是没有问题的。——首先，"翠"和"绿"都是仄声字，换为"绿"字，对这句诗的平仄没有影响；其次，这两个字都表示绿色，意义上完全相同，也不会影响句意，所以，从格律、语意来分析的话，完全可以换用。

但是仔细考量的话，哪个字会更好一些呢？——当然"翠"字更好一些。

为什么呢？因为"翠"字的意义比较丰富，字形还跟鸟有关，表现力更丰富。

杜甫是一个语言大师，他是一个"语不惊人死不休"的诗人，他特别重视字词的锤炼，从这个"翠"字上我们就能看出来。

我再问一个问题：如果把"两个黄鹂"改为"两只黄鹂"，好不好？

前面提到的《蜗牛与黄鹂鸟》的歌词里就是"两只黄鹂鸟"。分析起来，"只"和"个"都是量词，在"平水韵"中还都是仄声字，换用的话，既不改变诗句的平仄，也不影响句意，应该可以吧？

答案是：仔细推敲的话，用"个"还是要比用"只"好。为什么呢？

——我们来看看"个"字。

段玉裁注《说文解字》说："箇或作个。半竹也……半者，物中分也；半竹者，一竹分之也。各分其半，故引申之曰左个右个。竹从二个者，谓竹易分也。"竹叶的形状就很像"个"字。所以画竹子，就是写"个"字。黄鹂两两不分，分开为"离"；竹子也是两两不分，分开为"个"。

我们再来看"只"字，它的繁体为"隻"。金文"隻"字上面是"隹"，就是鸟；下面是"又"，意思是手，"又"有用手抓取的意思。"隻"字的本义是抓到一只鸟。《说文解字》解释说："鸟一枚也……持一隹曰隻，二隹曰雙。"

手抓了一只鸟，叫"隻（只）"；抓了两只鸟，就叫"雙（双）"。"隻"表示"一只鸟"，在古汉语中还表示孤单、单一、单数。现代汉语中一般有"数词+量词'只'+名词"的用法，如"一只鸡""两只鸟"。在古汉语中，一般用"'只'+名词"，表示单一、唯一的意思，如"只翼（一只鸟，比喻孤单）""只字（一个字，表示零星的文字）""只影（孤影，比喻孤单）"。所以，这些词语中的"只"其实都可以用"孤单的""单独的"这样的词语来替换。

"隻"的用手抓取鸟类的这个意思给人的感觉是占有动物，所以推敲斟酌一番，尽管唐诗里有"讼庭何所有，一只两只鹤"（贯休《上杜使君》）这样的"一（两）只+鸟"的诗句，我仍然觉得用"两个黄鹂"更合适一些。

从这一句诗我们可以看到杜甫锤炼字词的用心，以及他的艺术功力。古诗，尤其是格律诗的一个特点就是字字都有讲究，每个字都有其作用和信息，由于字数的限制，诗人要在遵守平仄、音韵等规范的同时，选取最为恰当的字词来表情达意，真正做到惜字如金。由这句诗，我们可以看到诗人杜甫高超的语言技巧，他推敲、锤炼字句的精神，值得我们学习。

接下来看第二句。

一行白鹭上青天

第一句诗写的是两个黄鹂隐身树丛中，只闻其声，不见其形。接下来第二句诗写一行白鹭翱翔蓝天。很多的白鹭排成一行，不止两个。

甲骨文的"行"字,像四通八达的道路。它的本义是道路。这个"行"是个多音字,可以读 xíng,也可以读 háng。用 Word 或者 Excel 做表格的时候,往往要接触到两个概念:行(háng)和列,横成行,竖成列。在古汉语中,"行伍"指的是军人,古代军队列队,以一百人为一行,一百行就是一万人,称为"方阵";"三百六十行,行行出状元"的"行",是行业、职业;"银行、拍卖行、典当行、商行、行家",指行业或职业,都读 háng。

知识链接

奇怪的高考题

民国时期,陈寅恪先生任清华大学国学院导师,他为国文科目出了一道很"怪"的高考题——对对子:上联"孙行者",要求考生对下联。

上联貌似简单,要对上来却很难:"孙"是名词,"行"是动词,"者"是代词,三个字合一起又是一个人名。后来成为著名语言学家、北大中文系教授的周祖谟当时参加了考试,他对的是:"胡适之",就是文学大家胡适。胡适字适之。"猢狲"也写为"胡孙",所以"胡"与"孙"对上了;"适"有"到"的意思,是动词,与"行"对上了;之乎者也,"之"对"者",也对上了,对得相当好。陈寅恪当时给出的答案是:"王引之(清代著名训诂学家)"或者"祖冲之(南朝著名数学家和天文学家)":"王"对"孙","引"对"行",或者"祖"对"孙","冲"对"行"。这个对联考题,可以考查学生的文字、音韵、词汇、文学、历史等方面的能力,所谓以小见大,见微知著。

在路上行走或小跑，就是行（xíng），跟"行走"有关的词，要读 xíng，比如"行走、行进、行军、前行、夜行、行动、行营、天马行空"。佛教中有一个词叫"行者"，指的是出家但是还没有受剃度的佛教徒。他们或者当方丈的侍者，或者在寺院服杂役。最著名的行者就是孙行者，即孙悟空。

白鹭

这个是篆文的"鹭"字。有些鹭类的羽毛是全白的，如大白鹭、中白鹭、小白鹭（白鹭）、黄嘴白鹭和雪鹭，人们往往统称之为"白鹭"。

白鹭喜欢小群活动于浅水处，在水田、河岸、沙滩觅食，除了繁殖时在巢群中会发出呱呱的叫声以外，其余的时间很少鸣叫，很安静。王维有"漠漠水田飞白鹭"（《积雨辋川庄作》）的诗句。它们天亮后成群飞出觅食，傍晚又呈 V 字队形，结群飞回，栖息在密林大树上。可见白鹭是有组织、有秩序的典范。

> **知识链接**
>
> ### 鸿仪鹭序
>
> 古代有一部专门写禽类的《禽经》,里面有一句话:"鸿仪鹭序。"意思是朝廷高官像大雁一般有威仪、像白鹭一般有次序。"鸿"就是大雁。《周易》的"渐卦"说:"鸿渐于陆,其羽可用为仪,吉。"孔颖达疏:"处高而能不以位自累,则其羽可用为物之仪表,可贵可法也。"后以"鸿仪"比喻官位,也指盛典仪仗。什么是"鹭序"呢?古人以白鹭的群飞有序,来比喻官员上朝的次序严整。

张华注《禽经》说:"鹭,白鹭也,小不逾大,飞有次序,百官缙绅之象。"①可知白鹭排队飞翔,是很整齐美观的。

汉语中有个词语叫"鹭涛",意思是雪白的波涛滚涌,就像白鹭翩翩飞翔一样。这个词语给人一种美感,这种美感跟白鹭的翩翩飞翔是联系在一起的。

白鹭经常出现在唐诗里,是诗人喜爱的抒写对象。我们举几个例子:

杜甫《池上寓兴二绝》:"水浅鱼稀白鹭饥,劳心瞪目待鱼时。外容闲暇中心苦,似是而非谁得知?"写白鹭貌似安闲,

---

① [唐]独孤及撰,刘鹏、李桃校注《毗陵集校注·卷第五 表下·为独孤中丞让官爵表·注释》,辽海出版社,2006年12月,第1版,第116页。

其实是强忍着饥饿,因为捕不到鱼。这其实也是杜甫心境的体现。所以我们理解"一行白鹭上青天"的时候,要考虑到杜甫当时缺衣少食的生活状态。

贾岛《鹭鸶》:"求鱼未得食,沙岸往来行。岛月独栖影,暮天寒过声。堕巢因木折,失侣遇弦惊。频向烟霄望,吾知尔去程。"也是孤独的形象。但是它的"频向烟霄望",有高远的理想和目标,只有诗人理解,所以诗人说"吾知尔去程"。

知识链接

白鹭和白鹤

在古诗文中经常出现白鹭和白鹤,都是比较有诗意的形象,深受人们喜爱。下面这两张图,左边是白鹭,右边是白鹤。我们对它们略微做一些区分:

白鹭几乎没有叫声,白鹤的叫声很洪亮;白鹭主要为肉食性,而白鹤主要为植食性;白鹭飞行时缩起脖子,白鹤飞行时伸长脖子;白鹭体型较小,白鹤体型比白鹭大;白鹭可栖息树上,白鹤从不上树。掌握这几点,大致就可以对白鹤和白鹭有基本的区分了。

刘禹锡《白鹭儿》："白鹭儿，最高格。毛衣新成雪不敌，众禽喧呼独凝寂。孤眠芊芊草，久立潺潺石。前山正无云，飞去入遥碧。"这里的白鹭"飞去入遥碧"，是远离"众禽喧呼"、志向远大、超凡脱俗的形象。

刘长卿《白鹭》："亭亭常独立，川上时延颈。秋水寒白毛，夕阳吊孤影。幽姿闲自媚，逸翮思一骋。如有长风吹，青云在俄顷。"这个白鹭也很孤寂，但是同样志在青云。

"大历十才子"之一的李端有一首《白鹭咏》："迥起来应近，高飞去自遥。映林同落雪，拂水状翻潮。犹有幽人兴，相逢到碧霄。""高飞"到"碧霄"的白鹭，蕴含着诗人的高远志向。

刘象《鹭鸶》："洁白孤高生不同，顶丝清软冷摇风。窥鱼翘立荷香里，慕侣低翻柳影中。几日下巢辞紫阁，多时凝目向晴空。摩霄志在潜修羽，会接鸾凰别苇丛。"对于白鹭"摩霄"之志，更是满怀赞誉。可见，白鹭是志向高远、超世脱俗的人格的象征。这是大部分诗人和文人喜爱白鹭的原因。

黄鹂成双成对出现，白鹭雌鸟和雄鸟共同建巢，轮流孵卵，共同养育雏鸟，也很有爱。所以我们深入了解了白鹭的特点，就能领会到这首诗前两句的关联：黄鹂和白鹭都能令人联想到团圆、恩爱、和谐、自由。杜甫诗写景物，写自然，并不是随意写的，王国维说："一切景语，皆情语也。"这首诗睹物起兴，写了黄鹂和白鹭，都蕴含着杜甫对和谐、幸福、稳定生活的向往。他心有所想，目有所见，情有所系，才会油然为诗。这一点，是我们了解这首诗的关键。

我们接下来说说第二句里提到的"青天"。"青天"的基本意思就是蔚蓝色的天空，又比喻光明美好的世界。说到"青天"，我们还会想起古装戏里经常提到的"青天大老爷"，指的是清官。我们还会想到一些唐诗里的名句，最典型的诗句就是李白《蜀道难》里的那句"蜀道之难，难于上青天"了，李白还有"大道如青天，我独不得出"（《行路难三首》其二）的慨叹。自古蜀道难，所以，古代在蜀地生活的人们，觉得"外面的世界很精彩"，会出蜀远游，比如李白曾就仗剑远游。当然了，遇到战乱时，又会感慨"外面的世界很无奈"，不得不到蜀地避难，因为那里易守难攻，物产丰富，是"天府之国"。杜甫与李白交情很深，我们无从得知他写这句"一行白鹭上青天"时是否想到了李白的"蜀道之难难于上青天"，但是，他从周围的环境，从白鹭的自由飞翔，让自己的想象飞升起来，让诗里有了对自由的向往。

第一句诗里出现了两种颜色：黄鹂的"黄"和翠柳的"绿"，第二句出现了白鹭的"白"和青天的"蓝"。这几种颜色都非常悦目，我们说到春天的时候，往往首先会想到这些颜色。

黄鹂、翠柳、白鹭、蓝天，在颜色搭配上是很协调的。

南宋曾季狸《艇斋诗话》称赞杜甫："老杜写物之工，皆出于目见。"[1] 还引用了宋代诗人韩驹（字子苍）的一段话，很精辟：

韩子苍云："老杜'两个黄鹂鸣翠柳，一行白鹭上青天'，古人用颜色字亦须匹配得相当方用，翠上方见得黄，青上方见

---

[1] 丁福保辑《历代诗话续编·艇斋诗话》，中华书局，2006年8月，第2版，第291页。

知识链接

三原色

色彩中不能再分解的基本色称为"原色",三原色分为色光三原色和美术三原色。色光三原色,即红(red)、绿(green)、蓝(blue),英文简称RGB。红、绿、蓝这三种原色可以合成其他的颜色,而原色所合成的这些颜色是不能逆向还原出本来的色彩的。

色光三原色的原理是加法,红、绿、蓝两两混合可以得到更亮的中间色:黄、品红(或叫"洋红""紫")和青色。三种原色等量组合,就能得到白色,这是我们肉眼看到的颜色的呈现原理。

美术三原色(又称"颜料三原色""减法三原色",英文标记为CMY)。学绘画的时候,常常要用到三种颜色——洋红、黄和青,一般称为红、黄、蓝。这三种颜色通过不同的比例调配,就产生很多种颜色。这三种颜色加上黑色(K),就是绘画、印刷、彩色打印常用的CMYK四色模式。你如果用Photoshop一类的图像处理软件的时候,就要先明白RGB颜色模式和CMYK模式的区别。一般来说,电脑显示颜色的方式是RGB模式的,印刷和绘画显示颜色的方式是CMYK模式的。

色光三原色的颜色搭配原理很有趣。分别拿红、绿、蓝中的两样或者三样来调配的话,得出的色彩是这样的:

红+绿=黄　蓝+绿=青　绿+蓝+红=白

用美术三原色来分析也是很有意思的。分别拿红、黄、蓝中的两样或者三样来调配,得出的色彩是这样的:

红+黄=橙　黄+蓝=绿　红+蓝=品红

得白。"此说有理。①

《艇斋诗话》里用的虽然不是我们今天很熟识的关于颜色的术语，但讲出的色彩运用的理论是站得住脚的。杜甫不仅仅是语言艺术大师，也是有相当高的审美造诣和审美趣味的人，他在颜色运用方面的功底，令人叹服。

杜甫这两句诗在色彩上的匠心独运，不仅仅基于他对自然深入细致的观察，更是基于他对自然、艺术之美的体悟与表现的高超技巧。他曾经在一首诗里说自己是："为人性僻耽佳句，语不惊人死不休。"（《江上值水如海势聊短述》）字斟句酌、追求完美的艺术精神、严肃对待自己所做的每一件事的态度，值得我们学习。这一点上，杜甫是我们最好的老师。

与第一句写黄鹂美丽的鸣叫不同，第二句写的是白鹭的飞行。前面说过，白鹭飞起来是不出声的，很安静，所以，第一句诗有声而无形，而第二句诗有形而无声。每一句都有其美，又互不冲突，互相补充。这就是杜甫诗歌的艺术功力。

接下来看第三句。

窗含西岭千秋雪

这一句诗写到了草堂的窗户，写到了窗外的雪山。现在有不少画家喜欢以这首诗为题作画，因为它的画面感很强，窗户里呈现出雪山，窗如画框，很有层次。但是很多画家不去深究，会把杜甫的窗子画得很敞亮、美观、高大上。其实这是错的。

---

① 丁福保辑《历代诗话续编·艇斋诗话》，中华书局，2006年8月，第2版，第303页。

要知道,唐代的窗户跟我们现在的窗户是不一样的。我们现代人往往会站在现代的物质生活基础上去理解古人的生活。如果还原一下,或者想象一下你就是杜甫,你就站在窗前的话,就要首先搞明白唐代的窗户是什么样的。

什么是"窗"呢?我们先来看看古文字里"窗"的意思。

我们现在说的"窗",其实本意是开在屋顶的"天窗";开在墙上的叫"牖"。

"窗"的古文字形像圆形的洞孔里插着短木条,说明窗的功能是采光、通风、换气。

《说文解字》:"牖,穿壁以木为交窗也。"段玉裁注:"交窗者,以木横直为之,即今之窗也。在墙曰牖,在屋曰窗。"先秦时代,经常把墙上开的窗子称为"牖",屋顶的窗子才叫"窗"。如《诗经·召南·采蘋》:"于以奠之,宗室牖下。"后来把窗户统称为"窗"了。总之,古代的"窗"是分割房间、窥视室外、满足采光通风需求的建筑构件。

那么,唐代的窗子到底是怎么样的呢?跟我们今天的窗子是否一样?山西五台县东冶镇李家庄的南禅寺大佛殿是保存完好的一座唐代木结构建筑,可以看到唐代窗户的本来样式。

根据实物以及唐代史料,我们知道唐代建筑有几个特点:

唐以前,一般老百姓的房间比较小,墙上的窗户(牖)也比较小,窗户进来的光线,可以直接照到北墙。《淮南子·说山训》说过"受光于隙照一隅,受光于牖照北壁,受光于户照室中无

五台山南禅寺大佛殿

遗物"①，可见窗子采光是有限的。到了明代以后，很多建筑的窗户依然如此。方苞的《狱中杂记》就提到牖和窗的格局："牖其以通明，屋极有窗以达气。"可见"牖"在墙上而"窗"在屋顶。

唐代老百姓用的窗户通常为直棂窗，棂木条，单排，固定，不能打开，但可挂帘，或者糊上经过桐油浸泡后防水透光的窗户纸。按照"营造法式"：窗棂木宽二寸，厚七分，两棂之间间隔一寸。这种窗户的外形，其实跟现在关押犯人的监牢的铁栏杆窗子差不多。再看影视剧或者绘画作品里的唐代窗子，如果很高大，前后左右还能开启，那就错了。

白居易在元和十年（815年）被贬为江州司马，建草堂"三间两柱，二室四牖"，"幂牕（即'窗'）用纸，竹帘纻帏"。②

---

① ［汉］刘安编，何宁撰《淮南子集释·卷十六》，中华书局，1998年10月，第1版，第1 135页。
② ［唐］白居易《草堂记》，见［清］董诰等编《全唐文·卷六百七十六》，中华书局，1983年11月，第1版，第6 900页。

| 047 |

窗下墙为编竹抹泥，纸糊窗户，还有竹帘窗帷，在那时候算是比较高大上的了。

带勾栏的、双开或单开的活动窗户，宋代才流行起来；有的窗户下部还设有矮板墙，其上覆木板为椅，外侧置围栏，支起窗户，可以凭栏远眺。

我们看看下图，这是成都杜甫草堂的照片。现在的杜甫草堂的窗户，跟唐代的直棂窗还是比较相似的。

总之，唐代老百姓家的窗户一般都不大，很不敞亮，所以它实在不适合透过窗子看远山的风景。

接下来的一个问题是：中国传统住宅，一般讲究朝南开门，甚至官府也讲究门朝南，有一句俗语"自古衙门朝南开，有理没钱莫进来"，皇帝也是"面南而治"。拿现在的科学道理来

杜甫草堂书房窗户

> **知识链接**
>
> ### 说"南窗"
>
> 晋代陶渊明有"我屋南窗下,今生几丛菊"(《问来使》)、"倚南窗以寄傲,审容膝之易安"(《归去来兮辞》)的句子。李白也说过"拂花弄琴坐青苔,绿萝树下春风来。南窗萧飒松声起,凭崖一听清心耳"(《白毫子歌》),希望能像隐士白毫子那样过"拂花弄琴"、隐逸洒脱的生活。陆龟蒙也有"如能跂(qí)脚南窗下,便是羲皇世上人"(《和同润卿寒夜访袭美各惜其志次韵》)的理想。这样的"南窗",还蕴含着潇洒、隐逸、淡泊的生活情趣。

讲,是因为北半球中低纬度地区,一年四季阳光都从南面照射过来,房屋朝南有利于采光,做到冬暖夏凉。所以,常规的建筑建造规则是坐北朝南,门向南开。段玉裁注《说文解字》说:"古者室必有户有牖。牖东户西,皆南向。"窗子在房屋的东边,门在西边,都朝向南方。既然房屋门朝南,那么窗户应该也朝南。所以窗子在古代也称"南窗"。

我们再来看这句"窗含西岭千秋雪",这个"西岭"应该在房子的西边,透过窗户能看到"西岭"的话,那么杜甫草堂的门是朝哪边开的呢?如果房屋门朝南开,则窗户可见南边的景物;如果凭窗看到的是西边的雪山,那么杜甫的窗户应该是朝西的。杜甫草堂要么不是坐北朝南的,要么他在西边墙上开了窗户,所以他才可以透过窗户看到西边山岭的雪。而我们知道在西边墙上开窗，是不符合常规建筑范式的。

这样说来，对于这句"窗含西岭千秋雪"，我们有理由提出质疑：要么杜甫建造房子不合常规，要么他信口胡来，说了假话，为了写诗而写诗，为了与下一句诗里的"门泊东吴"相对仗，强拉了"窗含西岭"来做搭配。是不是这样的呢？

事实上，杜甫不是一个矫情的人，他写诗非常认真，所以他的诗歌才会被称为"诗史"，他才会被称为"诗圣"，他显然不会东南西北不分地将窗户搞到西边墙上，更不会说假话。那就意味着：杜甫草堂的门、窗都是朝西的。

现在复建的成都杜甫草堂的正门面临浣花溪。门口对联是杜甫诗句"万里桥西宅，百花潭北庄"。草堂的门正是朝西的，而不是朝南，可以说，其门窗朝向，跟杜甫的诗是一致的。

草堂门朝西开，与常规住宅建造规则不合。成都的城市布局呈现的就是斜向格局。在这样的住宅里，杜甫的生活也将是非常规的，结合"竹石如山不敢安""根居隙地怯成形"，我们可以推断，在北方长大的杜甫应该很明白这个草堂终非久居之地。有了这一点的推测，我们才能更好地理解第四句诗。

我们接下来说一说这个"含"字。"含"有容纳之意，衔在嘴里不吐出也不咽下就是含。说珍惜一个人，叫"捧在手里怕摔了，含在嘴里怕化了"。现在有一种"含片"，最能体现这个字的涵义，含片不嚼，不咽，要在嘴里慢慢化开、慢慢吸收，这个状态就是"含"。"含"字还有包藏在里面、没有完全表露出来的意思，比如"含羞、含情脉脉、含苞待放"，等等。在这一句诗里，通过直棂窗看"西岭千秋雪"，因为窗子有窗桤的遮挡，所以远山是隐约可见的，并不是十分清晰的画面。如果把"含"字换成"藏""存"或"留"之类，就没有韵味了。"含"字本身的那种若隐若现的情态，用别的字是难以表现出来的。

下面来说一说"西岭"。

"西岭千秋雪"，杜甫看到的西岭是有雪的。杜甫在成都期间有不少诗句都提到了雪山（雪峰），如：

　　西山白雪三城戍，南浦清江万里桥。（《野望》）
　　西岭纡村北，南江绕舍东。（《遣闷奉呈严公二十韵》）
　　东郭沧江合，西山白雪高。（《赴青城县出成都寄陶王二少尹》）
　　远烟临井上，斜景雪峰西。（《出郭》）
　　暮倚高楼对雪峰，僧来不语自鸣钟。（《暮登四安寺钟楼寄裴十》）
　　练练峰上雪，纤纤云表霓。（《泛溪》）

即便离开了成都，他还提到"雪岭界天白，锦城曛日黄"（《怀锦水居止二首》其二）。可见他对雪山印象之深。

目前一些专家乃至一些唐诗选本的编者谈到这一首诗时，往往把"西岭"说成现在的"西岭雪山"。这个"西岭雪山"现为成都的一处旅游景区，位于成都西边大邑县。这个名字是后来的。直到1991年出版的《大邑县志》里还把它称作"大雪峰（苗基岭）"，成都人又称其为"大雪塘"。当地将该山名改为"西岭雪山"，这便与杜诗里的"西岭千秋雪"有了关联。

苗基岭（大雪塘、大雪峰），海拔5 300多米，距离杜甫草堂一百多公里。它虽然名字里带"雪"，却谈不上常年积雪，冬天会有零星的积雪，天气一暖和，雪就化了，达不到"千秋雪"的程度。

有人会说，我们现在看不到西岭雪山的积雪，不等于唐代的杜甫就看不到。——这样提问题是值得赞赏的。独立的思想就是不盲从现有的答案，而是依靠自己的探究和思考来提出问题，并寻找答案。这个过程中，需要科学的探究，需要冷静而理智的分析，不人云亦云，不想当然。

这就要谈到唐代的天气状况了。著名气象学家竺可桢曾指出，中国历史上的先秦、汉代、唐代是比较温暖的三个时期。公元7至9世纪（唐初到900年前后），是中国继先秦和汉朝之后的第三个温暖时期。300年间有19个年头冬天无雪，关中冬天往往常年无雪，洛河、渭河、泾河很少结冰，在唐代，杜甫所居住的蜀地，气温比现在要高不少，而他当年能看到西边的山峰常年积雪不化，当然不会是现在我们很少看到积雪的苗基岭。

有网友考证出这个"西岭"是四姑娘山的主峰幺妹峰[①]。他的考证过程比较有趣，而且思路严密，值得我们学习。四姑娘山位于四川省阿坝藏族羌族自治州小金县与汶川县交界处，汶川县因为2008年的大地震而闻名世界。四姑娘山是横断山脉东边邛崃山系的最高峰。它的主峰是幺妹峰，海拔6 250米，人称

---

① 参见《由两幅照片看杜甫"窗含西岭千秋雪"的指向——成都的自然人文之旅》，http://blog.sina.com.cn/s/blog_551bf63501019jo2.html。本书的一些观点、图片、数据参考了该文。另外，也可参看手机凤凰网2017年6月12日的一篇文章：《古代成都街道西斜　利于观赏四姑娘山》，https://i.ifeng.com/lady/vnzq/news?aid=123741326&srctag=cpz_newsnext。

> 知识链接
>
> **杨贵妃吃的荔枝是从哪儿运到长安的？**
>
> 　　唐代杜牧诗里说："一骑红尘妃子笑，无人知是荔枝来。"宋代诗人苏轼说："日啖荔枝三百颗，不辞长作岭南人。"后人因此多认为杨贵妃爱吃的荔枝，是从岭南运到长安的。岭南到长安路途遥远，在交通工具落后的古代，这有点儿难以想象。其实还有一种说法，认为杨贵妃吃到的荔枝，产自巴蜀的涪州（也就是现在以产榨菜闻名的重庆涪陵）、嘉州（现在以乐山大佛闻名的四川乐山）一带。剑南、眉山以南一带都能产荔枝。张籍《成都曲》说："锦江近西烟水绿，新雨山头荔枝熟。"可见唐代巴蜀一带气温很高，成都可以种植现今生长于岭南的热带水果——荔枝。

　　"东方圣山""蜀山皇后"。四姑娘山属于岷山山脉。岷山从甘肃省南部延伸到四川省西北部，大致呈南北走向，全长约 500 千米。岷山的主体部分在四川省境内，有摩天岭、雪宝顶、九顶山、青城山、峨眉山、四姑娘山、鹧鸪山等著名山峰。四姑娘山的主峰——幺妹峰有两个显著特点：一是高，一是常年积雪。它距杜甫草堂有 220 千米。

　　可能又会有人质疑了——幺妹峰距离杜甫草堂约 220 千米，这么远，杜甫能看到雪山吗？这会不会是杜甫在"夸张"呢？当然了，当年的成都没有高楼大厦，视线不会被遮挡。

　　也许这个问题有点无聊，但是，我们在这里"较真儿"一下，也是为了使你养成勤于探究的习惯和不盲从的思维方式。

我们可以借助数学工具来解答这个问题,看看杜甫能不能看到幺妹峰吧。

已知:四姑娘山主峰幺妹峰海拔 6 250 米,杜甫草堂海拔 500 米,两者相距 220 千米。

求解:杜甫是否可以看到幺妹峰?

你身边如有数学学霸的话,可以一起算一算。

最后可得出结论:站在海拔 500 米的草堂,是可以看到雪峰的。

其实这一点不难理解。太阳距离我们够远的,可是因为它够大,所以我们依然能看到它。四姑娘山绵延起伏,巍峨壮观,只要没有遮挡,自然能从远处看到。

我们再来看这句诗里的"千秋雪"。很明显,这里的"千秋雪",字面意思是"千年积雪"。如果用科学术语来表述的话,应该叫"终年积雪"。

什么是"雪"?其实我们对雪都不陌生。在北方生长的人经常见到雪,这很正常。在南方呢,倒是有时会下冻雨,下雪就很反常、很稀奇。这种反常的气候变化,其实值得我们做各个角度的思考。

我们看甲骨文的"雪",能感受到如羽毛一般的白雪飘飘洒洒的美丽姿态。雪就是从天空飘落的白色羽绒状冰晶。汉字就是这样浪漫而有诗意!

雪因为洁白而深受古代文人的喜爱,它是高洁、气节、美德的象征。古诗中写到雪的句子很多,"雪"是中国诗歌中常

见的意象。我们略举几例:

欲渡黄河冰塞川,将登太行雪满山。(李白《行路难三首》其一)

燕山雪花大如席,片片吹落轩辕台。(李白《北风行》)

隔牖风惊竹,开门雪满山。(王维《冬晚对雪忆胡居士家》)

忽如一夜春风来,千树万树梨花开。(岑参《白雪歌送武判官归京》)

孤舟蓑笠翁,独钓寒江雪。(柳宗元《江雪》)

晚来天欲雪,能饮一杯无?(白居易《问刘十九》)

知识链接

积雪的五种类型

根据积雪的稳定程度,可以分为五种类型:

一、无积雪:多年无降雪。

二、瞬间积雪:主要发生在华南、西南地区,这些地区平均气温较高,但在季风特别强盛的年份,寒潮或强冷空气侵袭时发生大范围降雪,使地表出现短时(一般不超过10天)积雪,但很快消融。

三、不稳定积雪(不连续积雪):每年都有降雪,且气温较低,但空间上积雪不连续,多呈斑状分布,在时间上积雪日10至60天,且时断时续。

四、稳定积雪(连续积雪):空间分布和积雪时间(60天以上)都较连续的季节性积雪。

五、永久积雪:在雪平衡线以上降雪积累量大于当年消融量,积雪终年不化。

云横秦岭家何在，雪拥蓝关马不前。（韩愈《左迁至蓝关示侄孙湘》）

杜甫这首诗里的"千秋雪"，本是夸张，并非确指千年之久的积雪。文学需要有想象力的表达，所以夸张的修辞手法常常用于诗词中，比如李白的"白发三千丈""飞流直下三千尺，疑是银河落九天"就是夸张。有些人望文生义，以为这是诗人在吹牛，显然是缺少了想象力。我们要明白这是夸张的修辞方法，才不至于闹笑话。

四姑娘山有不少山峰都是终年积雪覆盖，其最高峰幺妹峰，更是如此。这里因此成为登山爱好者魂牵梦绕的去处。

所以，"窗含西岭千秋雪"说到的有"千秋雪"的"西岭"，应当是岷山山脉中四姑娘山上有永久积雪的幺妹峰。

请你想象一下：在春天里看到常年积雪的山峰，会有怎样的感觉？

从成都向西，群山茫茫，难以通行。而通向首都长安的蜀道，沿着成都向东北的德阳—绵阳—剑阁—汉中方向，几乎是沿着大山向东北延伸。这条道叫金牛道，又叫蜀栈，它是古代川陕交通干线。金牛道从四川广元到陕南宁强一段十分险峻，李白《蜀道难》说的"蜀道之难，难于上青天"就是这一段。

所以，从草堂向西看，白雪皑皑，关山难越；向北望，蜀道之难，难于上青天。看到的是好景，但是诗人心里，却不免有与"大道如青天，我独不得出"一样的感慨。

接下来我们来看这首诗的最后一句。

门泊东吴万里船

什么是"泊"?

"泊"的甲骨文字形左边是水,右边是"船",意思是船在水边停靠,很直观。《康熙字典》:"泊,止也。舟附岸曰泊。""泊"的意思是"停船""船停在岸边"。"泊船""泊舟"用的就是这个意思。

段玉裁注《说文解字》说:"浅水易停。故泊又为停泊。"停船处水浅,浅水也好停船。港口内停靠船舶的位置,叫"泊位"。延伸开来,停放车辆也叫"泊车",停车的位置也被称作"泊位"。"泊"字意思用得比较多的,便是"停靠"。

"东吴"是指哪儿?东汉朝廷曾封孙策为"吴侯",曹丕封孙权为"吴王",孙权称帝,国号"吴",后筑石头城,迁都建业(今江苏南京),世称孙吴。由于所统治地区又居于魏、蜀之东,也称"东吴"。后来人们也将长江下游的江南地区(相当于现在江苏南部、浙江等地)称为"东吴"。苏州、扬州、镇江、南京这些地方,都可称东吴。说到东吴,给人的感觉就是繁华、富庶、通达、和乐。

杜甫到过东吴吗?

公元 731 年,20 岁的杜甫开始吴越之游,他从洛阳出发,乘船经广济渠、淮水、邗沟,渡长江而往江南。他在江宁(今江苏南京)、姑苏(今江苏苏州)、越中(今浙江)逗留了 3 年多。735 年,才由原道返回洛阳,去参加进士考试。所以,从他江南之行的线路来看,他到过东吴一带,却没有到过扬州。这可能是他的一大人生憾事。

我们再来说说"万里船"。人们在解释杜甫这首诗时，常常将"万里船"与上一句的"千秋雪"对比理解，以为这是为了对仗，而用了同样属于夸张的修辞手法。其实，这里的"万里"并非夸张。

"万里船"指什么？来自万里之外的船？通向万里之外的船？可行万里的船？……

如果深入探究，我们就会发现，在成都有一个很著名的地名，叫"万里桥"。这个万里桥，是了解成都，了解这首诗的一个重要的参考。

万里桥在哪儿呢？它在今天成都市南的南门大桥（俗称老南门大桥）一带，位于锦江上，是历史上著名的古桥。

万里桥是古时沿水路向东行船的始发地。《元和郡县图志》："万里桥，架大江水，在县南八里。蜀使费祎聘吴，诸葛亮祖之，祎叹曰：'万里之路，始于此桥。'因以为名。"[①]

北宋时期，四川转运使赵开将万里桥建成了石墩基座的五孔木梁"廊桥"。南宋时期，赵汝愚任四川制置使兼成都知府时，修缮诸葛亮祠庙、万里桥等名胜，他的幕僚刘光祖专门写了一篇《万里桥记》，记述他添"石鱼"，增"酾水"（即泄洪孔洞）为"五道"，"梁板悉易以木而屋之"[②]等事迹。

宋代成都已形成了江上娱乐的习俗。那时候的万里桥一带，江面宽阔，还是成都训练水军的基地。在万里桥下泛舟，称为"小

---

① ［唐］李吉甫《元和郡县图志·下》，中华书局，1983年6月，第1版，第768页。
② ［宋］袁说友等编，赵晓兰整理《成都文类·卷第二十五》，中华书局，2011年12月，第1版，第516页。

游江"；在浣花溪泛舟，称为"大游江"。

明末清初张献忠祸乱四川时，万里桥被当成杀人刑场，成都遭空前破坏，万里桥也随之崩塌了。

康熙年间，新任四川巡抚张德地带领群众捐款修复了万里桥，在桥边立了"万里桥"石碑，还挂了"武侯饯费祎处"的匾。光绪年间当地官员带领群众再次整修万里桥。改建为七孔石拱桥，桥长20丈，桥宽3丈余，石板护栏。桥南桥头有大石碑，刻有"万里桥"三个大字。

这座老桥，也成为古成都的标志性建筑。1995年，这座千年古桥被拆掉了，后来在原址新建了一座现代化的单孔水泥大桥。我们只能在旧照片上来寻觅这座古桥的历史风貌了。

成都万里桥（约摄于1920年）

万里桥既是古代成都水陆交通的起点站,又是一大名胜,景色优美,店铺林立,隋唐时期就十分繁华。

杜甫《狂夫》一诗介绍草堂位置时就曾说:"万里桥西一草堂。"他还有"西山白雪三城戍,南浦清江万里桥"的诗句。我们在今天的地图上来看,万里桥在杜甫草堂的东南方向,从杜甫草堂经浣花溪、百花潭到万里桥,也不过4公里。

在唐代,扬州与成都都是非常繁华的大都市,两地由万里长江相连。唐代陆肱曾写有《万里桥赋》,其中有"万里兮蜀郡隋都"①之句,将成都与隋朝的行都扬州并列。诗人岑参曾任嘉州刺史,写过《万里桥》诗:"成都与维扬,相去万里地。沧江东流疾,帆去如鸟翅。楚客过此桥,东看尽垂泪!"唐代著名的女诗人薛涛就曾住万里桥边。她自述:"万里桥头独越吟,知凭文字写愁心。"(《和郭员外题万里桥》)这座万里桥,承载了太多的情感和乡愁。

到了宋代,万里桥魅力依然不减。苏轼、范成大、陆游等人都在诗词中写过万里桥。曾在成都做官的范成大在《吴船录》中曾说:"杜子美诗曰:'门泊东吴万里船。'此桥正为吴人设。余在郡时,每出东郭,过此桥,辄为之慨然。"②淳熙四年(1177年),范成大离任,五月二十九日从万里桥动身,十月入吴郡。他将沿途所记集为《吴船录》,书名即源自杜甫的这句诗。

可见,万里桥是联通长江下游繁华地域的起点。从万里桥,

---

① [清]董诰等编《全唐文·卷六百二十二》,中华书局,1983年11月,第1版,第6 279页。

② [宋]范成大《吴船录·卷上》,中华书局,2002年9月,第1版,第187页。

通过万里长江，直通扬州。使人不禁想起"腰缠十万贯，骑鹤上扬州""烟花三月下扬州"的诗情与潇洒。可知这里是当年旅居成都的文人墨客抒发乡情、思发江南的地方。

正因如此，杜甫抬眼西望，关山难越，只有东行的船只，承载着游子的乡愁和旅人的希望。杜甫看到门口浣花溪停泊的通向东吴的客船，他想到的是什么呢？是奔赴东吴的梦想，是游历扬州的梦想，是重归故里的梦想。

冯至是杜诗研究大家，他编有《杜甫诗选》，收录此诗。浦江清、吴天五注曰："蜀江东下，在成都城外上船，可以直达吴地。杜甫这时很想去蜀游吴。"[①]

当时杜甫在成都的生活并不稳定。他最后在草堂的这段时光，也就是一年时间。期间，"竹石如山不敢安""根居隙地怯成形"，草木竹石皆如此，人何以堪？我们可以约略猜测到，他这段的生活也是不踏实的，否则他也不会毅然决然地离开这里。

明代王嗣奭的《杜臆》说这首诗是"自适语"[②]，其实是不对的。杜甫没有感到多么"自适"，也没有打算在此终老。常年的奔波，让他对故乡的思念越来越深。即便是在片刻的安稳中，他的诗里仍然流露出离开成都的想法。

如果认为杜甫是随兴写了这首诗，为了单纯写景，要表达一种轻松愉悦的心情，那对杜甫的理解就流于粗浅了。他被称为"诗圣"，乃是因为他是拿生命和真诚的情感在写诗。他不

---

① 冯至编选，浦江清、吴天五注《杜甫诗选》，人民文学出版社，1956年12月，第1版，第179页。
② ［明］王嗣奭《杜臆》，上海古籍出版社，1983年，第1版，第147页。

会为景造情。他不是陶渊明那样能拿得起放得下的旷达之人，他"致君尧舜上，再使风俗淳"，是有治世抱负的人；他"穷年忧黎元""安得广厦千万间，大庇天下寒士俱欢颜，风雨不动安如山"，是关爱百姓的人。他的诗歌，总是透露出他的大爱与慈悲。这就是杜甫的伟大之处。

所以，我们认为，这首诗的创作意图不是写景，不是文字游戏，不是怡情，而是思归之作。

清代赵翼曾经说过："国家不幸诗家幸，赋到沧桑句便工。"（《题遗山诗》）经历了安史之乱和各种天灾人祸的杜甫，见证的也是国家和百姓的灾难。杜甫的个人经历和人生感悟，也成就了杜甫的诗歌。一个饱经沧桑、写尽沧桑的诗人，生活在一个不幸的时代，但是他的诗歌艺术却因此而臻于完美，为人类留下了宝贵的精神财富，这就是"国家不幸诗家幸"。但是话说回来，我更倾向于让杜甫生活在一个幸福的时代，有个人的幸福，有完美的人生，因为每个人都有获得稳定、和乐生活的权利和自由。

美感体验

《绝句四首》其三（两个黄鹂鸣翠柳）的形式美和韵律美

这首诗里写了黄鹂翠柳、白鹭青天、西岭雪景、东吴行船。景色很美，寄托也很深沉，是很有分量的诗篇。

杜诗的意义，并不仅仅在于其思想性，仅仅有思想不一定就能感人。文学艺术作品一定要能给人以美感，一定要有艺术性。杜甫的伟大在于他是以艺术性来体现出他深沉博大的思想，他在诗歌艺术上的探索与成就，使他配得上"诗圣"的赞誉。

杜甫是一个在诗歌艺术上追求极致完美的人。他说自己"为人性僻耽佳句，语不惊人死不休"（《江上值水如海势聊短述》）。北宋黄庭坚称赞杜甫的诗"无一字无来处"（《答洪驹父书》），黄庭坚所代表的"江西诗派"因此极力推崇杜甫。我们对杜甫诗歌了解得越多，这种体认就越深刻。他在格律诗方面，不断探索创新，其诗作大都是唐代格律诗的典范作品。

杜甫开创了组诗的形式，将单独的诗篇联缀成一个整体，如我们学的这首诗是他创作的组诗《绝句四首》之一，另如《咏怀古迹五首》《秋兴八首》《戏为六绝句》等。组诗中的每一篇都有各自的独特性，同时又有内在关联性，在情感表达上形成不同的层次与角度。

杜甫创作的绝句今存138首，其中32首五绝，106首七绝。从杜甫开始，绝句才有了严整的定制。有人说："至老杜始有

> **知识链接**
>
> ### 一字论工拙
>
> 宋代欧阳修《六一诗话》记载了学者陈从易的一件趣事：
>
> 陈舍人从易，当时文方盛之际，独以醇儒古学见称，其诗多类白乐天……陈公时偶得杜集旧本，文多脱误，至《送蔡都尉诗》云："身轻一鸟"，其下脱一字。陈公因与数客各用一字补之。或云"疾"，或云"落"，或云"起"，或云"下"，莫能定。其后得一善本，乃是"身轻一鸟过"。陈公叹服，以为虽一字，诸君亦不能到也。
>
> 上述事件中提到的这首杜诗是一首五言古诗，原题是《送蔡希曾都尉还陇右因寄高三十五书记》，全诗共二十句，赞美都尉蔡希曾武艺高强。其中的两句"身轻一鸟过，枪急万人呼"说蔡希曾跳起来像鸟一样迅捷，使枪快疾，令万人赞呼。用"过"字突显出"飞跃而过"的结果，给人的感觉是还没看清楚他飞身的过程，他已经飞过去了，快到只能看到光影，而不见动作。而后人补的那些"疾""落""起""下"，要么是描述性的，要么是趋向性的，都不够形象生动。杜甫诗歌之所以令人折服，是跟其在艺术上的严谨、精妙和创新分不开的。

以'绝句'命题的七言诗者,则七绝似即首创于老杜。"①杜甫的绝句不乏"清词丽句",不论晓畅明快,还是沉郁顿挫,都极见艺术功力。

上文我们仔细分析了"两个黄鹂鸣翠柳"这首绝句的画面感和色彩的和谐之美,也讲到了诗中色彩、声音交错呈现的"多媒体"之美。还提到黄鹂、白鹭、雪山、万里船等意象所蕴含的情思。前两句是近景,是实景;第三句是远景,介乎虚实之间;第四句是近景,却又寄托遥深,神驰远方。这样的布局,让你感到诗人的视线和情感在远近、虚实中变化摇曳,富有动感。这种动感,如黄鹂之声,隐约而闻;如白鹭之舞,有迹可循;如雪山之景,隐约可见;如东吴之舟,飘摇水畔。

如果你只是从这些字词的表面滑过去,貌似读懂了这首诗,其实却错过了与杜甫及其美丽诗歌的深度沟通。汉语诗歌的精致之美,情思之隽永,是需要我们静下来,在细微处慢慢体会的。

北宋文学家苏轼评价杜甫的诗歌"少陵翰墨无形画",评价王维的诗歌"诗中有画",极为欣赏将诗画合一的境界和艺术趣味。这样的写景状物咏怀的文学作品,历久弥新,让我们难以忘怀。

我们再来谈谈这首诗文字上的精美之处。

律绝是律诗兴起以后才有的,在平仄、用韵方面有严格要求。从讲求平仄、对仗、押韵来说,律绝似乎是截取了律诗的四句,或截取律诗前后两联(1、2和7、8句),不用对仗;或截取中

---

① 李嘉言《古诗初探·绝句起源于联句说》,上海古典文学出版社,1957年,第1版。

间二联（3、4和5、6句），全用对仗；或截取前二联（1、2和3、4句），首联不用对仗；或截取后二联（5、6和7、8句），尾联不用对仗。

杜甫的这首绝句，是两两对仗、非常工整的律绝。"两个黄鹂鸣翠柳"属于仄起仄收句式。平仄规范应该是这样的：

仄仄平平平仄仄，平平仄仄仄平平。

平平仄仄平平仄，仄仄平平仄仄平。

这首诗的平仄是这样的：

两个黄鹂鸣翠柳，㊀行白鹭上青天。

仄仄平平平仄仄，㊛平仄仄仄平平。

窗含㊄岭千秋雪，㊘泊东吴万里船。

平平㊄仄平平仄，㊛仄平仄仄仄平。

我们圈出来的地方，在格律上是可平可仄的。第二、四句句尾押韵，"天""船"在平水韵中同属于"下平一先"。所以，杜甫这首绝句在格律上很严整、规范。我们学习写作绝句的时候，可以拿杜甫的诗歌当范本。

这首诗在语言上的另一个特色就是它工整的对仗。

对仗是律诗中领联、颈联的基本要求，也是对联写作的基本要求，我们现代汉语修辞中称为对偶。律诗和对联中的对仗，属于严整的对偶。

对仗又称队仗、排偶。对仗有如公府仪仗，两两相对。它把同类或对立概念的词语放在相对应的位置上，使之出现相互映衬的状态，增加了词语表现力，使语句更具韵味。对仗体现了汉语精妙、精致的特色，是汉语独有的美。虽然其他语言文字也可以构成对偶的形式，但是很难实现汉语这样讲究字数、词性、平仄的对仗之美。

如果你对对仗不大了解，那只要细读这首诗，就能对对仗有基本的了解了。

格律诗出句与对句的对仗规则是这样的：

1. 平仄要相对。

汉字的平声大致包括今天普通话的阴平和阳平，仄声包括上声、去声和入声。由于语音的变化，古今区分平上去是有差别的，特别是我们今天普通话没有了入声字，古入声字都归入平声、上声和去声里了，所以我们今天学习唐诗的平仄，要依据"平水韵"。对仗中的平仄相对，就是指上联是平声的字，要在下联对应一个仄声的字；同理，上联仄声的字，在下联要对应一个平声的字。这是对仗最基本的一个讲究。

平仄相对的另一个规则是：上联要以仄声字收尾，下联要以平声字收尾。区分上下联的一个标准就是上联的末尾字是仄声。结合杜甫这首绝句，这一点是很鲜明的：

两个黄鹂鸣翠柳　仄仄平平平仄仄
一行白鹭上青天　平平仄仄仄平平

两——一，个——行，两个——一行；黄——白，黄鹂——白鹭；鸣——上；翠——青，柳——天，翠柳——青天。从标出的平仄来看，都是相对的。上联以仄声的"柳"收尾，下联以平声的"天"收尾，非常规范、标准。

另外两句"窗含西岭千秋雪""门泊东吴万里船"，对仗也很严整，你可以试着分析一下"平仄相对"的特点。

2. 词性要相同。

上联与下联对应词的词性要一致，名词对名词，动词对动词，形容词对形容词……以此类推。如"两个黄鹂鸣翠柳"，对应"一行白鹭上青天"，"两个"和"一行"都是数量词，"黄鹂"和"白鹭"都是名词，"鸣"和"上"都是动词，"翠"和"青"都是形容词，词性是一致的。

3. 结构要一致。

上联与下联平仄相对的同时，上下联的句型结构要求相同、一致。如主谓结构对主谓结构，偏正结构对偏正结构，以此类推。"两个黄鹂鸣翠柳"的结构，跟"一行白鹭上青天"一致。第三句"窗含西岭千秋雪"与"门泊东吴万里船"也是一致的。

4. 用字忌重复。

这一点也是汉语诗歌和对联的特别突出之处。现在明星为了彰显自己的独特性，不穿跟别人一样的衣服，不"撞衫"。其实汉语对仗的讲究比这些明星还严格。写诗、写对联，一个基本的规则就是上联用过的字不可以在下联重复使用。当然，如果上联中有字词重复使用，则下联相应位置，也要重复使用跟上联所重复的字词对仗的字词，这就需要你有足够的字词积累，并力求用最精当的字来表达你的意图，这一点就能显出作者的水平和功力。

5. 句义忌雷同。

出句和对句的句义完全相同或基本相同，称为"合掌"，这是写诗和写对联的大忌。"合掌"是不大明白或者不讲究对仗规范的表现。下面这两个对仗都属于合掌：

锣鼓喧天辞旧岁，爆竹动地庆新春。

神州千载秀，赤县万年春。

为什么对联创作要避免"合掌"呢？因为古人讲究惜字如金，要在有限的字数、篇幅内尽量多地呈现丰富的内容。能用一个字、一个词或者一句话说明白的，就不要分成两个字、两个词或者两句话来说。如果两句意思一样，就显得重复、多余、没创意了。这就是汉语文学的讲究。

从这一点来看，杜甫诗歌的高妙之处，不仅仅在于句义避免雷同，还在于他使用的那些意象都蕴含着一定的意义和情感，每一句都有独特鲜明的特征，所以毫无重复之处。

从这首诗里，我们还能体味到汉字的美。这首诗里的"两、个（箇）、黄、翠、一、行、青、天、窗、含、西、雪、门（門）、东（東）、吴、万（萬）"等字，都是左右对称或者基本对称的，如果把它们的繁体写出来，有一种匀称的美，这一点作者可能不是有意为之，但是这些字的形体之美，却能给我们带来阅读和学习的额外的悦目感。

这就是一代"诗圣"杜甫。从他身上，我们能感受到中国古代文人匡世济民的情怀；从他的诗歌里，我们能领略汉语诗歌的精美与深沉。

自主学习

画出《绝句四首》其三（两个黄鹂鸣翠柳）的诗意

"两个黄鹂鸣翠柳"这首绝句不单单有诗情，也有画意。它的色彩、动作、构图、意象，都具有极强的视觉感染力，所以这首诗非常适合用绘画来呈现，当然了，你如果没有读懂，也就难以准确、真实地表现出这首诗的意境以及诗人的意图。

要用绘画表现出一首诗的意义，确实不是一件容易的事。你要对诗歌的内涵有准确的了解，要对诗人的思想、情感有深入的体认，要对诗人经历过的或者诗歌呈现出的时代、习俗、服饰、器物等有一定的了解。否则，就无法深入、准确地表现出诗歌的意义，甚至还会闹笑话。

你可以在网上找一些以这首诗为题的绘画作品，看看这些画是否贴合这首诗的诗意。

看过网上各式各样的关于这首诗的绘画后，你最大的体会是什么呢？

很多画者对诗人以及诗里呈现的建筑、环境等缺乏了解，对诗句的涵义缺乏了解，所以画出来的画，要么理解不准确，要么破绽百出。所以，你如果想成为一个优秀的画家，首先就要对我国的文化、文学、历史、习俗等有基本的了解，如果对古代的东西随意发挥，就会出丑、闹笑话。

参加"诗意国学"学习的学生，在学完这首诗后以这首诗为题画画的时候，不仅非常认真地研究这首诗，还仔细斟酌景物的方位以及远近布局，有一个孩子甚至画了19遍！其实他们这么反复研究、斟酌，并不仅仅为了画出多么精美的图画，而在于通过探究的过程，加深对这首诗的了解和认识，加深对杜甫草堂、对杜诗语言表现力的了解和认识。在这个过程中，他们将这首诗融入了心灵深处，也将永远铭记在心。这才是学习这首诗、画这首诗的目的和意义之所在。

这是一个孩子画的杜甫《绝句四首》其三（两个黄鹂鸣翠柳）诗意。他画了草堂，仔细考量了草堂跟雪山、浣花溪的位置关系，

杨思远所画杜诗诗意

还通过这么逼仄的景物布局，表现出向西不可行，向东很开阔的意思。船只、翠柳、白鹭，都布局得很到位。他还在船帆上画了一面写有隐约可见的"吴"字的旗帜，将去往东吴的意思表现了出来。虽然这幅画在技法上还很稚嫩，但通过这幅画，孩子的创造、想象、表达、理解以及探究方面的能力，都激发了出来。

学完这首诗，你也来画一画它的诗意吧！

第二课 《送元二使安西》
——一首唐诗的音乐奇缘

对《送元二使安西》这个标题，或许有人会感到陌生。但是如果我说出"劝君更尽一杯酒，西出阳关无故人"，相信很多人都听说过。这两句诗就出自《送元二使安西》。

《送元二使安西》不仅是一首经典的送别诗，还被当时和后世的人们再创作为歌、曲、词、琴曲和琴歌，对后世产生了广泛而深远的影响。赏读这首诗的过程，也是一次美妙的音乐之旅。

设身处地

中国古代的交通和通信状况

唐代有很多写离别的经典诗篇，除了王维的这首《送元二使安西》，还有很多，如李白的《黄鹤楼送孟浩然之广陵》《赠汪伦》、高适的《别董大》、王勃的《送杜少府之任蜀州》、岑参的《白雪歌送武判官归京》、王昌龄的《芙蓉楼送辛渐》、杜甫的《新婚别》《垂老别》《无家别》（"三别"）等等……

为什么古诗中多离别之作呢？我们先从离、别两字讲起。

"离"的繁体"離"，是个形声字，从隹（zhuī）。"隹"，本义是短尾鸟，"隹"旁的字都与鸟有关。《说文解字》："離黄，仓庚也，鸣则蚕生。"離黄，就是黄鹂。前面讲过，黄鹂又称黄莺、仓庚、青鸟。古人把黄鹂和黄莺相提并论，认为它们是同一种鸟。

"离别"的"离"字跟鸟有什么关系呢？

"离"的甲骨文字形，上面是一只鸟，下面像手持捕鸟的网。可见"离"字是会意字，本义跟捕鸟有关。黄鹂雌雄同飞，如同鸳鸯那样，是团圆、恩爱的象征。成双成对的黄鹂被拆散开来，就是"离"。杜甫的《绝句四首》其三诗里有"两个黄鹂鸣翠柳，一行白鹭上青天"的句子，"黄鹂"是双双相守的，所以这句诗体现出的是对团圆、相聚、和谐、安乐生活的向往。

"離"是"离"的后起字形，加了"隹"大概是为了强化捕"鸟"器的意思。"離"字表示黄鹂应为假借义，其常用义是离别、分离。后来又造了形声字"鹂"分担了黄鹂鸟的意义。今天汉字简化，"離别"之"離"又恢复了其本字。

跟"离"常一起用的，还有一个字："别"。什么是"别"呢？

《说文解字》："别，分解也。从冎（guǎ）从刀。""冎"，古同"剐"。《说文解字》："冎，剔人肉置其骨也。"就是把肉从骨头上剔下以后剩下的骨架。这种骨肉分离的痛感，就是"别"。古人将"离"与"别"相提并论，就是因为离别是令人悲痛的事。上一课我们提到了唐代金昌绪《春怨》诗中那个"打起黄莺儿"的闺中少妇，与丈夫离别，只能在梦中相会，相思之苦让人难眠，又只能寄托于梦！屈原的《九歌·少司命》里也有这样的句子："悲莫悲兮生别离，乐莫乐兮新相知。"古诗中写离别的诗歌数不胜数，就是因为离别之痛，最令人刻骨铭心。其实不单古人如此，生活在今天的我们，也免不了生离死别。

古人重视离别，跟当时的交通状况和通信状况有关。解读古人送别、赠别的诗作，须要对古代的交通和通信状况做一些简单的了解。

古人是怎么出行的？

我们今天交通非常便捷，不觉得出远门是多么艰难的大事。但在古代，跋山涉水，离家远行，无异于生离死别。除了路途遥远难走的原因,古时地旷人稀,遇到恶劣天气、疾病伤痛、狼虫虎豹、车匪路霸,行路都会异常艰难,甚至会丢了性命。

古人使用的交通工具主要有水路工具和陆路工具两类。水路交通工具主要是舟船,陆路交通工具主要是马(包括马车)。相比较而言,骑马比较便捷,似乎速度也比较快,但缺点是:时间长了,人和马都比较劳累,需要休息。《唐六典》说到唐代陆路交通的标准速度:"凡陆行之程:马日七十里,步及驴五十里,车三十里。"① 这个"里"指的是唐里。一唐里约等于今天的450米,70唐里相当于31.5千米。

唐代送别诗中关于骑行的诗句很多,我们略举几例:

山回路转不见君,雪上空留马行处。(岑参《白雪歌送武判官归京》)

挥手自兹去,萧萧班马鸣。(李白《送友人》)

故人行役向边洲,匹马今朝不稍留。(张渭《送人使河源》)

江春不肯留行客,草色青青送马蹄。(刘长卿《送李判官之润州行营》)

《唐六典》还述及"水行之程":"舟之重者,泝河日三十里,江四十里,余水四十五里;空舟泝河四十里,江五十里,余水六十里。沿流之舟则轻重同制,河日一百五十里,江一百里,余水七十里。"② 舟船的行进速度似乎没有马那么快。但舟船的

---

① [唐]李林甫等撰,陈仲夫点校《唐六典·尚书户部卷第三》,中华书局,1992年1月,第1版,第80页。
② [唐]李林甫等撰,陈仲夫点校《唐六典·尚书户部卷第三》,中华书局,1992年1月,第1版,第80页。

好处是坐着不累，而且比较平稳。古代的船依靠风帆提供动力，顺风好行船，逆风就比较费劲了。过去大的江河上都有纤夫，逆水行船的时候，全要靠纤夫们合力拉纤使船行走，逆风逆流船行就更慢了。李白的《早发白帝城》写他从夔州，也就是重庆奉节白帝城出发，沿长江顺流而下的情景："朝辞白帝彩云间，千里江陵一日还。两岸猿声啼不住，轻舟已过万重山。"早上从白帝城出发，一天就赶到湖北江陵，实在是太快了。郦道元《水经注·江水》说："有时朝发白帝，暮到江陵，其间千二百里，虽乘奔御风，不以疾也。"1 200里的路程，顺流而下，按照12个小时行船时间来计算，每小时的船行速度要超过40千米，虽跟当今的火车、汽车等不可同日而语，但也是神速了。在船上连续坐12小时，即便不晕船，也相当受罪。

唐代送别诗中提到乘船的也很多，略举几例：

　　杨柳渡头行客稀，罟师荡桨向临圻。（王维《送沈子福归江东》）

　　漠漠帆来重，冥冥鸟去迟。（韦应物《赋得暮雨送李曹》）

　　日暮征帆何处泊？天涯一望断人肠。（孟浩然《送杜十四之江南》）

李白的诗歌里就有很多写到船行的诗句。比如：

　　两岸青山相对出，孤帆一片日边来。（《望天门山》）

　　李白乘舟将欲行，忽闻岸上踏歌声。（《赠汪伦》）

　　孤帆远影碧空尽，唯见长江天际流。（《黄鹤楼送孟浩然之广陵》）

可见，唐诗中，交通工具跟诗意的表达也是密切相关的。

古人是怎么联络的？

接下来我们来聊聊古人是怎么通信联络的。

古代交通不发达，出门远行很不方便。官府之间联络、人们与远方的亲友联络，只能靠书信。官方的信息传递、政令下达、官员任免，都是政府统治的基本保障，所以我国古代很早就有了政府设立的通信系统。从邮亭、馆驿到文报局、邮政局，通信系统不断发生变化。邮亭和馆驿，是中国古代最通用的通信机构，承担着官府文书的传达、公务人员的食宿接待等职能。这些机构的处所，也成为古人出行的歇脚处。秦、汉时在乡村每十里设一亭，后来遂有十里一长亭、五里一短亭之说。这些地方往往也成为送别之所。"何处是归程？长亭更短亭。"（李白《菩萨蛮》）长亭送别，是古人笔下常见的情景。唐代一般三十里设一驿。唐诗中常常提到当时的驿站，如崔颢《渭城少年行》："扬鞭走马城南陌，朝逢驿使秦川客。驿使前日发章台，传道长安春早来。"杜甫送老朋友严武进京赴任，从成都送到了绵州的奉济驿，一送就是二百里。

民间传信，就肯定不如官家那么快捷了，但是，却要比官家多不少美丽动人的故事和传说。

我们来讲几种古人传送书信的方式：

第一种，鱼传尺素。在纸张发明之前，古代书信常用绢帛写成，因为材料珍贵，所以内容不能太多，书信写在长一尺左右的白色绢帛上，因称书信为"尺素"。宋代词人秦观的《踏莎行》里就有这样的句子："驿寄梅花，鱼传尺素，砌成此恨无重数。""鱼传尺素"，并不是真的把一卷丝织品塞到鱼肚子里，而是指以鲤鱼形状的函套来装书信。

"鱼传尺素"典出古乐府诗《饮马长城窟行》："客从远方来，遗（wèi）我双鲤鱼。呼儿烹鲤鱼，中有尺素书。长跪读素书，书中竟何如？上言加餐食，下言长相忆。"这里的"双鲤鱼"，就是指两片刻为鱼形的竹木函套，里面装着书信。"烹鲤鱼"，也不是把鲤鱼形的函套放到锅里煮，它其实是对拆解封套、读取书信的形象说法。骆宾王有诗句："烹鲤无尺素，筌鱼劳寸心"（《夏日夜忆张二》），杜甫也有"雕虫蒙记忆，烹鲤问沉绵"（《秋日夔府咏怀奉寄郑监李宾客一百韵》）的诗句，用的"烹鲤"的典故就出自乐府诗《饮马长城窟行》。古人往往把一些平常的事务弄得很有诗意，很有仪式感。

第二种，鸿雁传书。鸿雁是一种鸟，九、十月起成群结队迁往南方过冬。飞行时排列整齐，呈一字形或人字形，叫声洪亮，数里外都能听到。鸿雁南飞，常常引发游子思乡、家人思亲之情。古人以"鸿雁传书"指代通信往来，还以"鸿雁"来指代书信。

"鸿雁传书"有时又称"飞鸽传书"。传说刘邦被项羽围困时，曾以飞鸽传书搬来救兵，脱离了危险。苏武出使，困于匈奴，牧羊十九载，汉朝使者向匈奴要人，匈奴耍赖说苏武已经死了，汉朝使者说他们接到了苏武通过大雁递来的书信，得知他在匈奴的领地牧羊。匈奴无奈，只好释放了苏武。

唐代张若虚那首被称为"以孤篇压倒全唐"的诗歌《春江花月夜》里有"鸿雁长飞光不度"的句子，说的也是鱼雁传书。

李清照《一剪梅》词云："云中谁寄锦书来？雁字回时，月满西楼。""雁字"既指排列整齐的雁阵，也指代书信。云中寄送锦书的信使,就是鸿雁。

鱼肠雁足、鱼笺雁书、鱼封雁帖、雁字,都成了书信的代称。书信也因为有了这些名字,以及这些名字背后的故事,而变得格外有情味,有诗意。

第三种,青鸟传书。青鸟是神话里西王母的使者,为西王母传递信息。传说青鸟有三足。

古诗词里经常提到"青鸟"。如李白《相逢行》:"愿因三青鸟,更报长相思。"李商隐《无题》:"蓬山此去无多路,青鸟殷勤为探看。"李璟《摊破浣溪沙》:"青鸟不传云外信,丁香空结雨中愁。"在诗人、词人的心目中,青鸟不只是神话中的神鸟,更是人们沟通信息、传达情感的"信使"。青鸟传书,为书信蒙上了神话的色彩,使书信有了瑰奇之美。

其实除了这几类"传书",还有很多通信方式,比如烽火传信、风筝传信,都有故事和传说在其中,古诗词中也经常提到这些。

梳理古人的交通、通信状况,是还原诗人王维写作这首诗的时代背景的一个尝试。试想一下,交通不便、通信困难的唐代,一场离别可能就是永别,离别诗不仅仅是简单的情意的倾诉,更是对复杂多变的人生与命运的感怀。

而后来出现的《阳关三叠》里就有不少跟通信有关的词语和典故,了解古代通信的基本状况,对理解《阳关三叠》的歌词也是大有裨益的。

知人论世

多才多艺的王维

王维，约生于公元701年，卒于公元761年。他字摩诘，号摩诘居士。王维是个信佛之人。佛家有部经书叫《维摩诘经》（又称《维摩诘所说经》《不可思议解脱经》《净名经》）。"维摩诘"的意译就是"洁净的名字""没有污垢的名称"。《维摩诘经》中的"随其心净，则佛土净"及"通达世间、出世间慧"的思想对王维有很大的影响。他因此字摩诘，号摩诘居士。王维在后半生半隐半官，吃斋礼佛，淡泊清静。《唐才子传》说王维"笃志奉佛，蔬食素衣，丧妻不再娶，孤居三十年。别墅在蓝田县南辋川，亭馆相望。尝自写其景物奇胜，日与文士邱为、裴迪、崔兴宗游览赋诗，琴樽自乐"[1]。

王维的辋川别墅是初唐宋之问的旧居，在长安城的东南方向，离都城长安的距离，如果按照现在的路线，有80公里之遥。

王维是唐代杰出的诗人、画家、书法家、音乐家。他才华出众，

---

[1] ［元］辛文房撰，周绍良笺证《唐才子传笺证·卷第二》，中华书局，2010年9月，第1版，第240页。

在很多领域都造诣非凡,是一个跨界高手。

先说王维的诗歌造诣。他的诗歌有佛禅意趣,后人因称他为"诗佛"。他与孟浩然合称"王孟",同为唐代山水田园诗派的代表诗人,对后世影响深远。唐代宗曾称他为"天下文宗",苏轼赞曰"味摩诘之诗,诗中有画;观摩诘之画,画中有诗"(《东坡志林》),对他的评价非常高。以下都是人们熟知的王维的诗句:

日落江湖白,潮来天地青。(《送邢桂州》)

大漠孤烟直,长河落日圆。(《使至塞上》)

明月松间照,清泉石上流。(《山居秋暝》)

独在异乡为异客,每逢佳节倍思亲。(《九月九日忆山东兄弟》)

空山不见人,但闻人语响。返景入深林,复照青苔上。(《鹿柴》)

木末芙蓉花,山中发红萼。涧户寂无人,纷纷开且落。(《辛夷坞》)

人闲桂花落,夜静春山空。月出惊山鸟,时鸣春涧中。(《鸟鸣涧》)

通过这些诗句,我们能看到一个悠然闲适、恬淡清雅的隐士、琴师、诗人、文人的形象。这是一个勘破人间尘事,不为尘俗所动的人。这种境界,与李白的狂放旷达、杜甫的沉郁雄浑不同。

王维还是一个杰出的书法家、画家和篆刻家。《唐才子传》称他"工草隶"。他的画写意传神、形神兼备,他也称自己"宿世谬词客,前身应画师"(《偶然作六首》其六),说自己前世应该是个画家。他以诗入画、以画入诗，在当时和后世影响很大。他还写有《山水论》《山水诀》等画论，在绘画理论上亦有建树。明代文徵明倡导"文人之画"，以唐代王维为创始者，称其为南宗之祖，王维的绘画成为后世文人画家学习的典范。可见王维的绘画成就对后世的影响。

王维还精于篆刻，善于治印，从他开始，诗、书、画、印进入文人画，具有了和谐统一之美。王维在诗歌、书法、绘画、篆刻上的精到功力，被苏轼、赵孟頫、文徵明、董其昌等人赞扬标举，应该说，王维在这些方面的综合成就，是当时和后世的绝大多数文人无法企及的。

王维虽然以诗、书、画、印闻名，但是他出任官职，却是因为他的音乐才华。据说他看到演奏乐器的图像，就能知道画中人弹奏的是哪个曲子中的哪个节拍、段落。他21岁任太乐署的太乐丞，这是负责朝廷祭祀享宴所用乐舞事务的从八品官职。760年夏天，60岁的王维任尚书右丞，这是他当过的最大的官了，人们因此称其为"王右丞"。

他不但善于作曲，而且还擅长弹奏琵琶、古琴等乐器。他有不少记述他弹琴的诗句，比如：

独坐幽篁里，弹琴复长啸。（《竹里馆》）

松风吹解带，山月照弹琴。（《酬张少府》）

旧简拂尘看，鸣琴候月弹。（《酬比部杨员外暮宿琴台朝跻书阁率尔见赠之作》）

除了在诗歌、书法、绘画、篆刻、音乐方面的卓越才华之外，他还善于品茶，是一个茶人。同时，他还是一个围棋高手。

王维就是这样一个多才多艺、全面发展的"通才"。

像王维、李白、杜甫、白居易、孟浩然这样的诗人,乃至后来的苏轼、黄庭坚、赵孟頫等人,都是多才多艺、全面发展的"通才"。我们今天提倡通过诗词来学习语文,就是希望能在诗词的鉴赏与学习中,提高审美能力,成为全面发展的人。

明题辨义

《送元二使安西》为谁而作

除了《送元二使安西》这个题目外，收录在《乐府诗集》和《全唐诗》里的这首诗的标题为《渭城曲》。你如果看见《渭城曲》这个名字，就要知道，它指的也是这首诗。

解读一首诗，我们首先要解决几个问题：作者是谁？写于何时？写于何地？为何而写？为谁而写？

对于诗人王维，我们已经有所了解了。那么这首诗是写给谁的呢？——从标题可以看出，这首诗是写给元二的。

元二是谁？

我们只知道元二叫元常。从史料里很难找到更多的关于元二的资料。

那时候另有一人也给一个叫元二的人写过诗，这个人就是杜甫。他写过一首《送元二适江左》，诗是这样写的：

乱后今相见，秋深复远行。

风尘为客日，江海送君情。

晋室丹阳尹，公孙白帝城。

经过自爱惜，取次莫论兵。

这首诗有原注："元尝应孙吴科举。"这是我们知道的又一个关于元二的信息。根据这句注，应该是元二要到东吴去应科举考试。杜甫和元二"乱后今相见，秋深复远行"，当在安史之乱后。根据杜甫的行踪，我们发现，他与元二的相见，应该是杜甫离开成都，到达夔州时。杜甫在夔州的时间为唐代宗大历元年到大历三年，即公元766年到768年间。杜甫给元二送行应该是在此期间的一个秋天。而我们知道，王维于761年就去世了。杜甫和元二的见面，应该是王维去世六七年以后的事了。

韦应物（737—792年）在洛阳时，也给一个叫元二的人写过一首《春中忆元二》，时间当在韦应物任洛阳丞及住在洛阳的那个时期（763—769年）。根据这个时间来推算，王维写《送二元使安西》的时候，韦应物才19岁，他写《春中忆元二》时，王维已经去世了。

还有一个叫刘商的诗人画家也给一个叫元二的侍御写过诗，名为《山中寄元二侍御二首》，有"拖紫锵金济世才，知君倚玉望三台"之句，赞元二才华超群，是一个有望官至三台（唐代尚书、中书、门下三省分别称中台、西台和东台，合称"三台"）的后备干部。刘商是大历年间（766—779年）的进士，他结识的元二，很有可能跟韦应物结交的是同一个人。只可惜我们无从深入查考了。

接下来我们说的是理解一首诗的第三个要点：去哪里？这首诗的标题点名了地点：安西。这首诗是送别诗，为了送元二出使安西而写，元二要出公差。

安西是唐代设立的安西都护府的简称。它的治所在龟兹（Qiūcí），在今天新疆的库车县。

自唐太宗贞观十四年（640年）起，到唐宪宗元和三年（808年）止，安西都护府一共存在了将近170年。

安史之乱前，安西都护府三易其名，其中约38年称安西都护府；约71年为安西大都护府。安史之乱后，765至778年为安西都护府，781年后又名为安西大都护府。

755年春，元二出使安西，同年年底，安史之乱爆发，756年到758年，安西兵组成"安西行营"入内地平乱。安西守卫空虚，吐蕃乘机出兵占领了陇右、河西一带，安西都护府与唐朝的联系通道中断。

根据这些事件和年份，我们估计，元二应该是在756年回到内地的，他可能是随着"安西行营"回来的，也可能是在此前就回来了。

在唐代，从长安城到安西都护府所在地龟兹的路程有多远呢？据考证，约为7 000唐里，相当于今天的3 150公里。

我们之所以罗列这一段历史，就是要明确一点：元二在安史之乱前奉命出使安西，可以说是凶多吉少。756年以后，安西就处于与吐蕃的战争区域。这对于我们了解这首诗，还原这首诗写作的地理、交通、时代特征，很有帮助。

深度探究

《送元二使安西》诗意

在对这首诗的背景情况进行了深入探究之后，我们来领略王维这首婉转而美丽的送别诗：

渭城朝雨浥轻尘，客舍青青柳色新。
劝君更尽一杯酒，西出阳关无故人。

渭城朝雨浥轻尘

这一句诗交代的是送别的时间、地点和场景。古代优秀的诗歌往往不直接抒情，而是先通过对环境、景物的描写来烘托气氛、寄托情感。这样的开头含蓄蕴藉，耐人寻味。这一点值得我们写文章时借鉴、参考。

渭城在今天陕西省咸阳市区的东部、西安的西北部。咸阳是秦朝的首都，位于九嵕（zōng）山之南、渭水之北。古人称山之南、水之北为阳，山水俱阳，故名"咸阳"。"咸"是"皆""都"的意思。汉武帝时，因咸阳临近渭水，曾更名为"渭城"。现在的渭城是咸阳市的一个区。

唐高祖武德元年（618年），唐朝建立，设置了咸阳县。王维在《少年行》里有"新丰美酒斗十千，咸阳游侠多少年"的诗句，其他的唐代诗人也常在诗词里提到咸阳。比如：

乐游原上清秋节，咸阳古道音尘绝。（李白《忆秦娥·箫声咽》）

征战初休草又衰，咸阳晚眺泪堪垂。（李嘉佑《晚发咸阳，寄同院遗补》）

衰兰送客咸阳道，天若有情天亦老。（李贺《金铜仙人辞汉歌》）

按道理说，王维在《送元二使安西》这首诗里应该称这个地方为咸阳的，但是这首诗却没有说咸阳，为什么王维称"渭城"而不称"咸阳"呢？

结合这些写到咸阳的诗句，我们不难发现，诗人们提到咸阳时，总是跟秦朝的灭亡和对秦亡的历史感怀联系在一起的。所以，提到咸阳，说到亡秦，总是比较消极、凄凉的，而送别友人时应该给亲友说一些祝福、吉祥的话语。

我们再来看看唐诗里提到渭城的诗句：

斗酒渭城边，垆头醉不眠。（李白《送别》）

风劲角弓鸣，将军猎渭城。（王维《观猎》）

回风度雨渭城西，细草新花踏作泥。（岑参《首春渭西郊行，呈蓝田张二主簿》）

渭城桥头酒新熟，金鞍白马谁家宿。（崔颢《渭城少年行》）

微风和暖日鲜明，草色迷人向渭城。（温庭筠《偶题》）

渭城在长安郊外，适合打猎、郊游、文人雅集和诗酒娱乐，也适合酒宴、送行。而且渭城不仅是一个地名，也可以泛指都城长安。提到"渭城"的诗句，给人的感觉是繁华、热闹、值得回忆、充满温情。所以，我们通过"咸阳"和"渭城"的对比就会发现，王维的诗歌在开头就定下了一个充满温情、哀而不伤的基调。这个基调跟李白的"西风残照，汉家陵阙"、李贺的"衰兰送客咸阳道"的伤感有所不同。把握住了这个基调，我们才能对王维创作这首诗时的心态、情感活动以及诗歌里的情感表现有准确的把握。

在唐代首都长安，为亲友送行，有两个主要的地方。

一个是在长安城西北方向的渭城。这里有陆路的大道，一直向西通向西域。陆上西行的人们在这里与亲友话别。

还有一个送别的地方，在长安的东边，也很有名。因跨灞水为桥，故名"灞桥"，此地还有汉文帝刘恒的寝陵——霸陵，所以也称作"灞陵"。"灞桥"又称"灞陵桥"。这里是向东出行的话别之处。从这里，向东可以东到洛阳，南下江南，通往繁华富庶之地。据《三辅黄图》卷六："灞桥，在长安东，跨水作桥。汉人送客至此桥，折柳赠别。"[①]可见汉时人们即在此桥送别。李白说"年年柳色，灞陵伤别"，"送君灞陵亭，灞水流浩浩"。杨巨源也有"杨柳含烟灞岸春，年年攀折为行人"的诗句。据统计，《全唐诗》中写及灞桥、灞水、灞陵的诗作就多达110多首。

---

① 何清谷校注《三辅黄图校注·卷之六》，三秦出版社，2006年1月，第2版，第419页。

所以看到唐诗中出现"渭城""灞桥""灞陵",就可以知道长安城外送行的地点了。后来,"灞桥""灞陵""渭城"又成了送别的代称,并不一定专指长安城外的送别。这种指代,其实蕴含、浓缩了古往今来的送别诗词、情绪、感怀、典故,送别时提到这些意象,有驰骋千古、融汇古今的感怀和情意。我们今天读这些诗作,也能联想到古人在这些地方的离别之情,这种联想、想象,使得我们能在古诗的阅读和体味过程中,注入我们今人的感受和感慨,与古人建立文化和精神上的关联,并将古人的情感表达化为我们内心鲜活而隽永的文化情怀。

正是因为有了王维的这首诗,"渭城"才成了"离别"的代称。白居易诗说:"理曲弦歌动,先闻唱渭城。"(《和梦得冬日晨兴》)刘禹锡也写下了"旧人唯有何戡在,更与殷勤唱渭城"的诗句,何戡是唐代元和、长庆年间的一位著名歌手。刘禹锡在大和二年(828年)回到长安听到了何戡唱王维的这首诗,而他在20年前就曾听到过这首歌,可见,王维去世后,这首诗一直被人传唱着。

王维的辋川别墅在长安城的东南,离长安有80多公里之遥,而长安到渭城,则有十几公里的距离。50多岁的王维要骑马赶赴渭城送别的话,就要走近100公里的路程,这在当时,是很辛苦的一件事。而且这首诗的第一句提到了"朝雨",可见是一大早的雨中送别,王维无论如何不可能当天从辋川别墅赶到渭城。从这首诗第二句提到的"客舍"可知王维是头一天特意赶过来住下,就为了一大早为元二送行,这就足以表明王维对元二情深义重。

"朝雨",即一大早下的雨。交代了时间是在早上,当时的天气是下雨了。可以这么表述:

时间:755年春,早上。

天气:雨。

地点:渭城。

古诗就是这么凝练、有美感:渭城朝雨,只四个字就交代了时间、地点、天气。

按理说,一早就下雨,如果雨太大,路上泥泞,肯定不好走,不是一个好的出行天气,行人会感到沮丧。但是,别担心,王维告诉我们当时的雨下得不大,不影响走路出行。他用了一个"浥"字。"浥"的意思是湿润。"轻尘",指细小的尘土。降雨不大不小,恰到好处,刚刚压住尘土,一个"轻"字,便见温柔、细腻。这就是诗的美。每一个字都蕴含着独特的用心。

这个"尘"字,是一个非常美妙的字。甲骨文的"尘"(塵)字像两只小鹿在慢跑。

"尘"的小篆字形更有趣,是三只鹿在地上跑,画面感更强了。

"尘"的意思就是鹿群跑起来时扬起的细小灰土。我们想象一下,一群活泼可爱的鹿从我们眼前跑过,有轻轻的尘土飞起,是多么美的画面啊!如果换成一群狼或者一群牛,会是怎样的景象?还会是这样的细尘轻扬吗?肯定不是了。所以古人用鹿群跑动扬起尘土来造字,温柔的情意,已在其中了。

在这句诗里,渭城早上的雨是恰到好处的。如果大了,行人就无法远行;如果没有雨,人来车往,尘土飞扬,就没有了送别时温润、柔美的气氛,甚至会煞风景。所以,送别时,天气很重要。渭城的这场雨不大不小,恰到好处,正好把渭城行人的轻尘压住了,还不影响亲友的远行,不破坏离别的气氛。这句诗写出了雨丝的细柔,也呈现出了离别之情的温柔。一个"浥"字,又突出了这场送别的别样温情。

▌客舍青青柳色新

此时,镜头拉近,交代事件发生的场所:渭城的客舍。王维特意提前来到渭城,住在客舍,只为了一早为元二送行。如果我们对于渭城客舍和王维辋川别墅的位置关系不了解的话,就无法在诗里读出王维对这次送行的重视。

这里继续呈现送别的场景:青青的客舍在细雨的洗礼中安详沉静,嫩绿的柳枝在雨中飘悠拂动。如果说第一句诗有动感的美的话,这第二句诗则呈现出一种动静相宜的美。王维描绘出了恬静优美的画面,并将他和友人元二置入了图画当中。王维是发现自然之美的人,又是一个置身美的画面中的人,他是画家,他又是画中人。这种让人感到摇曳多姿的美,也是极为耐人寻味的。

什么是"客"呢?

这是金文的"客"字。"宀(mián)"表示与家室房屋有关。这个字的本义是"寄居在他乡的房子里"。做客、客居、客死他乡,都是在与家乡相对的他乡、别处。王维17岁时就写出了"独在异乡为异客,每逢佳节倍思亲"的诗句。他对客居他乡的客舍肯定是很有感触的。

金 "舍"的金文字形，上面像房屋，下面像建筑房屋的平台。《说文解字》："市居曰舍。""舍"就是供人居住的客店。

"青青"就是青绿色。唐代建筑多采用灰色布瓦。那么客舍的青绿色是怎么回事呢？在柳树的环抱之中，客舍的墙壁、屋顶，都因为柳树的掩映而绿意葱茏了。送别的酒席、送行的王维和远行的元二，都处于美丽的绿色画卷之中。

渭城春色如此之美，正是三五好友踏青宴饮、诗赋唱和的好时节，可是元二却要离开长安，远行安西。惜别之情，虽然未说，却溢于言表，都寄托在"柳色"之中了。

长安东西两边的送别之地渭城和灞桥都栽种着很多柳树。这是什么原因呢？

这就是中国古人含蓄的情感表达方式的体现了。"柳"与"挽留"的"留"音近，可以表达"挽留"之意。我们汉语里有很多这样的例子，如过春节要贴"福"字，"福"要颠倒过来贴。把福"倒"过来，谐音"福到了"，便是因为"倒"与"到"音同。再如年画中多画鱼，意思是"年年有余"，因为"鱼"与"余"音同。这是第一层的情意。

柳树是中国最常见的树种，极易栽种，随便把一个柳枝插在地里，就能存活，所以《增广贤文》里有"有意栽花花不发，无心插柳柳成荫"之句。古人折柳条相赠，表达这样一种心意：愿亲友到了异乡，能像这柳条一样落地生根、平安顺利。这是第二层的情意。

还有第三层的情意。柳枝柔韧细软，有柔美缠绵之感，故古人以柳枝的细软来表达惜别的缠绵缱绻、依依不舍的情思。折柳相赠，就成为古人表达离别之情的一种方式，柳条也成为具有仪式感的临别赠物。

在唐诗中，写到离别折柳的诗句很多。我们略微举出几例：

杨柳东风树，青青夹玉河。近来攀折苦，应为离别多。（王之涣《送别》）

曾栽杨柳江南岸，一别江南几度春。遥忆青青江岸上，不知攀折是何人。（白居易《忆江柳》）

含烟一枝柳，拂地摇风久。佳人不忍折，怅望回纤手。（杜牧《独柳》）

唐代送别，攀折柳条，蔚然成风。可见唐代诗人表达情感是多么细腻、缠绵！

这一句的最后一个字是"新"，这个字也是需要我们加以品味的。什么是"新"？

甲骨文"新"字的左边是树木，右边是一个人的手，手里拿着工具来砍伐树木。《说文解字》："新，取木也。""新"本义是伐木。章炳麟解释这个字很生动。他说："衣之始裁为之'初'，木之始伐谓之'新'。"[1]"初"就是裁衣服的第一刀，伐木的第一刀叫"新"。我们现在说的"新鲜""新婚""新衣服""新茶"，都是从这个初始之意引申出来的。

在这一句"客舍青青柳色新"里，一个"新"字，写出了柳枝刚刚长成、抽枝变绿的生命的鲜活、细嫩、柔美，写出了

---

[1] 章炳麟《论承用"维新"二字之荒谬》，见王先霈主编《中国历代美文精典》，湖北人民出版社，1993年12月，第1版，第757页。

诗人不忍攀折的疼惜和怜爱，含蓄婉转地表达出了不忍折柳、不忍友人离去的情意。《乐府诗集》和《全唐诗》里收录的这首诗，此句为"客舍青青柳色春"，"春"便不如"新"字更轻柔可人。

其实这里也表现出了王维对生命的感悟。柳树由攀折离开树干，而重新长出新枝，生发嫩绿，与人世的悲欢离合有同样的循环，与王维信奉的佛家的因果轮回之道是相通的。一个"新"，便是对旧的舍弃，是一次新生；一场离别，便是对以后重逢的期待；人生中的离别并不重要，重要的是相聚的此刻。所以，王维的这句诗里没有伤感，没有撕心裂肺的离别之苦，有的是对"新"的喜悦，是对自然景色油然心动的感触，是对元二远行后的新生活的祝福。在这里，清新温润的景色，映照着诗人淡然静泊的心境。

劝君更尽一杯酒

王维没有写为元二饯行的酒宴的场面，没有写宴饮的过程，只写了一件事：劝酒。这就是写诗的一个妙诀：因为字数的限制，一定要挑选最生动、最有代表性的场景和画面来展现，这样的场景和画面才最有感染力。我们写作文时也要注意，千万不要写流水账，不要面面俱到，一定要选取你印象最深刻的细节和场景。

什么是"劝"呢？《说文解字》解释说："劝，勉也。"上级勉励下级，长辈勉励晚辈，是"劝"的本来意思。后来引申出了忠告、建议的意思。王维比元二年纪大，因此在这儿用

"劝",是很恰当的。不能说"敬酒",古代尊长有序,处处讲究礼节,讲究细节。在这个送别的场合,王维劝勉元二,有谆谆情意在其中。

到了这时,通过一个"君"字,王维要送别的元二才出场。一共28个字的一首诗,到了第16个字,主人公才出来,之前诗人王维一直写景,在渲染感情,可见他在详略处理上的匠心独运。

"君"也是比较有意思的一个字。甲骨文的"君"字,上面是个"尹",左边的一竖代表权杖,右边"又"是手,手里拿着权杖,"尹"的本义就是治理。"君"的下面是个口,表示发号施令。综合起来,"君"就是一个发号施令、掌握权力的人。《说文解字》:"君,尊也。"《春秋繁露》:"君也者,掌令者也。""君"的意思就是尊贵的、至高无上的君主、君王,身份尊贵、有德行威望的人也被称为"君子"。

"君"也表示对人的尊称。虽然王维比元二大,但是从这个尊称,可以看出王维的修养以及他对元二的珍重。我们想一想,如果王维对元二不重视的话,他怎会提前一天赶到渭城去为元二送别?对人的尊重,不仅需要行动上体现出来,也需要在言语上体现出来。王维在行动和言语上做到了表里如一。这是我们读这首诗的额外收获。"诗意国学"就是要让你在学习古诗的过程中,体会汉语的精妙细腻的美、表达情感的美、写景状物的美,体会诗中体现出的人性之美、意境之美,并内化为一种能够体悟、领受、再造更高境界的美的能力,外化为表里如一的真诚的行动。

王维的诗歌里写送别，只写了劝酒，这样是不是太简单了？他这么大老远地来送元二，难道两人就喝了几杯酒吗？

不是的。他们一定吃了不少的菜，也说了不少的话，元二谈他受命出使安西的原委，王维谈他当年出使西域的见闻、感受，这些都是我们能想象到的情景。但是诗里写这些是没有新意的，善于取材布局的王维自然不会把整个过程都罗列其中，一首七绝28个字也无法容纳那么多的内容。王维只选取了这个劝酒的细节，为后面的陈述做了一个铺垫。

酒文化是中国传统文化的重要组成部分。古代的文人士大夫往往将情志寄托在酒中，留下了很多关于"酒"的美丽文字。《诗经》里就有几十首诗出现了"酒"字。《全唐诗》中写过酒诗的诗人有800位，酒诗有7 700多首。可见诗人、诗跟酒的关系多么密切。我们举两个例子：

李白斗酒诗百篇，长安市上酒家眠。天子呼来不上船，自称臣是酒中仙。（杜甫《饮中八仙歌》）

绿蚁新醅酒，红泥小火炉。晚来天欲雪，能饮一杯无？（白居易《问刘十九》）

我们在日常生活中都能感受到中国人跟酒的关系是多么密切：婚丧嫁娶离不开酒，迎来送往离不开酒，喜怒哀乐都离不开酒……王维送元二，自然也离不开酒。一杯酒里，蕴含着太多的感慨、太多的祝福和太多的思念。王维表达了他的心声：劝君更尽一杯酒。

这里的"更"读gèng，表示行为的重复，意为"再""复""又"。可见王维已经劝了很多杯酒了。为什么他还要劝元二再多喝一杯呢？这也值得我们继续探究。

王维在这里用的是"更尽一杯酒"，是"穷尽"的"尽"，而没有用"进行"的"进"。李白写过一首《将（qiāng）进酒》，有"将进酒，杯莫停，与君歌一曲，请君为我倾耳听"的句子。这个"将进酒"的"将"是请求、恳求的意思，"进酒"，也是斟酒劝饮、敬酒的意思，是饮酒的过程和状态。而王维用的是"尽"，不是"进"。

《说文解字》解释"尽"的意思是"器中空也"。《广韵》："尽，竭也，终也。"所以这首诗里用"尽"，有喝完、喝干的意思，"进"不一定喝干喝尽。两个字表达的意思是有区别的。

按道理讲，王维做为长者，不应该频频劝酒，因为元二要远行，喝多了毕竟不好。加上王维在前面营造了缠绵、柔美的气氛，如果执意劝元二喝个没完，岂不是太固执、太倚老卖老了？而且王维是一个居士，是不喝酒的。佛教居士要守三皈五戒的"居士戒"。三皈就是皈依佛、皈依法、皈依僧。五戒就是要戒杀、戒盗、戒淫、戒妄、戒酒。王维30岁时妻子去世，之后没有再娶，一个人俭朴地生活，食素、参禅、弹琴、品茗，清心寡欲，这里劝元二喝酒，应该是有分寸的，不可能出现那种非把元二灌醉不可的情况。

既然如此，王维为什么要频频劝酒，还强调把酒喝尽呢？这里面肯定有王维的用意，而理解这首诗，理解王维心思的关键，就在这首诗的最后一句。

西出阳关无故人

这一句是理解这首诗的关键，也是这首诗最核心的诗眼所在。"西出阳关"，指的是元二别后的行为。怎么理解"西出"的涵义呢？

"西"，可以指"西方"，有"向西方"的意思，如"百川东到海，何时复西归？"这里的"西归"就是回到西边的意思。

"西"还有"从西方"的意思。如"故人西辞黄鹤楼，烟花三月下扬州"，意思是老朋友要辞别西边的黄鹤楼，去往东边的扬州了。这里的"西辞"是从西辞别、向东行走的意思。

再来说这个"出"字。从甲骨文字形可以看出，"出"字下面是一个洞穴，上面是一个"止"，"止"的意思是脚。这个字指的是从洞穴里走出来、出行的意思，也有行军、远征之义。

汉语的一些字义是很有趣的。比如"出"，可以是"出去"，表示离开本地向远处的行为和趋向；也可以是"出来"，表示离开远处而接近本地的行为和趋向。

打个比方，张三和李四在房子里面，王五在房子外面，张三和王五都想让李四离开这个房子。那么张三会对李四说："你出去吧！"而王五则会对李四说："你出来吧！"

"胜"和"败"也比较有意思："大胜敌军"和"大败敌军"，也是同一个意思。

这首诗里的"西出阳关"该怎么理解？无外乎两种解释：第一，从西边的阳关出去继续向西走（向西方）；第二，从西边的阳关出来后回到东方（向东方）。这是两种不同的方向。

那么，哪一种才符合这首诗的诗意呢？

前面讲到了咸阳在山之南、水之北，因山、水皆阳，故称"咸阳"。这个阳关，从字面意思就能看出来，它一定是在山的南边或者水的北边。

阳关，在今甘肃省敦煌市西南 70 公里南湖乡古董滩附近，因位于玉门关以南，故称。阳关是中国古代陆路特别是丝绸之路南线的必经之地，汉代就在此设置关隘，与玉门关南北呼应，都是汉代主要的军事重地和途经驿站。

阳关与敦煌、玉门关呈三角状分布。敦煌的西南是阳关，西北是玉门关。汉代的阳关通往关外的路很宽，行人商队络绎不绝。唐代玄奘从印度取经返回长安时，走的是丝绸之路的南线，就经过了阳关。反映武则天统治时期沙州地理状况的敦煌石室写本《沙州地志》（藏于巴黎法国国家图书馆）明确记载了阳关废弃的情形：

阳关，东西廿步，南北廿七步。右在（寿昌）县西十里，今见□坏，基址见存。西通石□于阗等南路，以在玉门关南，号曰阳关。

可见唐时阳关已毁，仅存基址，已非军事关隘。所以，在这首诗里，"阳关"实际是安西边塞的代称，而非实指。

唐代诗人储嗣宗《随边使过五原》诗有句："五原西去阳关废，日漫平沙不见人。"王维《送刘司直赴安西》诗："绝域阳关道，胡沙与塞尘。三春时有雁，万里少行人。"都提到了阳关废弃、行人稀少之事。如果阳关不再是军事要塞，没有守兵，行人走阳关大道的安全系数就太低了，确实可以称为

"绝域"。

开元二十五年（737年）春天，河西节度副大使崔希逸大破吐蕃。唐玄宗命37岁的王维以监察御史的身份出使凉州（今甘肃武威），去慰问、察访，王维后来还被崔希逸聘为河西节度使判官。他当时也许未到过阳关，但对阳关的情况应该很熟悉。写这首诗时，王维改任门下省的给事中，属于正五品。

在《全唐诗》中，提及阳关的诗作有46首，但是提及玉门关的诗作多达127首，因为玉门关在唐代还是重要的关隘。提到边塞诗，阳关、玉门关，都是我们耳熟能详的边塞地名。而这些关于阳关的唐诗，又有很多是跟王维的这首诗有直接关联的。

知识链接

"故人"逸事

说起"故人"这个词，不能不谈一个关于孟浩然的故事。据《新唐书·文艺传》记载，有一次，孟浩然在王维处聊天，忽然唐玄宗驾到，王维趁机引介。玄宗皇帝也久闻孟浩然大名，便要欣赏他的新作。孟浩然呈上了他的一首诗《岁暮归南山》，里面有"不才明主弃，多病故人疏"的句子。意思是：我没有什么才华，所以被圣明的君王遗弃了；我体弱多病，所以老朋友们也都疏远了。看了这两句诗，玄宗不高兴了，说了一句："卿不求仕，而朕未尝弃卿，奈何诬我？"就让他回去了。孟浩然间接拍玄宗的马屁称他为"明主"，反惹玄宗不高兴。后来孟浩然就没再当官。

说了"西出"和"阳关",接下来说说"无故人",然后再来分析一下前面提到的问题。

这最后的三个字"无故人",需要仔细分析。

什么是"故人"?

故人就是故交、老朋友。那么,"西出阳关无故人"的"故人"指的是谁呢?是元二的朋友,还是王维的朋友?抑或另有所指?

最常见的对这句诗的解释是:安西荒凉,出了阳关向西走,你就再也见不到老朋友了,所以你就再喝一杯我给你斟的酒吧!

这样解释,其实是不合情理的。为朋友送行之时,一般都会说祝福的话、吉利的事来劝慰、鼓励对方,如果真的说一些诸如西部没有朋友、西部荒凉、生活单调寂寞之类的话,就太煞风景了。

唐代的许多文人,英气豪迈,文武全才,志在报国立名,投笔从戎,奔赴西域的很多。唐代的边塞诗佳作纷呈,豪气干云。在西部边塞遇到亲朋故旧的机会其实并不少。岑参在《凉州馆中与诸判官夜集》诗中就说:"河西幕中多故人,故人别来三五春。"李白在《送程、刘二侍郎兼独孤判官赴安西幕府》也说过"安西幕府多材雄"的话。在当时边塞军营当中,还是可以时常见到熟人、朋友,也可以结交很多朋友的。

王维有过出使的经历,还写出了"大漠孤烟直,长河落日圆"这样的诗句,他会给元二讲他在凉州做河西节度使判官时的生活经历,讲那一带的风土人情,以此来劝慰元二,告诉他,像他这样从长安来的青年才俊,是不会太寂寞的,一定会有很多朋友,这对元二应该有很大的鼓舞和安慰。

综上所述，可以推断，王维所说的"西出阳关无故人"，意思不可能是：你这次向西从阳关出去以后，很难见到朋友，所以你要多喝一杯酒。"西出阳关"不是从阳关向西出去。

元二出使安西时，国内已经乱象纷呈，安史之乱即将爆发，内忧外患，王维自然知道。年轻的元二究竟什么时候能回到长安，甚至他还能不能顺利回到长安，都是未知数。但是诗人不可能说元二有可能回不来，也不可能拿他会顺利回来这样的话来搪塞、安慰元二。如果这样的话，王维一杯接一杯地劝酒，就显得虚假、油滑了。王维断然不会这么想、这么说。

而王维有不同于他人的创新思维和独特表达。他不从元二的角度说元二怎样怎样，而是换个角度，从元二无法拒绝的另一个角度来劝酒。王维换了什么角度？王维是怎样劝慰的呢？这是理解这首诗的关键之处。

王维写这首诗时，已经55岁了。50岁为"知天命"之年。在唐代，人到55岁已是风烛残年了。古代很多人是活不到50岁的。在这样的年龄，在这样动荡的环境中，王维担心的不是元二，元二是朝廷官差，不会有事，他担心的是他自己的年龄。

因此，王维劝酒的理由当是这样的：

你这一去山高路远，不知道何时才能回来。你从阳关一带出来，顺利返回长安的时候，还会看到这样的渭城朝雨、青青柳色，只恐怕衰朽的我，已经不在人世，难以与你再次共饮了。所以，此时，你就再喝一杯我给你斟的酒吧！

这里的"西出阳关"，要这样理解才比较恰当：从西面的阳关出行，向东返回长安。

说到这里，你也许会提出疑问：这只是你自己的理解和猜想吧？把"西出"解释为"从西向东走出来"，这个意义在唐诗里有情形相同的例证吗？

这是一个好问题。我也告诉你：有！

前面讲到，李白有首诗叫《黄鹤楼送孟浩然之广陵》，前两句是"故人西辞黄鹤楼，烟花三月下扬州"。老朋友孟浩然要辞别西边的黄鹤楼，去往东边的扬州了。"西辞"是从西辞别、向东行进的意思。

再比如李白还有一首诗叫《别韦少府》，诗中有"西出苍龙门，南登白鹿原。欲寻商山皓（hào），犹恋汉皇恩"的句子。"苍龙门"，也就是苍龙阙。汉代未央宫四面有四个楼观——东苍龙，西白虎，北玄武，南朱雀，谓之四阙。这四句诗的意思就是由西向东走，从未央宫东边的苍龙阙一带出来，继续向东，登上长安东南的白鹿原。他还要接着去长安城东南方向的商山，去寻访"商山四皓"的足迹，"商山四皓"是秦朝末年隐居商山的四位隐士。所以他不可能从苍龙阙向西出城，然后绕个大圈再到长安东南方的白鹿原和商山。

"西出阳关"体现出了王维话别中的更多情意：元二此次出使，不仅会顺利到达安西，还会平安返回长安——有什么能比从安西平安回到长安的祝愿更让元二暖心的呢？一个"西出阳关"，言简意赅，却情意绵长，胜过万千的安慰和祝福。这就是王维诗歌的妙处……

王维一语成谶。755年春季，两人话别。同年年底，安史之乱爆发，王维饱经磨难。756年，安禄山攻陷长安，王维出逃后被俘，他服食哑药，不愿合作，安禄山逼迫他出任伪职。后来凡任伪官的都被朝廷定罪，王维因被俘期间作过思念玄宗的一首诗——"万户伤心生野烟，百僚何日更朝天。秋槐叶落空宫里，凝碧池头奏管弦。"（《菩提寺禁裴迪来相看说逆贼等凝碧池上作音乐供奉人等举声便一时泪下私成口号诵示裴迪》）——再加上他弟弟王缙的奔走相救，才免于罪刑，仅被降职。761年，王维就离开了人世，享年61岁。

宋代无名氏《古阳关》中有这样的句子：

休烦恼，劝君更尽一杯酒，只恐怕、西出阳关，旧游如梦，眼前无故人。

"只恐怕、西出阳关，旧游如梦，眼前无故人"所感慨的也是：恐怕元二重返渭城客舍，故地重游，难以再见到"故人"王维了。

我们前面已经提到，元二出使安西，正如王维的祝愿，后来从安西经由阳关平平安安地回到了内地。他或许还见到了很多的朋友（比如杜甫、韦应物、刘商……），但是，元二却再也见不到诗人王维了……

这样的离别，不只是一场仕途奔波、江湖漂泊中的离别，而是一场注定了阴阳两隔的生死之别！斯为永别，伤如之何！在王维这样的话语中，有谁忍心拒绝他奉上的注满了生死别情的酒杯？

正是因为这样的生死离别的感慨，因为王维对元二意味深长的情意的表达，使得这首诗从众多的送别诗中脱颖而出，引起了当时乃至后世人们的共鸣，成了千古经典。

既然王维在世时就听过他这首诗被人们传唱，那么，我们也有理由相信，元二在旅途上也一定听到过这首为他写的诗歌。我们不知道元二在异乡旅途中听到这首歌时的心情，也不知道他听到王维死讯时的心情，但是，在万千人们的传唱和歌咏中，王维一直在人们的思念里，如同清新的柳色、温润的朝雨，生动地活着。

美感体验

《送元二使安西》的声律美和视觉美

这首诗不仅是一首表达别离之情的诗歌,更是一首能让我们的听觉、视觉都领略到美的诗歌。

▍声律之美

按照格律诗的平仄规则,起句"渭城朝雨浥轻尘"为平起平收式,七绝的平仄应该是这样的:

　　㊣平㊄仄仄平平
　　仄仄平平仄仄平
　　㊄仄平平平仄仄
　　平平仄仄仄平平

画圈的位置,是可平可仄的。这是格律诗的平仄规则。
但是,我们再看这首诗的实际的平仄样式是这样的:

　　㊄平㊣仄仄平平
　　仄仄平平仄仄平
　　㊄平仄仄仄平仄
　　平仄平平平仄平

> **知识链接**
>
> ### 折腰体
>
> "折腰体"之名最早见于唐代高仲武编选的《中兴间气集》。该书选录"大历十才子"之一崔峒的《清江曲内一绝》(八月长江去浪平,片帆一道带风轻。极目不分天水色,南山南是岳阳城。),题下注明"折腰体"。其实这个集子里还有很多"折腰体"的诗,不知道高仲武为何只在崔峒的这首诗下加了标注。南宋魏庆之的《诗人玉屑》以王维这首《送元二使安西》为例,说折腰体是"中失粘而意不断也",虽然体式失粘,但是诗意不断。"折腰体"诗因此成为格律诗的创新体式。

按照格律诗的"相粘律",第三句的第二个字的平仄,应该跟第二句的第二个字的平仄一致,这叫"粘"。但是我们看到,第三句"劝君更尽一杯酒"的第二字"君",是平声,而第二句第二个字"舍"是仄声,这就属于"失粘"了。

为了表达一种在写景之后突然劝酒的转折感,强化劝酒话别的场景,王维在这里使用了一种被后人称为"折腰体"的格律诗变体,在知晓"失粘"之病的情况下,改第三句的第二个字为平声,以表达劝酒时平静、深厚的情意。

▍视觉之美

诗歌的声律之美体现在格律上,作用于我们的听觉;而诗歌的意象之美,体现在画面和场景上,作用于我们的视觉和想象。一首诗的美的熏染作用，就是一个逐渐内化、渗透、浸润的过程。

什么是意象？它是指作品中寄托着作者情意的物象。简言之，就是作者之"意"+外物之"象"。意象不是简单的客观的物象，它是凝结着作者的情感体验的、审美化的主客观结合体。

这首诗里用了渭城、朝雨、柳色、阳关等几个意象。"渭城"是一个具有丰富历史文化内涵的概念，后来成为离别的代称，哪怕送别地不在渭城，也总让人联想到渭城，这就是意象的魅力。它让我们打破时空的局限，寻找最能表达我们情感的事物。

因为这首诗，"阳关"也成了离别的代称。唐宋诗人、词人就写有很多演绎自王维这首诗的诗词语句：

我有阳关君未闻，若闻亦应愁煞人。（白居易《醉题沈子明壁》）

相逢且莫推辞醉，听唱阳关第四声。（白居易《对酒诗》）

更无别计相宽慰，故遣阳关劝一杯。（白居易《答苏六》）

最忆阳关唱，真珠一串歌。（白居易《晚春欲携酒寻沈四著作，先以六韵寄之》）

不堪昨夜先垂泪，西去阳关第一声。（张祜《听歌二首》）

红绽樱桃含白雪，断肠声里唱阳关。（李商隐《赠歌妓二首》）

唱尽阳关无限叠，半杯松叶冻颇黎。（李商隐《饮席戏赠同舍》）

渭城朝雨休重唱，满眼阳关客未归。（崔仲容《赠歌姬》）

谁人更唱阳关曲，牢落烟霞梦不成。（谭用之《江馆

秋夕》）

醉里不辞金爵满，阳关一曲肠千断。（冯延巳《蝶恋花》）
一曲阳关，断肠声尽，独自上兰桡。（柳永《少年游》）

在唐代以后的诗词中，"阳关"并不一定是实际的地名。无论你身在何方，都可以借王维的这首诗，借"阳关"这个意象来抒发离别之情。

明代李东阳在《怀麓堂诗话》里这样说："作诗不可以意徇辞，而须以辞达意。辞能达意，可歌可咏，则可以传。王摩诘'阳关无故人'之句，盛唐以前所未道，此辞一出，一时传诵不足，至为三叠歌之。后之咏别者，千言万语，殆不能出其意之外，必如是方可谓之达耳。"[1]可见王维发前人所未发，有如此深远的影响。

这些意象可以作用于人的视觉和心理活动，呈现一种画面感和视觉之美，再由画面、场景的美，触发人的内心活动。

我们来看看这首诗的视觉之美。

苏轼评价王维的诗歌"诗中有画"。作为画家的王维，是善于营造诗情画意的。

这首诗里，有动态的视觉呈现。"渭城朝雨浥轻尘"，一个"浥"字，将雨丝的细柔、环境的清新，都表现了出来，然后才有了客舍的"青青"和柳色的"新"，使得离别的场景温润而清新。

这首诗里，还有色彩的视觉呈现。客舍青青，柳色新绿，春意盎然。没有急管繁弦，没有觥筹交错，没有人声鼎沸，只

---

[1] [明]李东阳《李东阳集·怀麓堂诗话》，岳麓书社，2008年12月，第1版，第1 504页。《怀麓堂诗话》也有刊本名为《麓堂诗话》。

有诗人和元二，只有满眼的春色。这样的场景，岂不是最美的图画？

我们再来看酒宴的场景呈现。这是诗中最简略的地方。一场送别，只写了一杯酒，没有比这更简略的了。其实，画面空白处，才是情意最浓厚处。古人讲"大音希声""大象无形"，就是这个道理。奢华的宴席，满座的高朋，除了热闹，没有别的。这样的场合，无法畅叙情意，无法将内心最深邃、最柔软的那一面向亲友敞开。在安静、简单的环境中，不需要渲染，便能倾听彼此的离愁别绪，这才是最真实而丰富的时刻。王维只写了"更尽一杯酒"的劝勉，我们可以用内心的联想和想象来补充画面的空白：元二感慨万千，一饮而尽。我们还能想象到：最后不是王维在劝勉元二，倒是元二在劝勉王维要珍重身体，以期再聚……

王维是温润细腻的，所以他的送别诗中有雨；而王维去世50年以后，白居易的送别诗里，只有惨白而哀恸的月亮："醉不成欢惨将别，别时茫茫江浸月。"（《琵琶行》）一醉方休，伤感难耐。安史之乱将盛唐诗人的温润、柔情驱散了。不同的离别诗，让我们体味到了人生中不同的离别、不同的感慨。

通过这些意象，诗人王维营造了一种简单而宁静的氛围，一种温婉而深挚的意境。我们通过"言"和"象"，进而打开了诗人的精神世界——那属于诗人和元二的情意的世界。这首诗里只有一个动作——劝酒；只有一句话——"西出阳关无故人"。更多的动作和话语就多余了，目光的交汇，精神的沟通，心灵的契合，便是离别时最深最美的表达。柳永的词里说："执手相看泪眼，竟无语凝噎。"话语其实无法表达别离的感伤。徐志摩的《再别康桥》里也有一句话："悄悄是别离的笙箫。"无言是最丰富的表达。当一个诗人以生死之别来劝慰友人时，还有比这更有分量的表达吗？没有。也不需要有。只有最好的朋友，只有知己，才能倾听到王维内心的声音。当陶渊明抚弄无弦琴的时候，当刘禹锡"调素琴"的时候，此时无声胜有声。王维此诗写尽了人间悲欢，而当我们仔细看时，只有朝雨纷纷，柳色清新。这是怎样的一幅画面呀！

我们可以将这首诗改编成一场话剧，很短，却需要我们用一生的悲欢遭遇和人生感悟来演出，来体会——

【地点】渭城　客舍

【时间】朝（早晨）

【场景（背景）】朝雨浥轻尘　客舍青青　柳色新

【人物】王维　元二

【王维】（劝酒）劝君更尽一杯酒

　　　　（白）西出阳关无故人。

这些意象之中的空白点，就需要扮演王维和元二的人细细感悟和演绎。其实我们每个人都是王维，都是元二。我们的人生中，肯定会遇到这样的"送"与"被送"。当我们置身送别的场景时，我们就会出演这首诗的场景，尽管被送的人未必去安西，尽管被送的人未必经过阳关。但是任何的离别，其实都是《送元二使安西》，都是这首《渭城曲》，我们都是在场者。王维以他的一首七绝，令这个世界，多了一份诗意的美，多了一份人间的温情。

清代王士禛《带经堂诗话》卷四论七言绝句曾说：

> 昔李沧溟（明李攀龙号沧溟）推"秦时明月汉时关"一首压卷，余以为未允。必求压卷，则王维之"渭城"，李白之"白帝"，王昌龄之"奉帚平明"，王之涣之"黄河远上"，其庶几乎！而终唐之世，绝句亦无出四章之右者矣。①

"秦时明月汉时关"是王昌龄的《出塞二首》其一，王维的"渭城"就指这首《送元二使安西》，李白的"白帝"则是《早发白帝城》，王昌龄的"奉帚平明"指《长信秋词五首》其三，"黄河远上"是指《凉州词二首》其一。王士禛认为有唐一代的七绝，都赶不上王维《送元二使安西》和李白、王昌龄、王之涣的这些诗作，可见评价之高。

人生的离别，就是一首《送元二使安西》。白居易："最忆阳关唱，真珠一串歌。"（《晚春欲携酒寻沈四著作，先以六韵寄之》）同声相应，后来的诗人们从王维的这首诗得到共鸣，抒发离愁别绪，传唱"阳关"，用最美的诗歌，让人类的真情世代传承，流淌至今……

---

① ［唐］王维撰，陈铁民校注《王维集校注·卷四》，中华书局，1997年8月，第1版，第410页。

思域拓展

《送元二使安西》的音乐奇缘

《送元二使安西》由一首诗变而为歌、词、曲，以不同的艺术形式影响、感染了一代又一代的人们。我们接下来就一起领略《送元二使安西》的音乐奇缘。

▍由诗而为歌曲

诗歌与音乐，常常分不开。很多诗本就是可以被之管弦的。孔子整理"诗三百"，使之都可以弦歌。唐代诗歌发达，酒肆青楼，都以演唱当红诗人的诗歌为时尚，所以，王维的这首诗，由诗而为歌曲，并不稀奇。这是这首诗音乐历程的第一次出发。

王维这首诗写成传播开来以后，广为时人传唱，又随着人们的传唱而更广泛地传播开了。宋代的郭茂倩在《乐府诗集》卷八十说："《渭城》一曰《阳关》，王维之所作也。本送人使安西诗，后遂被于歌。"

唐代文艺研究专家任半塘先生在《唐声诗》里也说："王

维当时乃作徒诗,非作歌辞;始入歌辞,名《渭城曲》。"① "徒诗"就是不入乐的诗。这首诗后来被谱曲入乐而被广为传唱之时,王维尚在人世。明末清初的徐增在《而庵说唐诗》里说:"后维偶于路旁,闻人唱此诗,为之下泪。后人送行多唱此,谓之《阳关三叠》……"② 可见这首诗在王维健在时就已经很轰动、很流行了。

由诗而入大曲

王维的这首诗不仅当时成为歌而广为传唱,它还被收入唐代的大曲之中,成为其中重要的曲子。

唐大曲大致可以分为雅乐大曲、燕乐大曲与道调法曲三类。

雅乐大曲主要用于郊庙祭祀等重大典礼。

燕乐大曲用于宴飨、元旦朝会、重大节日。燕乐大曲的主要作品有《破阵乐》《绿腰》《凉州》《伊州》《玉树后庭花》等 60 多个曲子。

道调法曲源于宗教,比较雅致,包括《火凤》《倾杯乐》等 20 多个曲子。唐玄宗亲自创作的《霓裳羽衣曲》就属于法曲。

唐大曲由散序、中序和破三部分构成,每一部分都由长短不等的歌、舞组成。

散序由器乐演奏若干遍乐曲,没有节拍。如《霓裳羽衣曲》的散序就有 6 遍。大曲里乐器繁多,如大、小曲项琵琶和五弦

---

① 任半塘《唐声诗·下编》,上海古籍出版社,1982 年 10 月,第 1 版,第 418 页。
② 张进、侯雅文、董就雄编《王维资料汇编·六》,中华书局,2014 年 3 月,第 1 版,第 925 页。

琵琶、大、小笙、短笛、尺八、长笛、小筚篥、卧筚篥、大筚篥、铜钹等，很多是西域乐器，堪称一个综合性的大型乐队的演奏。

中序又叫歌头、拍序或排遍，以有节拍的、舒缓的歌唱为主，有时也有舞蹈。《霓裳羽衣曲》的中序就有18遍。

破，又称舞遍，是高潮部分，也是大曲的结束部分，有歌有舞，以舞蹈为主，由若干遍组成，节奏变化很复杂。如《霓裳羽衣曲》有12遍（也有说36遍）。

燕乐大曲和道调法曲的艺术水平最高，结构也较庞大复杂。如《破阵乐》在雅乐大曲中只有两遍（段），而在燕乐大曲中则有52遍。

唐大曲规模很大，演奏起来，耗费人力、时间、精力，玄宗之后就逐渐衰退了。白居易《霓裳羽衣歌》里说："秋来无

知识链接

看画识曲

《旧唐书·文苑传》记载有一个关于王维音乐才华的故事："人有得《奏乐图》，不知其名，维视之曰：'《霓裳》第三叠第一拍也。'好事者集乐工按之，一无差，咸服其精思。"王维看一眼就认出来这是《霓裳羽衣曲》的第三叠第一拍。人们请来乐师演奏，演到第三叠第一拍时，姿势果然跟画上画的一模一样。

这件事，宋代的沈括在《梦溪笔谈》中认为不可信。他说《霓裳羽衣曲》第三叠并没有拍，是散曲。不管这个故事是真是假，王维的音乐才能，是得到唐代以及后来人们公认的。

事多闲闷，忽忆霓裳无处问。闻君部内多乐徒，问有霓裳舞者无？答云七县十万户，无人知有霓裳舞。"可见白居易任苏州刺史（825年）时，已经看不到《霓裳羽衣曲》演奏的歌曲和舞蹈了。

陈陶在《西川座上听金五云唱歌》里提到一个唐武宗时宫中的妃嫔金五云在西蜀唱唐大曲的情形：

> 愿持卮酒更唱歌，歌是伊州第三遍。
> 唱著右丞征戍词，更闻闰月添相思。
> 如今声韵尚如在，何况宫中年少时。

"右丞"就是王维，他在60岁时任尚书右丞，所以人们称他为"王右丞"。他的"征戍词"就是这首《送元二使安西》，这首诗入于燕乐大曲的《伊州》大曲里的"第三遍"。

唐大曲的歌词，多由若干首唐代著名诗人创作的五言或七言诗组合穿插。《伊州》大曲的中序里要唱五遍诗歌，前两遍是两首七言诗，后三遍是三首五言诗，王维这首七言诗不可能在中序里歌的部分。

那我们再来看破，这是《伊州》大曲的高潮部分。这部分要歌五遍，前三遍是三首七言诗，后两遍是两首五言诗。因此可知，王维这首七言绝句《送元二使安西》应当是在破这个部分的第三遍演唱的。

陈陶是晚唐诗人，曾经写过"可怜无定河边骨，犹是春闺梦里人"（《陇西行四首》其二）的佳句。他写这首《西川座上听金五云唱歌》时，离安史之乱结束已经有100年了。安史之乱时，唐玄宗逃到成都，把宫廷音乐也带到了成都。所以到了晚唐，唐宣宗大中年间（847—860年）的蜀地反而还能听到宫廷的大曲。宫人金五云还申明唐武宗时（814—846年）宫廷还有大曲的演奏，她那时候还年轻，所以记得清清楚楚——"如今声韵尚如在，何况宫中年少时"。王维当时的知名度很高，所以金五云对这事记忆才会这么深。

由诗而为词

这首诗从诗而为歌，而入曲，都是有唐一代的事。到宋代，又入于词了，称为《阳关词》，合乎词律，更为讲究：

仄平平仄入平平

仄仄平平上仄平

仄平仄仄入平上

平入平平平去平

我们发现，入于词以后，不单单是依照《送元二使安西》诗的平仄那么简单了，而是要严格依照这首诗相应位置上的入声、上声、去声来填词，特别是第四句的第五个字一定要用平声字。从讲究平仄，变而为讲究四声。

宋代苏轼就填有三首《阳关词》，严格依照王维这首诗中的四声。第一首题为《答李公择》：

济南春好雪初晴，才到龙山马足轻。

使君莫忘雪溪女，还作阳关肠断声。

李公择是苏轼的朋友，也因为反对王安石变法而被贬。"霅（zhà）溪"是水名，在今浙江湖州境内。

第二首题为《中秋月》，记述与弟弟苏辙相逢赏月事，并感慨良宵难再、未来难料：

　　　　暮云收尽溢清寒，银汉无声转玉盘。
　　　　此生此夜不长好，明月明年何处看？
　　第三首题为《赠张继愿》，写给苏轼的朋友、将军张继愿：
　　　　受降城下紫髯郎，戏马台南古战场。
　　　　恨君不取契丹首，金甲牙旗归故乡。
　　唐代张继愿为抗击突厥汗国而建三受降城；三国时吴国的孙权"方颐大口紫髯，长上短下"①，故称"紫髯郎""紫髯将军""紫髯儿"；戏马台为霸王项羽在彭城（今江苏徐州）所建。苏轼感慨这些勇武的将军，对张继愿将军未能奋勇杀敌以荣归故乡表示怅恨，什么原因呢？当然是因为朝廷的懦弱。

　　连苏轼这样的大词人都愿以王维的这首诗为范本来填词，足以看出王维在宋代文人心中的位置了。

　　从诗、歌、曲到词，宋代文人确实是在挑战自我，将格律诗的创作难度加大了不少，从诗的讲究平仄，到词的讲究平上去入四声，他们推崇王维的诗歌，将王维诗歌的声韵之美推到了极致。《阳关词》可以说是作为音乐家的王维留给宋代词坛的宝贵财富。

▎由曲、歌而为《阳关三叠》

　　收入唐代燕乐大曲《伊州》大曲里歌唱的这首《送元二使安西》，并没有随着唐大曲的式微而消失。随着从宫廷流传出来的像金五云那样的歌手的传唱，继续在民间流传。《送元二

---

① ［梁］沈约撰《宋书·卷二十七》，中华书局，1974年10月，第1版，第780页。

使安西》在传唱过程中，衍生出很多种曲谱和唱法，宋代以后逐渐失传。据苏轼说，这首诗的曲谱和唱法在宋代尚有三种，苏轼就听到过两种。

唐宋时，王维这首诗变成乐曲，有弦乐和管乐的演奏，也有配合唱歌的弦乐或者管乐的伴奏。弦乐主要是古琴，管乐主要是笛子。到了后来，就变成了著名的琴曲了。

王维的这首七绝只有四句28个字，太简短，唱起来也比较单调。所以就有了对一些字句叠加以增加其篇幅的表演方式。古代诗歌，尤其是《诗经》里，便有创作、歌唱诗歌的"复沓"的章法。包括现在的歌曲，也都会多次重复一些句子。唐代的歌手们将这四句诗反复叠加咏唱，这首诗就有了除"渭城曲""阳关曲"之外的又一称呼——"阳关三叠"。提到《送元二使安西》的歌曲，人们便常以"阳关""第四声""第三声"来代指。比如：

相逢且莫推辞醉，听唱阳关第四声。（白居易《对酒诗》）

解识将离无限恨，阳关只唱第三声。（郁达夫《奉赠》）

那么这首诗在后来的乐曲和歌唱中是如何"叠"的呢？当代学者刘永济在他辑录的《宋代歌舞剧曲录要》里写道：

按《阳关曲》又名《渭城曲》，乃王维送人使安西诗……歌者采以入乐时，将原诗字句裁截成二字、三字、四字等部分，再重叠之，遂有《阳关三叠》的曲名。①

刘永济认为重叠的是个别的字词。他在《宋代歌舞剧曲录要》

---

① 刘永济辑录《宋代歌舞剧曲录要》，古典文学出版社，1957年9月，第1版，第4—5页。

里列出了三种叠法。①

叠法一：

渭城朝雨，渭城朝雨浥轻尘，浥轻尘，
客舍青青，客舍青青柳色新，柳色新，
劝君更尽，劝君更尽一杯酒，一杯酒，
西出阳关，西出阳关无故人，无故人。

叠法二：

渭城，渭城朝雨，渭城朝雨浥轻尘，
客舍，客舍青青，客舍青青柳色新，
劝君，劝君更尽，劝君更尽一杯酒，
西出，西出阳关，西出阳关无故人。

叠法三：

渭城朝雨浥轻尘，浥轻尘。
客舍青青柳色新，柳色新。
劝君更尽一杯酒，一杯酒。
西出阳关无故人，无故人。

这些都是词、句的重叠。刘永济认为这三种叠法"唱起来颇有婉转缠绵的情趣"，"且合于七言诗句组成的规律。因七言诗句本是用二字、三字、四字、五字等组成的，所以照其组成部分分截之，再将它重叠之，便成了长短句"②。苏轼《东坡

---

① 刘永济辑录《宋代歌舞剧曲录要》，古典文学出版社，1957年9月，第1版，第6页、第8页。
② 刘永济辑录《宋代歌舞剧曲录要》，古典文学出版社，1957年9月，第1版，第6-7页。

志林》里说到过叠句的样式：

> 旧传阳关三叠，然今歌者，每句再叠而已，通一首言之，又是四叠。皆非是。或每句三唱，以应三叠之说，则丛然无复节奏。余在密州，有文勋长官，以事至密，自云得古本阳关，其声宛转凄断，不类向之所闻，每句皆再唱，而第一句不叠。乃知唐本三叠盖如此。及在黄州，偶读乐天《对酒》诗云："相逢且莫推辞醉，新唱阳关第四声。"注："第四声：'劝君更尽一杯酒。'"以此验之，若第一句叠，则此句为第五声矣，今为第四声，则第一不叠审矣。[1]

从苏轼说文勋长官得到的古本《阳关》"不类向之所闻"，可以断定苏轼那个时代，还有不同的演唱，最起码还有不是那么"宛转凄断"的曲子。

苏轼等人记载和描述的《阳关三叠》的唱法应是这样的：

渭城朝雨浥轻尘，

客舍青青柳色新，客舍青青柳色新，（一叠）

劝君更尽一杯酒，劝君更尽一杯酒，（二叠）

西出阳关无故人，西出阳关无故人。（三叠）

今天来考证"阳关三叠"在唐代如何叠，宋代如何叠，是有困难的。但是从元代以后，这首诗不仅成为古琴的名曲，而且还成为了可以在古琴伴奏下演唱的琴歌。《阳关三叠》不仅仅指琴曲，也指琴歌的歌词。

唐圭璋编《全宋词》收无名氏《古阳关》文字如下：

---

[1] [宋]苏轼撰，[明]茅维编，孔凡礼点校《苏轼文集·卷六十七》，中华书局，1986年3月，第1版，第2090页。

渭城朝雨，一霎浥轻尘。更洒遍、客舍青青。弄柔凝、千缕柳色新。更洒遍，客舍青青，千缕柳色新。休烦恼。劝君更尽一杯酒，人生会少。自古富贵功名有定分。莫遣容仪瘦损。休烦恼，劝君更尽一杯酒，只恐怕、西出阳关，旧游如梦，眼前无故人。只恐怕、西出阳关，眼前无故人。[1]

元代的大石调《阳关三叠》歌词跟《古阳关》很接近：

渭城朝雨浥轻尘。更洒遍客舍青青。弄柔凝千缕。更洒遍客舍青青。弄柔凝翠色。更洒遍客舍青青。弄柔凝柳色新。休烦恼。劝君更尽一杯酒。人生会少。富贵功名有定分。休烦恼。劝君更尽一杯酒。旧游如梦。只恐怕西出阳关。眼前无故人。休烦恼。劝君更尽一杯酒。只恐怕西出阳关。眼前无故人。[2]

宋、元的这种叠法与苏轼所论也是基本吻合的，只是在原诗的基础上做了一些文字的补充。由于要增加歌词的篇幅，当然词作者又加入了自己的理解与感悟，因而增加了一些衬字。"渭城朝雨浥轻尘，客舍青青柳色新"，就增改为"渭城朝雨，一霎浥轻尘。更洒遍、客舍青青。弄柔凝、千缕柳色新"了。"一霎"显得突兀，让"朝雨"洒遍"客舍"，将焦点对准"客舍"，有点具象化。还有对"富贵功名"的感慨，就逊于王维原诗的意趣了。但是"休烦恼，劝君更尽一杯酒，只恐怕、西出阳关，

---

[1] 唐圭璋编《全宋词·无名氏·古阳关》，中华书局，1965年6月，第1版，第3 841–3 842页。
[2] 隋树森编《全元散曲·无名氏·小令·〔大石调〕阳关三叠》，中华书局，1964年2月，第1版，第1 717页。

旧游如梦,眼前无故人",正是我们正确理解"西出阳关无故人"这句诗意思的一个旁证:感慨元二重游故地,恐怕眼前再也见不到王维这个"故人"了。这一点是难能可贵的。

到了明朝初年,龚稽古于1491年编的《浙音释字琴谱》收有《阳关三叠》的琴曲谱,这是我们今天所能见到的关于《阳关三叠》最早的谱本。

现存《阳关三叠》琴歌谱共30多种,曲式结构有差别,曲调大同小异,文字上也有一些不同。

清代张鹤的《琴学入门》收录的《阳关三叠》的歌词是我们今天常常听到的:

清和节当春。渭城朝雨浥轻尘,客舍青青柳色新。劝君更尽一杯酒,西出阳关无故人。霜夜与霜晨,遄行,遄行,长途越度关津,惆怅役此身。历苦辛,历苦辛,历历苦辛,宜自珍,宜自珍。

渭城朝雨浥轻尘,客舍青青柳色新。劝君更尽一杯酒,西出阳关无故人。依依顾恋不忍离,泪滴沾巾!无复相辅仁,感怀,感怀,思君十二时辰。参商各一垠。谁相因,谁相因,谁可相因?日驰神,日驰神。

渭城朝雨浥轻尘,客舍青青柳色新。劝君更尽一杯酒,西出阳关无故人。芳草遍如茵。旨酒,旨酒,未饮心已先醇。载驰骃,载驰骃。何日言旋轩辚?能酌几多巡?千巡有尽,寸衷难泯。无穷尽的伤感,楚天湘水隔远滨。期早托鸿鳞,尺素申,尺素申,尺素频申,如相亲,如相亲。

噫!从今一别,两地相思入梦频。闻雁来宾。

这是目前琴家弹奏最多、歌唱最多、最广为人知的《阳关三叠》的版本。第一叠想象友人远行的辛苦,第二叠写不忍离别的感怀,第三叠写劝酒,期望鸿雁传书、早日回来。词句比前面的要优美、文雅一些了,还用了不少典故。

为了便于我们理解《阳关三叠》,我们对这首琴歌的歌词做一个简单的注释:

"清和节当春",指的是清和节,在四月初八,暮春之余。这时春光明媚,适合郊游踏青。

"遄(chuán)行",指的是快步走。

"关津",水陆交通必经的关口和渡口。

"惆怅役此身",指因身体受事务的役使而感到愁苦。这一句是从陶渊明《归去来辞》里的"既自以心为形役,奚惆怅而独悲"化用的。

"沾巾",指泪水沾湿了手巾。王勃《送杜少府之任蜀州》有诗句:"无为在歧路,儿女共沾巾。"

"辅仁",培养仁德。《论语·颜渊》里有这样的话:"君子以文会友,以友辅仁。"

"参(shēn)商各一垠",二十八宿里有参星和商星,参星在西,商星在东,此出彼没,永不相见。后以参商比喻人分离后不能相见。"垠"的意思是边、岸、界限。

"相因",意思是相关、相互依托。

"日驰神",就是每天都在遥远地思念。"日",每天、日日。"驰神",遐想。

"芳草遍如茵",意思是遍地茂盛的芳草像垫子一样。"茵"

是垫子、褥子、毯子的通称。

"旨酒",就是美酒、好酒。"旨"是味美。陶渊明《答庞参军》有这样的诗句:"我有旨酒,与汝乐之。"

"心已先醇",是说心已经先醉了。"醇"的意思是酒味厚。

"载驰骃",骑马而行。"载",语助词,相当于"乃"。"驰",走马谓之驰。"骃",浅黑杂白的马。

"言旋轩辚",车马返回。"言"是助词;"旋"是返回、归来的意思。《诗经·小雅·黄鸟》有"言旋言归,复我邦族"的诗句。"轩辚",就是车行走的声音,代指车马。

"能酌几多巡",意思是那就要多喝酒。"酌",意思是斟酒。依次斟酒一遍为一巡。我们常说"酒过三巡",可以指三遍,也可以指多遍。人们现在聚会喝酒,也常常在宴会开始阶段,大家首先一起举杯,共饮三杯。

"寸衷难泯",意思是我对你的心意难以泯灭。"寸衷",指心、心意。"泯",就是消除。

"滨",是水边、近水的地方。

"早托鸿鳞",早点写信来。"鸿鳞",代指书信。"鸿",鸿雁。"鳞",鲤鱼。用"鸿雁传书""鲤鱼传书"典故。

"尺素申",要多写信来。"尺素",代指书信,用"尺素传书"典故。"申",指陈述,说明。

"闻雁来宾",听见空中送信的大雁鸣叫着来做宾客了,指鸿雁送来对方的书信。

这首歌词里,提到了"鸿雁传书""鲤鱼传书""尺素传书",最后一句,还有李清照"云中谁寄锦书来?雁字回时,月满西楼"

的意趣。

综上所述，我们知道，王维的七绝《送元二使安西》，从诞生之日起，就受到了人们的喜爱，广为传唱，不仅成了歌，还入了唐大曲，还成为了词，然后又成为乐曲，成为琴曲，成为琴歌……一首唐诗，就这么跨越了唐、宋、元、明、清，跨越了诗、词、歌、曲，在中国艺术的天空盘旋、回响。

一人而精通琴、棋、书、画、诗、茶、印，一人之诗而演绎为词、曲、歌、乐，堪称前无古人、后无来者的，也只有王维一人了。

以上我们对王维的《送元二使安西》做了详细的解读，并结合古代的交通和通信状况，阐释了古人通过诗词表达离别之情的社会背景因素，旨在将王维这首诗还原到当时写作的时代背景、现实场景中，体会当时王维的离别之情，特别是他的心理活动和表达技巧，从而领会这首诗的文字、声律、意象、意境之精妙。

在此基础上，我们还梳理了这首诗从唐代开始，变为送别的歌唱，变为宫廷大曲中的歌，变为词，变为乐曲，变为琴曲、琴歌的音乐历程。一首唐诗，蕴含着古人的离愁别绪，也蕴含着古人的诗意与审美。因为一首诗而影响后世，影响文学、音乐，这样的奇迹，这样的荣耀，都归于王维，也归于我们悠久而深邃的文化。

这就是我们通过诗词来学习语文的初衷。通过领略语言之美、意象之美、诗意之美、艺术之美，而体会到我们的母语汉语的文字、语言符号背后鲜活、灵动、温暖的诗意和温情。

最后,请你扫码聆听青年古琴家何怡老师弹唱的《阳关三叠》,感受古琴艺术的魅力,感受《阳关三叠》中的诗意和温情……

(扫码听曲)

第三课 《静夜思》

以最美的诗歌朗照乡愁

我们今天来讲一首李白诗作里知名度最高的五言绝句。只要我说出它的最后一句"低头思故乡",我相信几乎每个人都能完整地背出这首诗。其实呢,我们每个人都能熟练地背诵一些唐诗,但是,并非每个人都能深入理解那些我们熟练背诵的唐诗。

正本清源

《静夜思》版本考辨

对李白的这首五绝,我想先问几个问题:

第一个问题——这首诗的标题是什么?

这首诗的标题是"静夜思",顾名思义,就是静静的夜里的思念之情。它是一个偏正结构,"静夜"是修饰名词"思"的。我们现在的字典里,"思"有两个读音:1.跟在"于"的后面组成"于思",要读为 sāi,意思是胡须很多的样子;2.表示思念、思想,读为 sī。①

金文"思"字,上边不是"田",而是"囟(xìn)门"的"囟",下边是心,"心之官则思",古人认为心脏有思考的功能,"囟门"跟我们的心脏是相通的,所以就有了这个"思"。人的感受、思想、心情,都可以用"思"来呈现。

说过了这首诗的标题,我来问第二个问题——你认为这首

---

① 在古汉语里,"思"当名词,表示愁苦的思念、思绪时,读为去声(sì)。有一首写秋天的愁思的诗,就叫《秋思(旧读 sì)》。《静夜思》的"思"旧读去声(sì),为名词。"思"做动词时则一般读为平声。了解了这一点,在学习古代诗歌时,就可以基本把握"思"在古诗中的读音和平仄了。

诗是李白的原作吗？

你或许会感到奇怪，难道不是吗？从我们的爷爷的爷爷那时起，《静夜思》就是这样的啊……

其实呢，我们现在耳熟能详的这个版本，并不是李白的原作，而是后人改动过的版本。

那么，李白的原作，究竟是怎样的呢？李白的原作跟现在这个版本相比，哪个更好呢？

让我们带着问题，一起去寻找更美的《静夜思》……

考察最早收录李白这首诗的宋代杨齐贤集注元代萧士赟补注的《分类补注李太白诗》、宋代郭茂倩编的《乐府诗集》、洪迈编的《万首唐人绝句》，以及现存最早的李白全集的版本——现存日本的《李太白文集》（静嘉堂文库藏宋蜀刻本），我们发现，其中收录的《静夜思》的文字跟我们现在耳熟能详的这个版本的文字不大一样。宋代人收录的《静夜思》的文字是这样的：

床前看月光，疑是地上霜。

举头望山月，低头思故乡。

第一句是"床前看月光"，而不是"床前明月光"。第三句是"举头望山月"，而不是"举头望明月"。

不单单宋代的版本如此，明代高棅《唐诗品汇》、陆时雍《唐诗镜》、朱谏注《李诗选注》（明隆庆六年刻本）、钟惺和谭元春辑《唐诗归》（前有明万历四十五年钟惺序）、胡震亨《唐音统签》"丙签五十九"卷一百五十五等所收《静夜思》也都是这样的文字。

到了清代，康熙钦定刊行的《全唐诗》第一百六十五卷收的《静夜思》，仍是"床前看月光，疑是地上霜。举头望山月，低头思故乡"。

可以说，这才应该是李白《静夜思》的本来面貌。

那你肯定越发好奇了：《静夜思》是从什么时候被改动了呢？

答案是：明朝。明代人有修改前朝诗文的不良习气。明代的李攀龙是《静夜思》最早的改动者。

李攀龙是明代著名诗人，"后七子"的代表人物，主张"文必秦汉，诗必盛唐"。李攀龙编了一部《唐诗选》，是当时通行的诗歌读本，明清时期很流行。我们从闵刻本《唐诗选》里看到，他将这首《静夜思》的第一句和第三句进行了改动。第一句"床前看月光"被他改成了"床前明月光"，第三句"举头望山月"改成了"举头望明月"，就是现在的样子。

紧接着，明代赵宧光、黄习远在重刻宋代洪迈所编的《万首唐人绝句》一书时，把这部选本里收录的《静夜思》也做了改动，不过，他们只把第三句"举头望山月"改成了"举头望明月"。而第一句"床前看月光"没变，还是原来的样子。

到了清代，清初的文坛领袖、提出"神韵说"的王士禛也编了一部唐代绝句的选本《唐人万首绝句选》，跟宋代洪迈的《万首唐人绝句》书名很像，王士禛也收了李白的这首诗，把题目改成了"夜思"，少了一个"静"字，还把第一句"床前看月光"改成了"床前明月光"。

后来，沈德潜编了一部《唐诗别裁集》，收了李白的这首诗，标题仍然是"静夜思"，但把第一句"床前看月光"改成了"床前明月光"。王士禛和沈德潜两人对第三句"举头望山月"都没进行改动。

再后来，蘅塘退士孙洙来了。这个人就是我们很熟悉的《唐诗三百首》的编者。《唐诗三百首》收录的《静夜思》，第一句是"床前明月光"，第三句是"举头望明月"，就是现在我们所熟知的样子。《静夜思》的改编版因为《唐诗选》和《唐诗三百首》的广为流行而家喻户晓。①

可见，要尊重李白的知识产权，就有必要从尊重李白《静夜思》的原貌开始。

对于《静夜思》的版本，我们把最早的有"举头望山月"的称为"山月版"，把明清开始改为"床前明月光"和"举头望明月"的版本称为"明月版"，以便我们接下来的分析。

---

① 除了这些版本之外，还有一些其他的版本，比如第一句改为"忽见明月光"，第三句改为"起头望明月"，等等，我们就不赘述了。

知人论世

千古诗仙—太白

李白在中国乃至世界上,是知名度相当高的一位诗人。关于李白的出生地,有说在属于今天吉尔吉斯斯坦的碎叶,也有说在阿富汗,还有说在新疆、陕西、山东、四川的……各种说法都有。很多地方都希望拉李白当老乡。明代李贽《李白诗题辞》中有一段话,很有意思:

> 蜀人则以白为蜀产,陇西人则以白为陇西产,山东人又借此以为山东产,而修入《一统志》,盖自唐至今然矣。今王元美断以范传正墓志为是,曰:"白父客西域,逃居绵之巴西,而白生焉。是谓实录。"呜呼!一个李白,生时无所容入,死而百余年,慕而争者无时而已。余谓李白无时不是其生之年,无处不是其生之地。亦是天上星,亦是地上英。亦是巴西人,亦是陇西人,亦是山东人,亦是会稽人,亦是浔阳人,亦是夜郎人。死之处亦荣,生之处亦荣,流之处亦荣,囚之处亦荣,不游不囚不流不到之处,

读其书，见其人，亦荣亦荣！莫争莫争！①

大家应该尊重历史，在考证的基础上宣传历史文化名人。

李白生于公元701年，死于公元762年，活了62岁，在古代，活到这样的岁数，算挺不容易的。其他很多诗人，比如王勃、杜甫、李商隐、李贺，都没有李白的寿命长。

李白，字太白，号青莲居士，也号谪仙人，人称"诗仙"。

关于古人的姓、名、字、号，我们要多说几句：

古人的姓名，第一个层面是姓，李白姓李。要知道先秦时期还要把姓和氏分开。先秦时期男子称氏不称姓。屈原与楚怀王同姓，不同氏，楚怀王为芈姓熊氏，屈原为芈姓屈氏，所以叫屈原。后来简单化了，只称姓，不再称氏。

第二个层面是名。李白名白。

第三个层面是字。古人，特别是有文化的男人在弱冠之年（也就是20岁成人时），会取一个"字"。屈原在《离骚》里说："名余曰正则兮，字余曰灵均。"屈原姓芈，名正则，字灵均，一说名平，字原。字是对名的进一步补充、解释或者矫正，李白的字"太白"就是说明"白"这个名的。

据说李白的母亲曾梦见长庚星，也就是太白金星，后来有了身孕，生下了他，于是就给他起名李白，字太白。李白修仙学道，他的人生，也是孤傲脱俗的。他被同时代的人称为"谪仙人"，后人称他为"诗仙"。

第四个层面，是号。号多用来形容自己的情操、情怀。佛

---

① ［明］李贽《焚书·卷五》，中华书局，2009年8月，第2版，第211页。

家、道家都称在家修行的人为居士，文人们常常以"居士"为号，表明"隐居山林，不求闻达"的志向。李白号青莲居士，"青莲"的"莲"就是"出淤泥而不染"的高洁情操的象征。

李白是唐代杰出的浪漫主义诗人。他为后世留下了990多首诗作，其中很多都是脍炙人口的优秀诗篇，像《蜀道难》《将进酒》《行路难》《望庐山瀑布》《早发白帝城》《黄鹤楼送孟浩然之广陵》等等。

李白的家在哪儿呢？

现在一般认为，他祖籍陇西成纪（今甘肃秦安），生于绵州昌隆（后为了避唐玄宗李隆基的名讳而改为"昌明"）青莲场（今四川江油市青莲镇）。现在的青莲镇搞了很多纪念李白的景点，建设成了"国际诗歌小镇"，喜欢李白和诗歌的人可以去看看。

四川江油有几座山很有名，大都跟李白有关。其中一座叫匡山，又名大匡山、大康山。山上曾有一座匡山寺。《江油县志》曾载："匡山寺，唐贞观中，僧法云开堂于此，僖宗幸蜀，敕赐中和寺，寺右有李白祠。"宋乾道六年（1170年）匡山碑文记载："本寺原是古迹，唐李白读书所在。"诗圣杜甫入蜀到江油曾写了一首诗《不见》，其中有"匡山读书处，头白好归来"之句。

江油李白纪念馆藏宋神宗熙宁元年（1068年）《敕赐中和大明寺住持记》碑载："唐第七主玄宗朝，翰林学士李白字太白，少时为当县小吏，后于此山读书十载。于乔松滴翠之平，有十载吟风之处。"①

杨天惠《彰明逸事》云："李白本邑人,隐居戴天大匡山。"②

由此看来,李白在匡山隐居读书这事,应该是真实的。

李白的故居名为陇西院,与太华山、天宝山为邻。天宝山海拔约有 800 多米,是当地的一个旅游景点。

知道李白的家乡在哪儿,这一点很重要。这是我们解读《静夜思》的关键。毕竟,这是一首思乡的诗作。

那么,李白的《静夜思》是在哪儿写的呢?又是什么时候写的呢?

谈文学批评,当"知人论世"。也就是说,你要评价文学作品,或者评价作者,就要知道作者的人生轨迹,要知道他所处的时代背景,知道他的遭遇和思想状况,这样才能更好地了解他的创作。

可是,对这首诗的创作地和创作时间,学界一直有争论。

一个相对可信的说法,认为这首诗写于扬州。

唐代的扬州是一个大都市,东西连接长江水路,南北连接京杭大运河,交通发达,非常繁华。当时各地的名士,都会到扬州游历。"春风十里扬州路""烟花三月下扬州""二十四桥明月夜"……古往今来,扬州都是这样迷人,这样令人神往。而成都也是当时西南地区最大、最繁华的城市。从成都万里桥,

---

① 曾枣庄、刘琳主编《全宋文·第七十册·卷一五二八》,上海辞书出版社、安徽教育出版社,2006 年 8 月,第 1 版,第 214 页。
② [宋]祝穆撰,[宋]祝洙增订,施和金点校《方舆胜览·卷之五十四》,中华书局,2003 年 6 月,第 1 版,第 973 页。

乘船沿着岷江、长江，过巴东三峡，"千里江陵一日还"，到江陵（今湖北荆州），到金陵（今江苏南京），可直达扬州。

725年，25岁的李白"仗剑去国，辞亲远游"，出蜀游历，726年到了扬州。他在《上安州裴长史书》中曾说东游维扬的这段时间里，"曩昔东游维扬，不逾一年，散金三十余万，有落魄公子，悉皆济之。此则是白之轻财好施也"。①

李白扶危济困，结果万金散尽，陷入困境。他当时写了一首《淮南卧病书怀寄蜀中赵征君蕤》，对他在蜀中的老朋友赵蕤说自己是"衰疾乃绵剧"，病情加重，衰弱不堪。这时候的他格外想家，"国门遥天外，乡路远山隔"，奈何无法回到故乡，"旅情初结缉，秋气方寂历。风入松下清，露出草间白。故人不可见，幽梦谁与适？"——不难发现，李白在这首诗里所说的这些景物和他的感触，都跟《静夜思》很接近。所以，这两首诗的创作时间应该离得很近。

郁皓贤在《李白集》中谈到《静夜思》时，就认为这首诗当作于开元十五年（727年）："写静夜见月而思乡之辞，疑作于'东涉溟海''散金三十万'以后的贫困之时。"② 这一年李白27岁。我们认为这一说法是基本可信的。

我们可以想象一下，开元十五年的秋天，中秋节他不能回

---

① ［唐］李白《李太白全集·卷之二十六》，中华书局，1977年9月，第1版，第1245页。
② 吕华明、程安庸、刘金平《李太白年谱补正》，中华书局，2012年5月，第1版，第120页。《李白全集编年笺注》也认为是这个时间所写，见安旗、薛天纬、阎琦、房日晰笺注《李白全集编年笺注·卷一》，中华书局，2015年10月，第1版，第86页。

家，节后天已转凉，他望月思乡，所以才有了"疑是地上霜""低头思故乡"的诗句。生病的时候、天冷的时候、没钱的时候、没有冬衣的时候，人就会想家。

当时的李白还写了一首《秋夕旅怀》，我们从中能够体会到这样的思乡之情：

凉风度秋海，吹我乡思飞。
连山去无际，流水何时归。
目极浮云色，心断明月晖。
芳草歇柔艳，白露催寒衣。
梦长银汉落，觉罢天星稀。
含悲想旧国，泣下谁能挥。

这首《秋夕旅怀》收在《全唐诗》第一百八十三卷，表达的是秋天人在旅途的感伤之情。"断""寒""悲""泣"，直抒胸臆。这首诗写得比较长，感情表达得淋漓尽致，但却没有《静夜思》有名。

对于李白写《静夜思》的时间和地点，也有不同的意见。比如：有人认为这首诗是李白31岁时写于湖北安陆寿山[1]，有人认为是天宝六年（747年）至天宝八年（749年）秋李白在金陵写的[2]。你如果对这个问题有兴趣，可以进行大胆而周密的考证与探讨。

---

[1] 《李白全集编年笺注》云："又诗中有'山月'一语，当系山居所见，则其作地或在安陆寿山。"见安旗、薛天纬、阎琦、房日晰笺注《李白全集编年笺注·卷一》，中华书局，2015年10月，第1版，第87页。
[2] 孙宏亮《〈静夜思〉考证——兼与张一民、王彩琴二先生商榷》，《延安大学学报》（社会科学版），1998年第2期。

深度探究

《静夜思》诗意

这首诗的前两句,"山月版"是这样的:"床前看月光,疑是地上霜。""明月版"是这样的:"床前明月光,疑是地上霜。"

先来讲一讲诗里出现的"床"——理解这首诗的关键点就是这个"床"。

一般讲解《静夜思》,都把这个"床"理解为我们今天睡觉的床,认为这首诗是李白在卧室里写的。他睡不着觉,看到了洒进卧室的月光,想家了,就写了这首诗。很多人画《静夜思》诗意,也因此会特意画出床来。其实这是不对的。

我们先来看"床"的甲骨文和篆文字形:

甲骨文"床"字　　　　　　小篆"床"字

甲骨文的"床"字很有意思,就是床的形状。篆文的字形可以看出就是"床"字的繁体"牀"。《说文解字》说"床"是"安身之坐者"。段玉裁注:"床可坐。……床亦可卧。……然则古人之卧无横陈者乎。""床"的意思是一种坐具,也可以卧,但非我们今天所谓的平躺睡觉的睡具。

要知道,中国古人的习俗本是席地起居的。比如"周礼"的很多规定都是根据席地起居的生活方式设定的,有尊者坐于床的情形。今天的日本人、韩国人依然沿袭着中国古代进门脱鞋、席地而坐、席地而卧的生活习惯。因为席地而坐、席地而卧,供待客、饮食、娱乐的家具就不可能太高,供坐卧的家具也都比较矮。

床在中国有3 000年左右的历史了。最早的床是在河南信阳长台关一座大型楚墓中发现的,长225厘米,宽136厘米,高仅19厘米,刻有精致的花纹,周围有栏杆,下有6个矮足,但它并不是专门的睡具。

我们很有必要知道唐代的"床"是什么样子的。现存的唐代家具实物太少,日本保留了一些实物可资考证。除实物外,还可以根据敦煌壁画以及一些墓葬的文物、壁画来考证。弄清楚了唐代床的情况,我们才能了解李白这首诗里提到的"床"是什么。

对于李白《静夜思》里的"床",一直有热烈的争议,有兴趣的可以继续讨论。① 但有一点是人们都十分认同的:唐代是

---

① 关于《静夜思》里"床"的争议很多,如:晏炎吾《从"床前明月光"说"床"》(《字词天地》,1984年第3期)、王晓祥《"床前明月光"新解》(《浙江师范大学学报》,1986年第4期)、樊维纲《释"床"——兼说"床前明月光""绕床弄青梅"》(《杭州师范学院学报》,1992年第1期)、曾维华《李白〈静夜思〉中的"床"》(《社会科学报》,2003年9月18日)、施庆利《"床前明月光"的"床"字义辨》(《汉字文化》,2006年第4期)、马未都《〈静夜思〉新解》(《中华读书报》,2008年3月19日)、胥洪泉《〈静夜思〉中的"床"不是"马扎"》(《中华读书报》,2008年4月30日)、刘麟《李白诗中的"床"——兼与马未都先生商榷》(《中华读书报》,2008年6月18日),等等,我们在此不再一一辨析。

唐代《宫乐图》中用以饮茶进食的食床

中国从席地起居转为垂足而坐的转型期。也就是说,从唐代开始,人们的起居才逐渐从席子往上升高。日本奈良东大寺正仓院收藏有不少唐代的御床,每年秋天都会展览,可以看出当时的家具形状。唐代人的日常起居很多是在各种各样的床榻上进行的。床除了用为坐具外,还用作茶饮、宴会、舞乐的承具。放茶的叫"茶床",放食物的叫"食床",放琴的叫"琴床",放毛笔的叫"笔床",都是承具。敦煌壁画和唐人墓葬壁画中里也常能见到各种"床"。如当时已有一种四足的矮床,可以盘腿而坐,可以跪坐,也可以垂足坐于床沿,也可以放在较大的床、桌两侧。可见唐代"床"的概念极为宽泛,"凡上有面板、下有足撑者,不论置物、坐人或用来睡卧，它似乎都可以名之为床"①。坐具、卧具都统称为"床"，从西边传来的高脚坐具统称为"胡床"，"绳床"指的则是椅子。

可以说，唐代的床，跟我们今天看到的旧式的床以及西式的床都大不相同，用途涵盖了办公、宴会、待客、娱乐、读书、休闲等。所以，把李白诗歌里的"床"简单理解为我们今天睡觉的床，是不准确的。

有人又会问：这个"床"既然不是睡觉的"床"，那它会不会是"窗"呢？因为这首诗的第二句说"疑是地上霜"，月光照得地上白亮如霜，肯定是从窗户照进来的吧？所以，"床前"的月光，或许应该理解为"窗前"的月光？

这个解释，也是不对的。

为什么呢？

首先，在古汉语中，"床"和"窗"是两个不同的汉字，发音也不一样。在《广韵》和"平水韵"里，"床"是"阳"韵，"窗"是"江"韵，可见，这两个字不仅现在读音不同、字义相异，在古代也同样如此。这个"床"不能解释为"窗"。

当然，唐诗中有不少写月光、床关系的诗句，如"月色满床兼满地"（元稹《使东川·江楼月》）、"犹卧东轩月满床"（许浑《秋夜与友人宿》②）、"秋至老更贫，破屋无门扉。一

---

① 扬之水《唐宋时代的床和桌》，见《终朝采蓝：古名物寻微》，三联书店，2008年，第1版，第5页。
② 此诗《全唐诗》又收在杜牧名下。罗时进认为"此诗……当属许浑"（罗时进笺证《丁卯集笺证·卷九·秋夜与友人宿》，中华书局，2012年7月，第1版，第628页）；吴在庆也认为此诗"乃许浑之作"（吴在庆校注《杜牧集系年校注·集外诗一·秋夜与友人宿》，中华书局，2008年10月，第1版，第1 401页）。

日本奈良东大寺正仓院收藏的唐代御床
长 237cm，宽 119cm，高 38.5cm

日本正仓院收藏的唐代赤漆胡床

片月落床,四壁风入衣"(孟郊《秋怀》)、"破窗风翳烛,穿屋月侵床"(杜荀鹤《山中寄友人》)等。这样的诗歌,虽有月光在床,映照出的却是诗人的贫困生活。月色入床越多,不过证明门窗墙壁越发破败而已。

其次,我们还要知道:唐代的窗子是不可能产生室内月光满地、白亮如霜的效果的。

要探究这个问题,我们就要知道唐代的窗户到底是什么样子的。

讲杜甫的《绝句四首》其三(两个黄鹂鸣翠柳)一诗时,我们说到,唐代通行的是直棂窗,一般棂木条为单排,固定好的,不可开闭,可挂帘或者糊纸。窗棂木宽二寸、厚七分,两棂间隔一寸。人们说"打开窗子说亮话",就是因为以前的窗子采光不好,不够透亮。

我们看古装武侠电影,常有这样的镜头:侠客夜间到了大户的窗前,一个倒挂金钩,用舌尖把窗纸舔出一个小洞,往里偷窥。所以有个俗语,把透露真相、亮出秘密,叫"捅破窗户纸"。东北的"几大怪"里有一怪是"窗户纸糊在外"。东北天冷风大,窗户纸不像南方是糊在室内的一面,而是相反,这样更结实。

除了用纸糊窗以外,也有用明瓦的记载,明瓦是一种半透明的蛎蚌片,由人工磨制而成,透光率远不及现代的玻璃。这样,直棂窗的透光率,最多只能达到三分之一。减小棂木宽度,虽可增加透光率,但是窗户纸就不容易糊得结实。

所以,我们可以得出一个结论:唐代的窗户不大,还有竖条的窗棂,即便在白天,透光性也很差,不可能有现在玻璃窗的采光效果；到了晚上，月光从带有窗棂的窗户，透过窗纸、明瓦或者纱帘照射进来，在室内的地上印上一小片带竖条的月影，一道一道的，虽然有些白白的，但一定不可能让室内的地上大面积白茫茫的跟下霜一样，不可能让李白"疑是地上霜"。你如果不相信，可以做个实验：在月圆之夜，拿一些木条有规则地竖放在窗户上，看月光隔着这些木条投放到地上的影子，会不会有"地上霜"的感觉。

当时是秋天，中秋节后一个月，天气凉了，加上当时的窗子又不可以打开，不可能开着窗户睡觉，所以我们可以断定，李白不是在室内看月亮的，或者讲，李白"看月光"，不是在房间里，只能是在外面空地上。

既然这首诗里的"床"不是我们现在意义上的睡床，月光也无法照得室内的地上白亮如霜，那么，诗里的这个"床"就根本不可能是指位于室内的家具物件。

那么，这个"床"到底该是指什么呢？

其实呢，"床"在古代还有一个意思，就是"井床"，也即"井栏"。

古今很多词语的意义或者读音，随着时代的变迁，发生了很大的变化，这是语言发展中常见的现象。这个"床"字的意义的变化，就是一例。

我们都知道一个成语"青梅竹马"。这个成语出自李白的《长干（gān）行》："妾发初覆额，折花门前剧。郎骑竹马来，绕床弄青梅。同居长干里，两小无嫌猜。"一个女子回忆她和丈夫的童年旧事——那时候她还很小，在门前玩耍，小男孩来了，骑一个竹马绕着"床"跑。他不可能没礼貌地钻到小女孩家的卧室里,绕着人家的床榻跑。这个"绕床弄青梅"的"床",就应当是"井栏"。小女孩要折花,他们绕着井栏玩耍嬉戏。这是青梅竹马、两小无猜的童年记忆,很美好。

我们看到以前的井都会有围栏。其实看看甲骨文"井"字的字形,就一下子明白了。这个字横竖四条线是什么?就是井口四边的围栏。为什么井边要有围栏?为了防止小孩、老人和牲畜意外掉进井里,所以旁边要围起来。

井栏又叫床、银床。元代熊忠编纂的《古今韵会举要》中就说:"床,井干,井上木栏也。其形四角或八角。又谓之银床,皆井栏也。"① 最早把井栏称为"床"的诗句出自《乐府诗集》收录的《淮南王篇》②:

淮南王,自言尊,百尺高楼与天连。
后园凿井银作床,金瓶素绠汲寒浆。
汲寒浆,饮少年,少年窈窕何能贤。
扬声悲歌音绝天。我欲渡河河无梁,
愿化双黄鹄,还故乡。
还故乡,入故里,徘徊故乡,苦身不已。
繁舞寄声无不泰,徘徊桑梓游天外。

这首诗据说是淮南小山思念淮南王刘安而作。这首诗虽写

---

① [唐]李白著,[清]王琦注《李太白全集·卷之十二》,中华书局,1977年9月,第1版,第606页。
② [宋]郭茂倩编《乐府诗集·卷第五十四 舞曲歌辞三》,中华书局,1979年11月,第1版,第792页。

> **知识链接**
>
> ### 淮南小山
>
> "淮南小山"其实不是一个人,而是一个创作集体的"笔名"。汉代的淮南王刘安喜欢征召天下才俊,他手下汇聚了擅长诗赋的各类能人,他们中的一部分人,或名为"小山",或名为"大山"。后人便以"淮南小山"作为淮南王门客的代称。所以你看到"淮南小山"或者"大山"时,要知道它不是一个人的名字,而是一群人的笔名。

了游仙,但也是从写"井"抒发思乡的情感。

梁简文帝有"还看稚子照,银床系辘轳"(《乐府诗集·相和歌辞·双桐生空井》)、"裁衣魏后尺,汲水淮南床"(《乐府诗集·杂曲歌辞·艳歌曲》)的诗句。这些诗句提到的"床"也都是"井栏"。

古代水井的井栏一般高 50 厘米左右,很显眼,所以即便在晚上,也很容易辨认出来。唐诗里有很多写到井、床的诗句,如:

前有吴时井,下有五丈床。(李白《洗脚亭》)

床前磨镜客,树下灌园人。(王维《郑果州相过》)

独立傍银床,碧桐风袅袅。(陆龟蒙《井上桐》)

井上辘轳床上转。水声繁,弦声浅。(李贺《后园凿井歌》)

这样的例子很多。这些唐诗里的"床"都是"井栏"之意。

那么接下来，又有了一个新问题：李白想念家乡，跟"床"，也就是跟井和井栏有什么关系？为什么这首诗要先写到井呢？

我们知道农耕生活离不开水，人需要喝水，牲畜也需要喝水，土地需要灌溉。加上古代的生产力低下，所以古人就只能靠水源来选择聚居地，哪里有水，就在哪里打口井，绕着这口井，大家定居下来，于是就形成了村落。

知识链接

井田、市井

中国古代，"井"还是一个行政管理的单位，管理的土地也叫"井田"，这是因为一块一块的土地，都跟"井"字一样。"井田制"用"井"字取形，也跟井有关系。

后来需要交换物资，买卖东西做生意也都靠近有井水的地方，交易的场所因此称为"市井"。汉代的《白虎通》就说："因井为市，故言市井。"日本僧人廓门贯彻所注宋人释惠洪《观山茶过回龙寺示邦基》诗中的"入关更清兴，市井乱灯烛"句，引用宋庞元英《文昌杂录》里的一段话："世言市井、市廛，未晓其义如何。因读《风俗通》曰：市亦谓之市井，言人至市有粥卖者，当于井上洗濯，令香洁，然后到市。或曰：古者二十亩为井田，因井为市，故云。又市中空地谓之廛。颜师古乃云：凡言市井者，市，交易之处；井，共汲之所，总而言也。"这段话有助于我们了解"市"与"井"的关系。

从考古发现来看，古代井栏呈方框形围住井口，这方框形既像四堵墙，又像古代的床，因此古代"井栏"又叫"银床"，说明井和床还是有关系的。

从井栏围住井口，到后来的床栏围住床，这种意义上的关联，使"床"既指睡觉的卧具，也引申出"像床一样的物件"的义项，比如"车床""蹦蹦床""河床""牙床"等。

以前的农村，每个村子都会有公用的水井。妇女在井边打水、洗衣服，老人在井边空地晒太阳、唠家常，孩子们在空地上嬉闹、游戏，大家会常常在井边空场子聊一些东家长西家短。井边其实是村里人的社交和娱乐场所。

有个成语叫"背井离乡"。你可以去深究一下：为什么离开家乡叫"背井离乡"？要离开家乡了，就说要离开家乡那口井了，因为井最能代表故乡。我们说"饮水思源""饮水不忘挖井人"，都是把"井"跟日常生活联系在一起的。离开家乡，到了一个陌生的地方，容易"水土不服"，以前有个偏方，一个人离开家的时候，要随身带一些家乡井里的泥土，到了外地，如果水土不服闹肚子，在水里放一点泥土，喝下去就没事了。可见，井以及故乡，对一个人是多么重要。

现在的很多跟井有关的地名，过去都是比较热闹或比较有名的，北京有双井、小井、王府井等，都跟"井"有关。现在的王府井大街还保留着那口井。

再回到李白的这首诗，我们就不难理解李白想家跟他看到这口"井"之间的关联了。要知道在短短20个字的一首诗里，李白这样的大诗人，一定会惜字如金，让每个字都有最大的信

北京王府井的"井"

息量，让每个字各得其用，所以，出现在诗歌里的每个字，都是有其深意的。他不可能随随便便写一样景物，也不会随便写井栏。他在夜里看到了井栏边的满地月光，便不由得想起了家乡的井，想起了家乡的亲人，这才有了这首思乡之作。这便是我们常说的"一切景语皆情语"，便是古人论诗所说的"睹物起兴"，就是先言他物以引起所咏之词的"兴"，就是由景生情、借景抒情。这是符合文艺创作心理规律的。解读诗，就要了解诗人的创作心理活动特征。

李白从看到月下的井床，油然而生思乡之情，月亮和井栏激发了他的情思，催生了这首诗。后人看到了月下的井床，看到了月亮，也会油然想起这首诗，油然而生思乡之情。这样，古今的人们，通过一首诗，有了思乡上的共鸣；一首诗，传递了中华民族的思乡之情。

李白用"井"这个意象来表现思乡的情感，井、床成了一个象征和文化的符号，看到诗里的这个"床"，读者就会想到自己家乡的井，就会思接千里，油然想家——我的家人现在看到家乡的井，也同样在想我。通过井、井床，可以实现思念的交互，情感已经在暗自涌动了。所以，古诗的妙处在于通过意象来表达情感，含蓄蕴藉、回味无穷。如果过于直白，就平淡无味了。写抒情类文章、写游记，就要学习这种表达方式——通过某些有代表性的物象与风景来寄托、呈现我们内心的情感。

以上我们谈的是"床"，是李白为什么要写"床"，以及"井"和"床"的涵义。通过这一句诗，我们就能看出李白作为一个诗人的不凡之处。

接下来再讲"床前看月光"的"看"字。

篆文"看"字的上边是"手"，下边是"目"，它的意思就是手搭凉棚向远处望。一说到手搭凉棚，我们就能想到孙悟空的经典动作。孙悟空的这个动作生动地诠释了"看"字的意思，就是手搭凉棚，向远处张望。

这句诗里的"看"，属于平水韵的"上平十四寒"，应读 kān。以下这些诗句里的"看"，在平水韵里都为平声，读 kān：

日照香炉生紫烟，遥看瀑布挂前川。（李白《望庐山瀑布》）

名花倾国两相欢，长得君王带笑看。（李白《清平调词三首》其三）

行到水穷处，坐看云起时。（王维《终南别业》）

天街小雨润如酥，草色遥看近却无。（韩愈《早春呈

水部张十八员外二首》其一）

蓬山此去无多路，青鸟殷勤为探看。（李商隐《无题》）

这些诗句里的"看"古音读平声，如果读为去声，就不合平仄了。比如"遥看瀑布挂前川"的平仄应为：平平仄仄仄平平，如果把"看"读为 kàn，就成了：平仄仄仄仄平平；"坐看云起时"的平仄为：仄平平仄平，如果"看"读去声，就成了：仄仄平仄平，犯"孤平"之病了；"草色遥看近却无"的平仄为：仄仄平平仄仄平，如果"看"读仄声，就成了：仄仄平仄仄仄平，不对了；同样的，"长得君王带笑看""青鸟殷勤为探看"的"看"都是韵脚字，在格律诗里韵脚字一定是平声字，如果是仄声，就是"出韵"。学习欣赏格律诗，要明白"看"字的读音，古今是有差异的。

现在来说第二句"疑是地上霜"。这一句的文字在几个版本中都是一致的。

前面讲过，月光如果透过直棂窗照进室内，不可能白茫茫一片，只有在户外开阔的地方，才会有这样的情形；如果地上有杂乱的事物，有散乱的人影，地上月光白亮的感觉就会被破坏掉。

为什么说"疑是"呢？这是白茫茫的大地，空寂无人的夜晚，人们都离开井边的空地回家了，无人可以说话，只有漂泊在外的李白孤身在空寂的井边徘徊。加上天气凉了，地上白茫茫的月光让他不由想到了霜降；这种以为是下霜的错觉，加深了他的寂寞与孤独。所以，这里"疑是"是"怀疑是""猜着是"的意思，跟事实无关。诗人明明知道地上的"月光"并不是"地上霜",不过有点相似罢了。"疑是"是要在月光的"白"跟霜的"白"之间建立一种联系。"疑是"还有一个近义词叫"疑似"。新型冠状病毒肆虐时,常听到或者谈到"疑似病例""疑似患者"……这个"疑似"是什么意思呢?是"有嫌疑""跟事实很近似""虽然没有确定,但是需要继续加以确认""好像是又好像不是"的意思。"疑似"病例经过进一步诊断以后,才能确诊是否患上了某种病。可见"疑是"是"似是而非","疑似"是"或是或非",两者是有区别的。

我们来看看这个"上"字。

甲骨文"上"字很形象,下面是个凹地,上面的一个短横表示在凹地上方的位置,表示"上面""高处"。

跟"上"字意义相反的是"下"字。"下"的字形跟"上"正好相反。从这些字,我们可以感受到古人造字的趣味与想象力。

再来说一说这个"霜"。什么是霜?它是怎么形成的?

对于霜的科学解释是这样的:在气温降到 0℃ 以下时,近地面空气中水汽形成的白色结晶就叫"霜"。

霜是在气温降到 0℃ 以下时才形成的,也就是说,霜在冷天才能出现。秋天冷了,霜就会出现;而到了春天,如果有春寒,霜要到很晚才会消失。古人很早就发现了这个规律,概而言之就是"清明断雪,谷雨断霜",意思就是清明一过,就不会再下雪了;谷雨过了,就不会再有霜了。

月光跟霜有哪些相似之处?又有什么不同之处?

李白很喜欢白色，对白色非常敏感，他的诗中有很多跟白色有关的句子。霜是白色的，皎洁明亮的月光也是白色的。所以李白看到月光，就产生了下霜的错觉。试想一想，如果只有一丁点儿的月光照下来，而不是一大片，那还能给人下霜的感觉吗？

大自然是无偏无私的，下霜的时候，便会在茫茫大地上形成一大片的霜，不会只在某一个地方下一点点霜，所以这句诗的"地上霜"，呈现出的画面是阔大的。这是李白的风格决定了的。满眼白茫茫的月色，这才是有视觉和心灵冲击力的场景。

寂静无人的深夜，他想家了，是因为什么？他寂寞，所以才会想家。有下霜的感觉，天气冷了，就需要温暖，就会想家。通过这个"霜"字我们能感受到他的心理活动。

我们接下来再进行字词上的判断分析："床前明月光，疑是地上霜"和"床前看月光，疑是地上霜"，这两个句子的句式是不一样的。"床前看月光"的"看"是动词，"疑是地上霜"的"疑"也是动词，这样，两句诗形成了动作和情感活动上的呼应：一个动作"看"，产生了一个心理和情感反应——"疑"。"床前明月光"就缺了一个动作，跟后边的心理反应未能形成呼应。而后边两句诗中还都有"举头/望""低头/思"的动作。"看"和"望"都是身体动作，"疑"和"思"都是心理活动。可以看出，这首诗不是随随便便的一首诗，李白的精妙构思就体现在貌似简单质朴的诗句里，所以如果用"明月光"，这首诗的水准立刻就下降了，这是我们的一个判断。

我们继续往下看。

第三句诗,"山月版"是"举头望山月","明月版"是"举头望明月"。

先说这个"望"字,"望"是什么意思呢?甲骨文的"望"字上面是"臣",表眼睛,下面是"人",像一个人抬眼往远处看。《说文解字》:"望,出亡在外,望其还也。"意思是,对于漂泊在外的人,家人们期望着他返回家乡。这个字后来又加了一个"月",用看月亮的"遥望"动作来表现"望",所以我们说到"望"的时候经常是跟"明月"联系在一起的。夏历每个月的十五日,月亮最圆,这一天也被称为"望日",十六日称"既望"。我们中国人一直喜欢望月,望着月亮,就会想到故乡。望月是非常值得研究的文化情结。唐代李益有一首《从军北征》:

天山雪后海风寒,横笛偏吹行路难。
碛里征人三十万,一时回首月中看。

这首诗里的"看"也要读为平声。30万征人在艰苦的行军途中,听到了笛声,就一齐回头望月思乡。这个场景是很有震撼力的,30万人都将思乡的心情,寄托于明月,虽然全诗没有提"思乡",却能让读者感受到这些征人心中对故乡深切的思念之情。

我有一个朋友的孩子每年中秋节的晚上,一定要妈妈把月饼切成小块,盛在小碟子里,然后他搬个小马扎坐在阳台上,吃一口月饼看一眼月亮,每年都这样。后来这个孩子到美国读书去了。不知道他在美国过中秋节思念家乡和亲人时,是不是还吃月饼,是否还会吃着月饼看天上的月亮……

"望月""赏月"是诗意的生活方式,"月"已经成为一个文化意象,成为我们寻找心灵故乡的重要载体。月亮从一点点的月牙,到半圆,再到满月,令人想到团圆、聚散,想到生离死别,所以苏轼说:"人有悲欢离合,月有阴晴圆缺,此事古难全。但愿人长久,千里共婵娟。"月亮蕴含了很多人生思考和感慨,所以古人留下了大量关于月亮的诗词。

　　对于"山月版"的"山月",很多人认为它拗口,没有"明月"形象、直观。果真如此吗?

　　有人还会说,李白的这首诗有瑕疵,有不完善的地方:扬州没有山,这个"望山月"显得不自然,不真实。

　　是的,李白所在的扬州城里是没有山的。那么,"山月版"为什么说"山月"呢?难道李白虚构了"山月"?

　　我们刚才讲到,李白的家乡在四川绵州江油青莲镇,李白的故居陇西院,北依太华山,东邻天宝山,三十多里外是他住过的匡山……山里的月亮,就叫"山月"。李白诗里的"山月",当指他家乡山里的月亮。

　　我们来看"山"这个字。甲骨文的"山"字,很有画面感,一个字就是一幅画。说到"山月"的时候,实际上也是一个画面,画面中有山,山间有月亮,比从一个小窗户里看月亮要阔大、高远许多。

　　我们注意到:"明月光"也好,"看月光"也好,紧跟着的第二句有一个"疑"字;"望明月"也好,"望山月"也好,紧跟着的第四句有一个"思"字。可见这首诗的一个特点,就是二、三、四句都出现了动词,如果要在第一句有动词的"看月光"

和无动词的"明月光"之间选一个的话,你会选哪个呢?

是的,很多人都倾向于选带动词的"看月光",这样跟后面的诗句比较一致。

李白当时"看月光"并"疑是地上霜"的时候,他望的是扬州的月亮;当他"低头思故乡"的时候,他"思"的一定是四川的老家。如果用"明月"的话,井床前的"明月",是扬州的明月,他举头望的"明月"也是扬州的。这样,"明月版"里重复用了两个"明月",它们所指相同,都是李白在扬州看到的月亮,跟四川老家没有直接的关系。

我们再看"山月版":李白"看月光",看到的是扬州的月光,"疑是地上霜"的感觉也是由扬州的月光引发的,扬州的月亮是一个"象"。而李白的老家在四川,当他望"山月"的时候,在他的情感中,他所望到的,已经不是扬州的那个月亮了,而是四川故乡山里的月亮,这就产生了一种情感和想象的张力。他看到了扬州的月亮,月圆之夜像霜一样,他开始感觉到冷,然后想家了。恍惚之间,"举头望"去,眼中出现的不再是扬州的月亮,而是四川家乡的山月。

一个"望山月",就突显出他在想家时所产生的思维上的跳跃和"穿越",这时候他的心已飞到了四川,他心里思念的月亮照耀的是他的故乡四川,所以这两个"月"已经有了错位,这个错位造成了心理和情感上的交错,心理和情感上的交错又造成了月亮的地域属性上的替换。这时扬州的月亮已经变虚了,而四川家乡的山月,则变实了。此时他身在扬州,心飞故乡。一个"山月"的背后,是诗人对故乡的万千情感和浓浓思念,是思念家乡的诗人神思恍惚的状态。

在"明月版"里第一句和第三句重复使用的"明月"好不好呢？我们要说，两个"明月"意象的重复和意义的单一，不能体现李白遣词造句的能力。而"山月"则体现出了诗人想象和情感的跳跃和穿越，更能体现出诗人思乡的深切之情。

我们再来看"举"字：

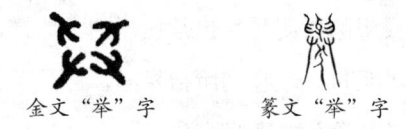

金文"举"字　　　篆文"举"字

金文"举"的字形是两个人四只手对举。"举"的繁体字写作"舉"。从其篆文可以看出，"舉"从手與声，"與"意为四手共举，兼会意。"举"是双手托起、抬起重物的意思，《说文解字》："举，对举也。""对举"就是用双手向上抬。《广韵》："举，擎也。"可见"举"是一个力气活儿。那么，诗里的"举头"，自然也是一个很沉重、很用力的动作。为什么沉重呢？诗人想家了，可又不能回家，他不敢看月亮，看了只能更想家。所以在这个时候还是不看为好，但他忍不住还是想看。"举头"是他心理斗争的结果，是带着很大的向上的推举力的。

有人又会有疑问了：诗里还出现了两次"头"，这个重复好不好？为了不跟"低头"重复，本来可用以替代"举头"的词语是很多的，如"举首""昂首""抬眼""举目"等，那李白为什么不避重复，用了"举头"和"低头"呢？

"看月光""望山月"，都是因为过于想家才"看""望"的，而且这个"看"已经成为反复出现的动作。诗人不单单是"举头"

在"望山月","低头"在"思故乡",其实是"举头"也"思故乡","低头"也"思故乡",所以真正的情感是:我看也思,不看也思,这就把思乡的沉重、迫切、难以按捺的心情呈现了出来。李白在这后两句诗里连用两个"头",是要形成一种对比中的张力,举头/低头、举头/低头……我们可以想象,他是不断地抬头看、不断地低头想,在这过程之中"思故乡"的念头越来越强烈了。这两个"头"字,不仅承担了"举头"和"低头"的肢体活动,还承担了"看"和"望"的心理活动——"疑"和"思"。举头有"看",有"望",低头有"疑"有"思"。这就是锤炼字句的妙处。

再来看"思"字。

前面提到,古文的"思"字就是一个"囟"加上一个"心",表示"思"是心、脑的共同活动。所以人在"思"的时候,不单单有头部的外在活动(比如低头、抬头的动作以及各种表情),还有内在的心理活动。写古诗的时候,尽量不要重复用字用词,除非你要着意突显某种创作意图。这一点就很鲜明地体现在李白的诗歌里。

在你要强调某个动作、事物,或某种情感的时候,你才可以重复一些字词,其他情况尽量少用或者不用重复的字词,要做到惜墨如金,字斟句酌。尤其是形容词和副词不要多用,最好通过心理活动,通过动词、名词的变化来写作,过多使用形容词和副词,有点接近孔子说的"巧言令色",会流于华而不实,越叠加使用反而越容易削弱文字的表现力。

还要注意,李白的这首诗不是格律诗,它属于古体诗,跟格律诗的平仄规则不太一致。我们以"山月版"为例，起句"床前看月光"，平平平仄平，如果按照格律诗平起平收句式的平仄规则来对照的话，倒是大体符合。严格的话，"看"应改为仄声字。格律诗相应的第二句的平仄就应该是仄仄仄平平，而这首诗第二句"疑是地上霜"的平仄是平仄仄仄平，第一个字"疑"的位置是可平可仄的，我们可以不论，第三、四个字"地上"的平仄改为仄平才合乎格律。格律诗第三句的平仄应该是仄仄平平仄，而"举头望山月"的"头"为平声，换为仄声字才合格律；第四句，格律诗应为平平仄仄平，"低头思故乡"为平平平仄平，第三字"思"应改为仄声字，才不犯"孤仄"之病。

以上我们对两个版本的《静夜思》做了深入的分析。现在我想问你：这两个版本的《静夜思》，你更喜欢"明月版"的呢，还是更喜欢"山月版"的呢？

思域拓展

明月千里寄相思

　　对这首诗的解读可以告一个段落了。但是我们还可以继续探究这样的一个问题：李白想家的时候为什么不回家？

　　学习"诗意国学"的目的，并不单单是为了学习一首诗。否则，对这首我们耳熟能详、人人都懂的《静夜思》，实在没必要花上这么长的篇幅和这么多的时间。我们的目的是要通过诗歌的学习，深入体会诗歌里蕴含的更多的审美和文化信息。这才是我们学习唐诗的目的之所在。

　　通过地图，我们可以大致了解到从扬州到四川江油青莲镇的路途有多远。我们现在可以走的线路，是高速公路和一般的陆上交通；如果走水路的话，就是沿着长江走。当时李白走的就是这样一条水路，从成都，沿岷江，到长江，然后到渝州（重庆市）、忠州（重庆忠县）、夔州（重庆奉节），然后下长江三峡，到江陵（湖北荆州），再继续向东一直到扬州。李白有一首诗写道："朝辞白帝彩云间，千里江陵一日还。两岸猿声啼不住，轻舟已过万重山。"从白帝城沿着三峡顺流而下，一天就走了千里，可见速度之快。

如果按照现在扬州到江油青莲镇的道路导航，走高速需要1 700多公里，这个路程，开车需要两天，坐火车再坐汽车需要30多个小时，如果坐飞机加汽车，需要5个小时。交通发达的今天尚且需要这么长时间，加之路上还得休息，那么在古代岂不是需要更长的时间？

我们粗略估算了一下，考虑到风速、水流等情况，1 700公里如果坐船不停歇的话，差不多需要两三个月，如果走走停停，半年也是可能的，古人回一趟家就是这样的辛苦。李白写有一首《蜀道难》，感慨出行之不易，特别是出蜀之艰难。"行路难"是古代中国人一直慨叹的话题。中国文人写得比较多的就是"想家"和"离别"。生离死别、背井离乡，永远都是令人伤痛的人生话题。

回不了家，就需要一个情感的寄托，这个最好的寄托是什么？就是明月。明月千里寄相思。

明月为什么能寄托思乡的心情？月亮的阴晴圆缺，能够代表人生的悲欢离合；圆月是团圆、美满生活的象征，可以表达思念和祝福。李白有首诗："小时不识月，呼作白玉盘。又疑瑶台镜，飞在青云端。"（《古朗月行》）小时候他把月亮当作一个白玉盘，觉得很好玩，那时候少年不知愁滋味，还没有那么多的愁思。等他长大了，诗歌里的月亮就不一样了："青天有月来几时，我今停杯一问之。人攀明月不可得，月行却与人相随。"（《把酒问月》）这时候就与月亮建立了情感的沟通。

他还有诗："俱怀逸兴壮思飞，欲上青天揽明月。"（《宣州谢朓楼饯别校书叔云》）借明月表达他的崇高志向。"明月出天山，苍茫云海间。长风几万里，吹度玉门关。"（《关山月》）表达他志在边关的理想和壮志。还有这样婉转柔美的诗句："罗帏舒卷，似有人开。明月直入，无心可猜。"（《独漉篇》）李白大概有上百首诗篇都提到了明月。

我们看到这句"暂就东山赊月色，酣歌一夜送泉明"（《送韩侍御之广德》），月色他都要赊来，伴着酣歌送朋友，可见他是多么喜欢月色。"我在巴东三峡时，西看明月忆峨眉。月出峨眉照沧海，与人万里长相随。"（《峨眉山月歌送蜀僧晏入中京》）友人走到哪儿，月亮都照着友人，其实是诗人的心一直在跟着友人。"举杯邀明月，对影成三人。"（《月下独酌四首》其一）这句太经典了，已为世人熟知。"我寄愁心与明月，随君直到夜郎西"（《闻王昌龄左迁龙标遥有此寄》），情感与月亮融为一体，一路伴随着友人，这才是最深挚的情感。——月亮在李白的笔下有各种各样的情怀，他借明月寄托了各种各样的情思，月亮几乎就是李白生活的一部分。

那么我们接着来追问：李白为什么要写诗？

他睡着了，当然可以梦回故乡；睡不着的时候怎么办？在他比较寂寞、缺乏温暖、缺乏归属感的时候，游子李白该怎么表达他的情怀，排解思乡的痛苦呢？

诗人的使命就是写诗。所以他写了《静夜思》，写了《秋夕旅怀》，写了很多的诗篇。李白的生活是诗意的，甚至对于他的死，也流传着美丽的故事。传说李白喝醉了酒，在江中捞月亮，失足掉在水里淹死了。还有传说，李白没有死，到了水里，一条鲸鱼载着他成仙了……

总而言之，李白被称为诗仙、谪仙人，他的生活就像神仙一样，充满了想象，也超乎了我们的想象，让我们感觉到是那样的浪漫，是那样的自由自在。所以一个"自言臣是酒中仙""天子呼来不上船"的李白，是豪放不羁的，对皇帝老儿他都爱理不理，一般人谁能做到！我们不一定要去学他的傲慢，他的傲慢最终也给他带来了很大的麻烦。我们可以跟他一样有诗意的情怀、诗意的心。

所以，当你离家在外，当你忧愁苦闷需要排遣的时候，你也可以写诗，让诗意驱走寂寞，给你带来快乐和平静。

自主学习

《静夜思》的诗情与画意

《静夜思》是一幅美丽的画。诗情画意,融合在一起,给人淡雅却又蕴藉的美感。你可以在网络上搜集一些关于《静夜思》诗意的绘画,并试着找出这些画与《静夜思》诗意不相切合的地方。

通过对这些画的分析,不难感受到:真正深入领会一首诗的诗意是很重要的,知道一首诗里涉及的各种历史文化知识是很重要的,不知道这些,你就画不好画,甚至会闹笑话。

诗的用处是什么?不是直接拿来当饭吃,不是直接换钱花。不单单是给你的考试直接加分,而更有助于增进你的文化底蕴和综合素养。当你画画的时候,如果你对诗歌没有准确而深入的理解,即便你的技法再好,也总会让人感到美中不足,感到你的综合学养有所欠缺。所以,不管是当书法家、画家,还是其他的什么家,学会欣赏诗、理解诗、感受并表达诗意,都是非常重要的。

唐代诗人王建的《十五夜望月》写道:

中庭地白树栖鸦,冷露无声湿桂花。

> 今夜月明人尽望，不知秋思在谁家。

写的就是仲秋望月的感慨。

我们以月亮来抒发情怀、寄托诗意，同时也可以通过跟自然与明月的呼应，让我们与古代的诗人、千里之外的亲人有了精神上的关联，这个关联就是我们要传承的文化，就是我们要坚守的诗意。

今天，我们如何表达思念？

今天，我们表达感情的方式如此丰富，却又如此单一：我们喜欢送礼物；我们喜欢借助电子设备联络——打电话、发微信；我们越来越不习惯写文字（写信、写文章、写诗）表达情感；我们越来越不习惯通过艺术的方式（书法、绘画、音乐）来表达思念了。

而李白用这样一首美丽的诗歌来想家，让后人领略到了美丽的乡愁。在你睡不着的时候，你不妨写写诗，将你的诗情传送给亲友。在生活中，我们需要诗、想象力和远方。而那轮曾经照射过无数诗人，也正在照射我们和我们的亲友的明月，便是最好的信使，让我们怀着美丽的诗心，用最美的诗歌来想家……

第四课 《登鹳雀楼》

最高大上的哲理诗

我们一起来探讨一首史上最高大上的哲理诗。说这首诗高大上，不是因为它的文辞多么华丽，也不是因为它的道理多么深刻，而是因为它用最浅显易懂的语言、最短小的篇幅，给我们展示了宏阔的境界和人生感悟，启发我们要有更高的志向、更大的追求、更向上的格局。说到这儿，你或许猜到我要说哪首诗了吧？对了，这首诗的名字叫《登鹳雀楼》：

白日依山尽，黄河入海流。

欲穷千里目，更上一层楼。

只有20个字，却意境高远，雄浑开阔。这是唐诗中最深入浅出的一首哲理诗。

也许你会不屑一顾：这首诗小学甚至幼儿园的孩子都会背，有什么好讲的？

如果单看字面意思的话，确实没有什么好讲的。但是，如果你深入到这首诗里，就会发现，这里面有许多我们以前不知道的东西，有许多以前被我们忽略、误解的东西，我们需要重新来梳理关于这首诗的很多内容，并以新的思路和视野，来探究、解读这首诗。

访古寻踪

鹳雀楼的前世今生

我们先从鹳雀楼说起。鹳雀楼在哪儿呢？它就在今天的山西省永济市。

永济是个非常值得记住的地方。永济在古代地位十分显赫。永济古称河东之地，成语"河东狮吼"的"河东"就指的这一带。它因西临黄河，滩涂蒲苇丛生，古称蒲州，又称蒲坂。这个地方在上古就很有名，是舜建都的地方。在唐代也很显赫，是唐代河东地区政治、经济、文化和军事中心。蒲州的首任长官由皇帝直接任命，颜真卿在安史之乱后就曾任过蒲州刺史。

这里处于"黄河金三角"，河西为秦，河东为晋，河南为豫，高山大河天然划界。黄河通过永济，向南奔流，到了华山，折而向东，经过三门峡，流向山东，奔流入海。永济便被黄河"几"字形的这个大转折环抱着。它的东南是中条山脉，这座山我们后面还会提到。

永济出名人。舜帝、王维、杨贵妃、柳宗元、司空图等，都是永济老乡。有唐一代"大历十才子"里就有两个蒲州人——卢纶、耿湋；元代辛文房的《唐才子传》里收270余名唐才子，就有将近 20 位的原籍或占籍在蒲州。可见这个地方人杰地灵。

蒲州城外的古蒲津渡是历史上著名的渡口，它位于永济市西约 15 公里处，是唐开元十二年（724 年）左右修建的"铁索连舟固定式曲浮桥"的遗迹。这座浮桥是有史可考的第一座横跨黄河的浮桥。

位于蒲州古城西偏北方向的鹳雀楼与湖北黄鹤楼、湖南岳阳楼、江西滕王阁并称"四大名楼"，都是古代文人雅士登高远眺、诗词唱和的名胜。

鹳雀楼因古时经常有鹳雀栖居其上而得名。鹳雀是黄河滩常见的一种水鸟，形似鹤、鹭，嘴长而直，翅膀又长又大，尾巴圆而短，善于飞行，常活动于溪流旁，夜晚栖于水边高树。

知识链接

蒲津渡铁牛

古人在河边铸造铁牛，主要为固定索桥。另外，牛为坤，代表土地。兵来将挡、水来土掩，因为土能胜水，所以铸铁牛以驱除洪灾，造福于民。古蒲津渡遗迹有唐开元铁牛四尊，各长 3.3 米，高 1.5 米。每尊铁牛旁各有一个铁人，高约 1.9 米。南侧铁牛下还有铁板，铁牛尾部立有七星铁柱 7 根。这四尊铁牛是至今我国发现的最早、最大、最重、最多、工艺最精的渡口铁牛。

建造蒲津渡的这些铁器群耗费了 160 万斤生铁，约占当时唐代全国年产生铁总量的 80%。可见蒲津渡铁器群工程规模之巨。

建于黄河边高处的鹳雀楼自然成为鹳雀的聚居地,此楼因此而得名"鹳雀楼"。在有些书里写成了"鹳鹊楼"。宋代计有功的《唐诗纪事》将此诗题为"登鹳鹊楼"[①],清代《唐诗三百首》里也写成"登鹳鹊楼",以往的小学语文课本依照《唐诗三百首》,所选此诗亦以"登鹳鹊楼"为题。但是考证起来,应为"鹳雀楼"而不能写为"鹳鹊楼"。现在,语文课本上都已改为"登鹳雀楼"了。

鹳雀楼始建于北朝时期的557至571年,由北周大将军宇文护建造。这是一座军事戍楼,历经唐、宋而存世达700余年,1222年时,金兵与元兵争夺蒲州,鹳雀楼因此毁于战火,仅存故基。明代初期时鹳雀楼故址尚在,后来因为黄河泛滥,河道频繁改动,鹳雀楼的故址就无法确定了。当时的人们只好把蒲州城的西城楼当作"鹳雀楼"。其实这里并不是鹳雀楼的原址。

北宋沈括在《梦溪笔谈》中记载:"河中府鹳雀楼三层,前瞻中条,下瞰大河。"从清光绪十二年(1886年)编纂的《永济县志》里绘制的鹳雀楼的图片可知,当时的鹳雀楼为三层,临黄河而建。

沈括说鹳雀楼"前瞻中条,下瞰大河",能说明鹳雀楼跟黄河的位置关系。"前瞻中条",就是说能看见前面的中条山。我们知道中条山在鹳雀楼的东南面,也就是说,这张图上有山的方位是南。那图中的鹳雀楼当是在黄河的东边了,也就是说,鹳雀楼是在黄河的东岸。而现在的鹳雀楼则是在黄河的西岸。

---

① [宋]计有功《唐诗纪事·卷二十六》,上海古籍出版社,2013年8月,第1版,第394页。

《永济县志》里绘制的鹳雀楼

为什么呢？

我们说过，元代鹳雀楼焚毁之后，原址已经无从查考了，加上黄河经常改道，所以无法精准确定鹳雀楼的位置。

鹳雀楼的具体位置在哪儿呢？《永济县志》有这样的记载："在郡城西南黄河中高阜处，时有鹳鸟栖其上，遂得名。"《蒲州府志》也说"旧在城西河州渚上"。可见，以前的鹳雀楼，应当是建在黄河中央的高地上的，不是在远离河岸的地方。我们根据蒲州古城、古蒲津渡口的位置也能约略发现，黄河应该是在这个位置流向南方的。

2001年7月，永济市根据相关的历史资料，在鹳雀楼的旧址附近，恢复重建鹳雀楼。所以，现在的鹳雀楼的位置，大致在古黄河的东边，跟清代《永济县志》里绘制的鹳雀楼的位置大体是一致的。

现在我们看到的鹳雀楼，是国内唯一采用唐代彩画艺术的最大的仿唐建筑，外观四檐三层，内分六层，总高 73.9 米。2009 年，中国和乌克兰还联合发行了《鹳雀楼和金门》的特种邮票。从下面的图片，可以看到鹳雀楼的壮观景象。

今天的鹳雀楼

中国和乌克兰联合发行的特种邮票

知人论世

《登鹳雀楼》的作者到底是谁

这首诗的作者到底是谁呢？

很多人几乎都会毫不犹豫地说：王之涣。因为市面上的古诗选本中大都把这首诗的作者说成是王之涣了。

可是，你知道吗？这个说法未必成立。关于《登鹳雀楼》的作者，在古代就是众说纷纭的。

《四库全书总目》中曾说："畅当王之涣之鹳雀楼诗，及其父行色诗，相沿传诵，皆自光始表出之。"[①] 认为鹳雀楼诗的作者是王之涣的这一说法，是从司马光（1019—1086年）最早传播开的。郭绍虞辑《宋诗话考》中认为《四库全书总目》"此论精审"[②]，这其实是不确的。

《文苑英华》是北宋时由李昉、宋白、徐铉等人编纂的齐梁到唐代的诗文总集，太平兴国七年（982年）九月开始纂修，

---

① 《四库全书总目·卷一百九十五 集部四十八 诗文评类一》，中华书局，1965年6月，第1版，第1781页。
② 郭绍虞辑《宋诗话考·上卷·温公续诗话》，中华书局，1979年8月，第1版，第6页。

雍熙三年（986年）十二月完成。真宗大中祥符二年（1009年）时已核校过几遍，该书就收入了这首《登鹳雀楼》，认为作者为王之涣，应该比司马光要早。

到了清代，沈德潜编《唐诗别裁集》、蘅塘退士孙洙选《唐诗三百首》，都把这首《登鹳雀楼》的作者定为王之涣。由于这两部书知名度极高，这个观点因之得以广泛传播，所以后人差不多都认为这首诗的作者就是王之涣。编写于清代的《山西志辑要》也认为这首诗是王之涣所作："'白日依山尽，黄河入海流'，王之涣题此。"①

可见，从北宋《文苑英华》始，这首诗常被归于王之涣名下。

然而，宋代人选了这首诗，并放于王之涣名下，并不意味着到宋代人们才发现并注意到这首诗。其实，早在唐代人编选的唐诗选本里，就已经收入了这首"白日依山尽，黄河入海流。欲穷千里目，更上一层楼"。所以，距离王之涣最近的唐代人的唐诗选本对这首诗的作者权属，才是最有发言权的。

这首诗最早见于唐代开元、天宝年间的"国子进士"芮挺章编选的《国秀集》。《国秀集》是现存最早的唐诗选本，入选作者按年辈先后来排列，选诗218首，作者88人，王之涣位列其中。王之涣于742年去世，而《国秀集》成书于744年。《国秀集》在王之涣名下收其诗作三首（两首《凉州词》和一首《宴词》）。我们知道，王之涣当时颇有诗名，诗作肯定不会少，也肯定不会被人记错，可《国秀集》仅收王之涣三首诗，竟没

---

① 山西省史志研究院编《山西志辑要·卷七·永济县》，中华书局，2000年9月，第1版，第441页。

有"白日依山尽"诗。这是什么原因呢?

事实上,芮挺章确实在《国秀集》里收录了这首诗。在该书下卷里,这首诗以"登楼"为题,收在朱斌的名下,而非王之涣名下。芮挺章为什么这么做?只能有一个原因,那就是当时人都知道,这首诗的作者并非王之涣,而是被芮挺章称为"处士"的朱斌。

"白日依山尽"这首诗是《国秀集》所收的"朱斌"名下唯一的一首。朱斌、芮挺章、王之涣是同时人,《国秀集》成书时,王之涣去世仅两年,芮挺章应该不会搞错。据《国秀集》里作者的排列顺序,朱斌排在王之涣之前,朱斌应当是唐玄宗时期的诗人。芮挺章这样做应该是可信的。[①]

南宋洪迈编的《万首唐人绝句》,是宋代著名的唐诗选本,也将这首诗归于朱斌名下;张忠纲教授编纂、语文出版社出版的《全唐诗大辞典》中也把《登鹳雀楼》的作者定为朱斌。

我们认为,与王之涣同时代的芮挺章才是最有发言权的,他的意见也是最可靠的,"白日依山尽"诗的作者当为朱斌。

按道理说,对于这首诗的作者归属,我们只要弄清楚了唐人的态度,就可以辨明谁才是真正的作者,无须陷入无休止的揣测推断中去。

但是,为了对后来人们的各种观点有个基本的了解,我们

---

① 傅璇琮也有此论:"《新唐书·艺文志》未著录王之涣集,宋代公私书目亦未记载其集。中唐时芮挺章《国秀集》载之涣《凉州词二首》及《宴词》,另《登鹳雀楼》(即'白日依山尽'首),《国秀集》载作处士朱斌作(朱斌事迹不详)。《全唐诗》卷二五三载诗六首。"([元]辛文房著,傅璇琮主编《唐才子传校笺·卷第三》,中华书局,1995年11月,第1版,第450页。)

还是在此列出了形形色色的观点,旨在使你明白,这首诗可能是中国诗歌史上作者问题争议最大、意见最多的诗歌之一。

明代胡震亨编的《唐音统签》是中国古代私人纂辑的最大的唐五代诗歌总集,其"丙签三十六"卷一百三十八收《登鹳雀楼》诗于王之涣名下,又注云:"一作朱斌,一作朱佐日诗。"陶敏《全唐诗小传作者补正》也同时留存了这首诗的作者是王之涣或朱斌的两种观点。①

清康熙年间修纂的《全唐诗》卷二百三将这首诗收入朱斌名下,题为"登楼"与《国秀集》相一致。最后一句是"更上一重楼",但在诗下加了注:"一作王之涣诗。"同时,卷二百五十三又于王之涣名下收入该诗,题为《登鹳雀楼》,并加注:"一作朱斌诗。"诗的最后一句为"更上一层楼"。可见清代编的《全唐诗》是比较严谨地和稀泥。

上海辞书出版社的《唐诗鉴赏辞典》也沿用了《全唐诗》的说法,注《登鹳雀楼》诗曰:"此诗作者一作朱斌,题为《登楼》。"②这个说法虽然模棱两可,但也是审慎、理性的。

其实,关于这首诗的作者,除了王之涣和朱斌之外,还有

---

① 陶敏还考证并批驳了《吴郡志》提到的这首诗的作者为"朱佐日"的说法。他说:"《吴郡志》卷二二引《翰林盛事》:朱佐日,郡人,两登制科,三为御史。……天后尝吟诗曰:'白日依山尽……'问是谁作,李峤对曰:'御史朱佐日诗也。'赐彩百疋,转侍御史。《千唐志斋藏志》九〇〇《大唐故(信)都郡武强县尉朱府君(佐日)墓志》:'会稽人也。……年三十,国子进士及第。……天宝十三载七月,终于睦仁里私第,春秋四十九。'逆推,生于神龙元年,与《吴郡志》不合。"见陶敏《全唐诗作者小传补正·卷二〇三·朱斌》,辽海出版社,2010年2月,第1版,第368页。

② 《唐诗鉴赏辞典》,上海辞书出版社,1983年版,第73页。

很多入选人。比如：王文奂、王之奂、王之美、王之焕、岑参……

北宋沈括在《梦溪笔谈》卷一五说：

> 河中府鹳雀楼三层，前瞻中条，下瞰大河。唐人留诗者甚多。唯李益、王文奂、畅当三篇能状其景。……王文奂诗曰："白日依山尽，黄河入海流。欲穷千里目，更上一层楼。"①

沈括说这首诗是王文奂写的，但未说王文奂是谁。与《文苑英华》同时代的几个人的书中提到《登鹳雀楼》的作者，也都说是"王文奂"，如与沈括同时代的或传为彭乘所辑撰的《墨客挥犀》卷二有《鹳雀楼三咏》，文字与《梦溪笔谈》基本相同，只不过《墨客挥犀》说"河中府鹳雀楼五层"，又把这座楼加高了两层。②

永济县现存的鹳雀楼石刻中《登鹳雀楼》一诗的作者也写为"王文奂"。可见宋代有不少人认为这首诗的作者是王文奂。

宋代司马光的《温公续诗话》（又称为《续诗话》）的一段话，在后人的不同援引和理解中，发生了很有意思的变异。这段话是这样的：

> 唐之中叶，文章特盛，其姓名湮没不传于世者甚众。

---

① 金良年点校《梦溪笔谈》将"王文奂"改为"王之奂"，并说："此与下文'王之奂'之'之'字原作'文'，从胡校据《挥犀》卷二、《类苑》卷三八引改。"见《梦溪笔谈·笔谈卷十五　艺文二》，中华书局，2015年11月，第1版，第155页。如据此，则"白日依山尽"诗作者似又多了一个"王之奂"的说法。
② 孔凡礼点校《墨客挥犀》将该书的作者标为"彭□"，未肯定撰者为彭乘。点校本将"王文奂"悉数改为"王之涣"，卷二后有《校勘记》云："'之涣'原作'文奂'，据《宋朝事实类苑》卷三八引此则改。"又云："畅诸，库本'诸'作'当'。"见彭□辑撰，孔凡礼点校《墨客挥犀·卷二》，中华书局，2002年9月，第1版，第302页。

如河中府鹳鹊楼有王之涣、畅诸二诗。……王诗曰："白日依山尽，黄河入海流。欲穷千里目，更上一层楼。"二人者，皆当时贤士所不数，如后人擅诗名者，岂能及之哉？①认为作者是王之涣。

前面提到南宋洪迈编的《万首唐人绝句》将这首诗列在朱斌名下。可是他在《容斋随笔》中引了《温公诗话》的一段话："唐之中叶，文章特盛，其姓名湮没不传于世者甚众，如河中府鹳雀楼有王之奂、畅诸二诗，二人皆当时所不数，而后人擅诗名者岂能及之哉！……大率唐人多工诗，虽小说戏剧，鬼物假托，莫不宛转有思致，不必颛门名家而后可称也。"②又似乎认同该诗作者为"王之奂"的说法。他引用司马光这段话意在表达唐代人大多擅写诗，写出好诗的可能默默无闻，不一定就是名家。他这里所举的"王之奂、畅诸"是鹳雀楼诗作者的这一说法，其实并非司马光的原话，清代潘德舆《养一斋诗话》中就指出洪迈说的"'奂'字，必系'涣'字之讹，'诸'字必系'当'字之讹。"③他也认为这首诗的作者为王之涣。

元代王恽《登鹳雀楼记》云："及读唐李虞部、畅诸、王之焕等诗，壮其藻思，令人飘飘然有鳌翻凌云之想，拟一登而未能也。"提到的鹳雀楼作诗者中有"王之焕"这个人。

---

① ［宋］司马光著，李之亮笺注《司马温公集编年笺注·附录卷四》，巴蜀书社，2009年2月，第1版，第202页。
② ［宋］洪迈撰，孔凡礼点校《容斋随笔·卷十五》，中华书局，2005年11月，第1版，第194页。
③ ［清］潘德舆著，朱德慈辑校《养一斋诗话·卷九》，中华书局，2010年8月，第1版，第143页。

  杨亮、钟彦飞点校王恽《登鹳雀楼记》将"畅诸"改为"畅当",将"王之焕"改为"王之涣",并说:"'诸',弘治本、荟要本同元刊明补本;四库本作'当'。'涣',元刊明补本、弘治本、荟要本作'焕',据四库本改。"[1]可见元、明时诸多刊本还是将诗作者认作"王之焕"的。

  到了清代,何文焕辑录《历代诗话》,又说这首诗的作者是"王之美"。[2]

  除了以上这些说法之外,还有其他的说法,如仇兆鳌就认为这首诗的作者是岑参。[3]我们就不一一展开了。

  我们之所以花费这些心力来考证《登鹳雀楼》的作者,是在提倡一种批判性的探究思维,不人云亦云。"诗意国学"提倡在探究中领略古诗的文化和魅力,提升搜集材料、考察论证、得出科学结论的能力。对一首诗的探究的过程,便是搜集查阅各种资料、整合各种数据、进行甄选辨别并做出独立判断的过程。

---

[1] 杨亮、钟彦飞点校《王恽全集汇校·卷第三十六 记》,中华书局,2013年11月,第1版,第1 792页。
[2] [清]何文焕辑《历代诗话·温公续诗话》(中华书局,2004年9月,第2版,第278页注【一】)云:"'涣'原作'美',据《全唐诗》改。"
[3] 仇兆鳌在其《杜诗详注》中提到该诗时说:"岑参《登鹳雀楼》诗:'白日依山尽,黄河入海流。欲穷千里目,更上一层楼。'"见[清]仇兆鳌注《杜诗详注·卷之十三》,中华书局,1979年10月,第1版,第1 135页。

深度探究

《登鹳雀楼》诗意

朱斌原诗的标题为"登楼",当是后人为了明确登的是鹳雀楼,将这首诗标题改为"登鹳雀楼"了。

我们来看这首诗的第一句:

▎白日依山尽

说到"白日",我们一般都会理解为"白亮的太阳",或者"白天的太阳"。我们还说"光天化日""青天白日","化日"跟"白日"其实是一个意思。韩愈的《同水部张员外曲江春游寄白二十二舍人》诗中有这样的句子:"漠漠轻阴晚自开,青天白日映楼台。"高适《别董大》:"千里黄云白日曛,北风吹雁雪纷纷。""白日"就是太阳的意思。

那么"白日依山尽"诗为什么说"白日"而不说"红日"呢?——红色更加鲜明,用"红日"岂不是更有画面感?

唐诗里就有很多用"红日"的诗句。如:

　　四面生白云,中峰倚红日。(李白《望黄鹤楼》)

　　蓬莱正殿压金鳌,红日初生碧海涛。(王建《宫词

一百首》其一）

"红日"比较有画面感，颜色比较绚丽，但是诗人没有用它。

除了"红日"，还有一个"赤日"也可以选择。唐诗中用"赤日"的也很多。如：

赤日满天地，火云成山岳。（王维《苦热行》）

青山横苍林，赤日团平陆。（王维《冬日游览》）

有时浴赤日，光抱空中楼。（杜甫《奉同郭给事汤东灵湫作》）

赤日石林气，青天江海流。（杜甫《题玄武禅师屋壁》）

赤日间白雨，阴晴同一川。（白居易《游悟真寺诗》）

勃勃旱尘气，炎炎赤日光。（白居易《旱热二首》其二）

赤日千里火，火中行子心。（孟郊《赠竟陵卢使君虔别》）

这么多的诗里都用了"赤日"，可见当时"赤日"应是比较常用的词语。可能"赤日"太过炽烈，该诗作者未用。

如果"红日""赤日"都不理想，那还有一个选项，就是"落日"。唐诗里也有很多关于"落日"的佳句。比如：

浮云游子意，落日故人情。（李白《送友人》）

落日照大旗，马鸣风萧萧。（杜甫《后出塞五首》其二）

大漠孤烟直，长河落日圆。（王维《使至塞上》）

渡头余落日，墟里上孤烟。（王维《辋川闲居赠裴秀才迪》）

但是，我们的诗人自有他的高见。他没有用"红日""赤日""落日"，而是用了一个"白日"。这是为什么呢？

"红日""赤日""落日"，这三个词都是指太阳，意义比较单一，所以诗人不取。而"白日"就不一样了。它不仅仅指太阳，还有白天、时光、光阴的意思。一般称日出之后、日落之前的这一段时间为白日，意思同白天、白昼。东汉末年"建安七子"之一王粲《登楼赋》有"步栖迟以徙倚兮，白日忽其将匿"的句子，即指太阳将落下去了，也指白天就要过完了。三国时期曹植的《赠白马王彪》："原野何萧条，白日忽西匿。"他的《箜篌引》："惊风飘白日，光景驰西流。盛时不再来，百年忽我遒。"三国时期阮籍《咏怀》有"娱乐未终极，白日忽蹉跎"的句子，"白日"都含有白昼、时光、光阴的意思。东晋时期陶渊明《杂诗》有"白日沦西阿，素月出东岭"的诗句，白天的太阳要落山了，月亮要从东岭升起了，"白日"也指白天。唐诗里也有很多用"白日"表达时光流逝的诗句。如：

  击剑起叹息，白日忽西沉。（陈子昂《登蓟丘楼送贾兵曹入都》）

  白日何短短，百年苦易满。（李白《短歌行》）

  青云去地远，白日终天速。（白居易《短歌行二首》其二）

  君看白日驰，何异弦上箭。（李益《游子吟》）

  白色在美术中被称为无彩。白色给人的印象是高洁、孤寂、清冷，"白日"给人的印象是简单、洁白、沧桑、遥远、冷峻。而"红日""赤日"给人的感觉在于它的颜色之红，"落日"令人想到它的背景——远山、云霞，等等。

  "白日"是可以忽略背景、色彩的。陈子昂在初唐诗坛上就大力反对齐梁声色浮艳、"彩丽竞繁"的文风，指责这样导致了"兴寄都绝""逦逶颓靡，风雅不作"。用现在话说就是，所写的诗文里修饰语太多,追求华丽的辞藻和雕琢的句子,而没有真情实感,是不足取的。所以初唐和盛唐诗人在"兴寄"上下功夫,不走"声色"悦人路线,确实是发人深思的。这首诗的第一句就给我们描绘了一种阔大、高远、摒弃颜色的场景。

这一句里的"白日",写的是太阳,却在对时光流逝和岁月飘忽的感悟里寄托了人生的情怀和感慨。这一点,是其他词语难以实现的。一个"白日"入诗,境界顿然高远起来。

下面我们来说说这个"依"字。"依"的甲骨文字形很像一个小孩在襁褓里,或者依偎在母亲的怀里。《说文解字》:"依,倚也。"它的本义就是:倚靠、靠着。

我想起一张照片,拍摄的是伊拉克一个孤儿院的小女孩,在地上画了一个戴着头巾、面带微笑的妈妈,她脱掉小鞋子,在自己画的妈妈的怀里睡着了。这个画面让人心酸。看到这张图片,我就想起"依"的甲骨文字形。这个小女孩失去了妈妈,没有"依靠"了。她只能画一个妈妈,依偎在妈妈怀里。战争或者突发的灾难,对于一个小孩来说,是很残酷的。所以,跟这个伊拉克孤儿院的小女孩比起来,能依偎在妈妈怀抱的孩子,是十分幸福的。你如果感兴趣,可以上网搜一下那张照片……

这首诗里"依"字用得非常贴切。它在这里的意思是:依靠、紧挨。仿佛白日是要依偎到群山的怀抱里了,又仿佛太阳是挨着山峦消失的。似乎是太阳跟远山依依不舍,又好像是诗人跟白日依依不舍,一个"依"字,表达出诗人对景物、对时光流逝的依依不舍的心情。这样的表达,只有观察仔细、内心丰富细腻的人,才能写得出。

来看看"尽"字。"尽"的繁体写作"盡"。"盡"字的甲骨文字形很有意思,像一只手拿着一个刷子,刷一个器皿。器皿里的东西吃完了,就要洗刷干净,这个动作和过程,就叫"尽"。《说文解字》:"尽,器中空也。"意思是器物中没有东西了。

"依山尽"的"尽",就是没有了,消失了。李白的诗句"孤帆远影碧空尽"里的"尽"也是同样的意思。这个"尽"是动态的,有一个慢慢消失的过程。这是诗人在鹳雀楼上细致的观察。诗人看到白日慢慢落山,光芒慢慢被群山遮掩,最后光、形都消失了。随着太阳的落山,一天的时光就要过去了。这种空白感、失落感,能调动读者的想象力。所以这个"尽"是有延展性的,呈现出了太阳落山时的形状、光亮、色彩,也写出了诗人面对夕阳落山而萌生的感慨。但这些都是不露声色表现出来的,所谓的"含而不露",就是这样。

接下来我们要关注的是:这里提到的"山",是哪座山?

我们翻看参考书,绝大多数的解释都是"中条山"。这个解释大都依据宋代沈括《梦溪笔谈》中的那段话:"河中府鹳雀楼三层,前瞻中条,下瞰大河。唐人留诗者甚多。"

语文教学参考书中,对这句诗的解释大致有这几种:

1. 明亮的太阳从中条山的尽头升起。[①]

"白日"被解释为朝阳。"依"被解释为从。"尽"被解释为山的尽头。"山"是中条山。这么一解释,时间成了早上。

[①] 《小学语文备课手册》,山东教育出版社,1987年版;《六年制小学语文备课手册》,华中师范大学出版社,1987年版。

这句诗变成诗人一大早登楼看日出，而不是看落日。

2. 夕阳靠着西山渐渐下沉，最后看不见了。①

这里的"山"被解释为西山。西山是什么？很含糊。时间是傍晚。"尽"被解释为看不见了。虽然含糊，但是没乱说。

与此类似的解释再如《唐诗鉴赏辞典》："首句写遥望一轮落日向着楼前一望无际、连绵起伏的群山西沉，在视野的尽头冉冉而没。"②把"山"粗解为"群山"，"尽"解释为"视野的尽头"。

3. 太阳沿着中条山慢慢落下去。③

"依"解释为沿着，不大准确。"山"是中条山。时间是傍晚。

4. 明亮的阳光照着远处连绵不断的中条山，一直到天边。④

这里"白日"是指明晃晃的日光，并不是太阳本身；"依"是顺着、随着；"山"指中条山；"尽"是尽头。没有说"白日"是早晨的太阳，还是傍晚的落日，很含混。把"尽"解释为山的尽头，也不准确。

综合分析这些解释，我们发现有两大问题：一是太阳呈现

---

① 《小学语文教案（5）》，北京师范大学出版社，1989年版；《小学语文备课大全第二编》，陕西人民教育出版社，1992年版；《唐诗三百首精华赏析》，南海出版公司，1991年版。
② 《唐诗鉴赏辞典》，上海辞书出版社，1983年版。
③ 《唐诗合选》，广西人民出版社，1986年版；《唐代绝句选》，山东人民出版社，1979年版；《唐宋诗选讲》，少年儿童出版社，1979年版。
④ 《小学语文特级教师教案（4）》，山东教育出版社，1987年版。钟元凯："巍峨的中条山绵延起伏，宛如矫健的游龙，从东北往西南飞越而去，飞向遥远的天边，在那里和正在徐徐降落的太阳会合。北国晴空下的落照依然熠熠耀眼，群山披上了金丝织就的坎肩……"（钟元凯《一洗凡调万古新——王之涣〈登鹳雀楼〉赏析》，文史知识编辑部编《名家讲唐诗》，中华书局，2013年8月，第1版，第2页）也是这样的解释。

出来的时间是早上还是傍晚，理解上有偏差；二是很多人受沈括影响，把"山"解释为中条山。

中条山位于山西省南部，在黄河和涑（sù）水河之间、太行山和华山之间，山势狭长，故名中条。它呈东北至西南走向，长约160公里，宽约10至15公里。

鹳雀楼的正西方是秦川平原，没有山。而中条山在鹳雀楼的东南方，按照常识来理解这首诗的话，太阳不可能从中条山后面落下。所以，第四个解释意识到这个问题，才说"明亮的阳光照着远处连绵不断的中条山，一直到天边"。模糊了是夕阳还是朝阳的界定，也避开了太阳从哪儿照过来这个问题。这样的解释，肯定让人无所适从。

因为鹳雀楼比较高，视线又好，所以，向西面望去，没有遮挡。傍晚在鹳雀楼上看东南方的中条山，是看不到落日的。看落日，只能有一个方向，那就是向西。这个方向一定要明确。

诗人除了看落日风景，还看到了黄河入海的方向。我们从地图上可以看到，从鹳雀楼看黄河入海的方向，只能是向南方看。所以，诗人的目光会沿着黄河向南望去。这样，目光里有"白日"，有"山"，有"黄河"，其交集就在西偏南的方向。那鹳雀楼的西南方向有山吗？

答案是肯定的。鹳雀楼的西南方向，就是秦岭东段的华山。华山呈东西走向，距鹳雀楼的直线距离不过30多公里，诗人站在鹳雀楼上向西南远眺，可以看到夕阳西下，呈东西方向慢慢地消失，还能看到黄河奔涌南流。两种风光，皆收眼底。

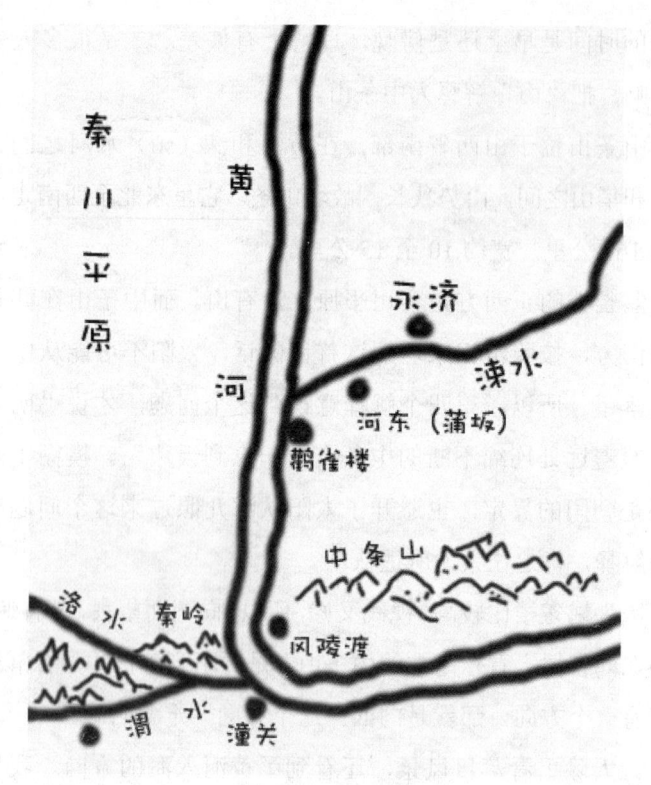

鹳雀楼位置示意图

所以，不考虑到鹳雀楼所处的具体位置，仅凭沈括的一句描述就想当然，甚至强作别解，是不能正确理解这首诗的诗意的。

有人也许认为这样是钻牛角尖。因为不管是哪座山，都无碍于理解这句诗的诗意。确实，一般的读者，不可能因为一句诗就埋头考证、实地考察。但是如果要给学生讲唐诗，不加研究，讲错了，就会以讹传讹，误人子弟。

总结一下，对这句"白日依山尽"，须从三个层面来探究：

第一层，什么是"白日"？它不单单指太阳，也指白天的时间，指每一天的时光，也指我们人生的岁月。"白日依山尽"蕴含着时光流逝、时不我待的含义。

第二层，"依"的什么山？不是沈括和一些书上说的那座位于鹳雀楼东南的"中条山"，指的是鹳雀楼西南方的华山。

第三层，"尽"怎样的状态？是一种夕阳西沉的景象。太阳落山了，一天的时光将尽，游子的寂寞和孤独就更浓烈了。

这样探究下来，我们就能准确而深刻地理解这首诗第一句了。

黄河入海流

这一句似乎没什么好讲的。但是，如果我们深入诗句，就会发现，其中还有很多有意思的信息。

什么是"黄"？我们都知道黄是黄色，是一种颜色。黄的本义是什么呢？我们先看看"黄"字在甲骨文里的写法：

这两个字都是甲骨文的"黄"。"黄"字的字形像弓箭射穿靶心。古代的箭靶，为了醒目，用黄泥涂抹靶心。这种颜色就称为"黄"。所以，"黄"的意思，就是醒目的靶心。《礼记·郊特牲》："黄者，中也。""中"，就是箭靶的中心。《左传·昭公十二年》也有"黄，中之色也"

的说法。《论衡·验符》:"黄为土色,位在中央。"也有以中心为黄色的意思。

华夏民族的祖先轩辕氏,崇尚土色,被称为黄帝。后来的皇帝都喜欢以黄色为皇家专用标准色,老百姓如果用了,是要被杀头的。

我们接下来说一说黄河。

黄河,中国古称"大河",全长约5 464公里,流域面积约75万多平方公里。它是世界第五大长河、中国第二长河。黄河被称为中华民族的摇篮,是一条母亲河。黄河孕育了悠久灿烂的中华文明。七大古都中的四个——安阳、西安、洛阳、开封——都在黄河流域。影响中国几千年的儒家、道家、墨家、法家、兵家、名家等学派也都产生于黄河流域。

中国历史上科学技术和文学艺术发展最早的地区在这里,中国的天文、历法、农学、地学、医学、水利、机械、建筑、冶炼、陶瓷、纺织、造纸等都在这里结出了硕果;汉赋、唐诗、宋词以及书法、绘画、音乐、舞蹈、雕塑等的众多优秀作品也大都产生在这里。闻名中外的丝绸之路,也始于黄河流域。

从内蒙古河口镇至河南郑州市的桃花峪为黄河的中游。鹳雀楼就位于黄河的中游地区。黄河自河口镇急转南下,经过鹳雀楼向南到达华山脚下,折向东流。所以,从当时位于黄河河道中间高地上的鹳雀楼望去,黄河滔滔,奔涌不止,很是壮观。所以,诗人才写出了"黄河入海流"的诗句。

"入"是进去、加入的意思。《说文解字》:"入,内也。"甲骨文"入"字像一个盖子向下

扣着，表示把物品收藏起来。后来引申为进入、加入、融合等意思。我们常说黄河入海，也说百川归海。"归"是方向性的，没有什么力度和气势，而"入"字有奔流涌入的气势，很有动感。

"黄河入海流"这句诗，写的是诗人看到了浩浩黄河向大海奔流的场景。黄河从鹳雀楼向南，到华山转弯向东奔流。在鹳雀楼上，只能看到黄河南流，是不可能看到黄河向东入海的。但诗人将看到的黄河写为一直流到海里，视野顿然开阔了。

"白日依山尽"把视线一直拉到日光消失的尽头，"黄河入海流"则把看到的水流一直延伸到了黄河的尽头。很多诗人，面对黄河奔流，都有这样的感慨，李白就写过"君不见黄河之水天上来，奔流到海不复回"的佳句。黄河蕴含了太多的诗意，给了诗人们太多的启发和感悟，使得他们留下了很多关于黄河的诗篇。同样的，这首《登鹳雀楼》前两句诗，也对后来的诗人产生了影响。比如，王建的《送人》一诗中就有这样的诗句：

　　白日向西没，黄河复东流。

　　人生足着地，宁免四方游。

欲穷千里目

第三句诗里的"欲"是什么意思呢？

篆文"欲"字的左边是"谷"，表示山岭之间幽深的沟壑；右边是"欠"，表示叹气和不满。这个字就表示永不满足的贪求和欲念。《说文解字》："欲，贪欲也。"有个成语叫"欲壑难填"，很形象地表示出了"欲"的本来意义。成语"人心不足蛇吞象"，说的也是人的贪得无厌。

人都有七情六欲，但是，有道德、理性的人会控制、疏导自己的欲望，使其不损害他人利益。而那些贪得无厌的人，则会被欲望冲昏头脑，损人利己，最终自食恶果。从这个本义开始，"欲"还有了引申义，跟意愿、意向有关，如打算、想、要等意思。

在这句诗里，"欲"是打算、想、要的意思。其实这个心理活动在前两句已经暗示出来了。他极目远望，看落日尽头，看黄河尽头，想看到更远处，这其实就是"欲"，是一种欲望。

如何面对我们内心的欲望？看见别人有，而自己没有，你会怎么办？有人会想着抢过来，偷过来，据为己有。这是触犯法律的抢劫、偷盗行为。有人会好言好语哄骗，使用一些手段去把它骗到手，这是坑蒙拐骗的欺诈行为。有人会用东西去跟别人等价交换，各取所需，这就有了交易。

人都有欲望，但是你实现、满足自己欲望的前提是不能违法乱纪，不能用不当的手段去损害他人利益，要自食其力去实现自己的理想和愿望，通过合理、公平的方式去满足自己的欲望。这才是正确的选择。

所以，学习一首诗，其实不单单是学会这首诗，还要通过学诗来思考一些美好的情感、深刻的哲理、处世的准则。这首诗其实就蕴含着生活的哲理。

再来看"穷"字。《说文解字》："穷，极也。""穷"的繁体"窮"就表示出了它的意思。上面是"洞穴"的"穴"，下面是"鞠躬"的"躬"。这个字的意思就是人蜷缩在洞穴里，身体不自由、不舒服的状态。

"穷"还有一无所有、困顿、不得志、终结、完全、追究等意思。跟"穷"有关的词语很多，比如穷凶极恶、穷奢极欲、穷途末路、穷山恶水等。我们知道了"穷"的本义和引申义，理解这些词语就很容易了。在这首诗里，"穷"的字义就是穷尽、完结。"欲穷千里目"，意思就是：如果想要放眼看到千里之外的景象。

我们说到"穷"，往往会先想到没钱、没房、没车这一类物质贫乏的状况。人们往往会以物质财富为标准把人分为穷人（不成功人士或者失败人士）和富人（成功人士）。人们希望过富人的生活，不愿意过穷人的生活。但是，有些人有了钱以后，就失去了平常的心态，用一种极端的方式来填补内心的空虚。所以如果按照更好的标准来判断的话，什么是穷？物质上的贫困是穷，但是内心、精神上的苦恼和空虚才是更可怕的贫穷！金钱不一定能买来快乐，而贫困不一定就没有快乐。

我们再来说说"千里目"。

"千里目"是什么意思呢？就是"能远望千里的眼睛"。古人科技水平低，所以希望能有一双这样的眼睛，看到千里之外。

唐诗中就有很多关于"千里目"的诗句。如：

岭树重遮千里目，江流曲似九回肠。（柳宗元《登柳州城楼寄漳汀封连四州》）

暗遮千里目，闷结九回肠。（白居易《酬郑侍御多雨春空过诗三十韵》）

因凝千里目，落日尚徘徊。（姚合《春日江次》）

诗人在这里有了看到千里尽头的愿望，他是怎么想的呢？

> **知识链接**
>
> ### 千里眼和顺风耳的传说
>
> 相传荒淫残暴的商纣王手下有两个兄弟，法术高强，哥哥叫高明，能眼观千里，人称"千里眼"；弟弟叫高览，能耳听八方，人称"顺风耳"。武王伐纣时，双方交战，兄弟二人凭着各自的本事窥探军情，让攻打纣王军队的姜子牙很是挠头。后来呢，姜子牙就想了一个办法，用大鼓来干扰顺风耳的听觉，用旗帜挡住千里眼的视线，还在地上洒了狗血，让这兄弟俩丧失法力，他俩最后被姜子牙的军队杀死了。这个关于"千里眼"和"顺风耳"的传说，其实表明了古人探究未知时间和空间的一种愿望和理想。

又是怎么做的呢？我们来看第四句。

▍更上一层楼

这是诗的最后一句，也是点题的一句。

"更"字的甲骨文也是很有意思的。甲骨文"更"字的上面表示石钟，中间是一个丁形的木锤，下方是"又"，就是"手"，表示抓、拿。这个字表示手拿木锤敲击石钟报时，读为 gēng。"更"是古人用来计量夜晚时间的单位。一个夜晚分为五更，每更约两小时。19 至 21 点戌时为一更，21 至 23 点亥时为二更，23 至 1 点子时为三更，1 至 3 点丑时为四更，3 至 5 点寅时为五更。过了五更，天就要亮了，人们就要起床。

> **知识链接**
>
> ### 点卯
>
> 　　5至7点是卯时，大臣们要上朝，公务员们要上班。所以上班上朝查点到班人员，就叫"点卯"，当差的听候点名叫"应卯"，签到叫"画卯"。不过在旧时人浮于事的官僚体制下，点卯往往流于形式，所以"点卯"还有走过场、应付差事的意思。

　　《玉台新咏·古诗为焦仲卿妻作》里提到刘兰芝和焦仲卿死后化为鸟，"中有双飞鸟，自名为鸳鸯。仰头相向鸣，夜夜达五更"。"达五更"指到天亮。

　　古代有专门的更夫，负责打更。因为打更的时间是变化和递增的，打更的人是轮流值班，"更"又引申出了更改、更换、增加以及表示递增的又、更加等意义。《说文解字》："更，改也。"

　　在这句诗里，"更"的意思是再、又、更加。

　　什么是"层"呢？这是"层"的繁体"層"的篆文写法。上面的"尸"，是"屋"的省略，下面是"曾"，表示隔板，指有隔板叠加的房屋。这个字的本义就是楼房。《说文解字》："层，重屋也。"重屋就是多层的房屋。

　　"楼"字，《说文解字》的解释是："楼，重屋也。"从《说文解字》的解释可以看到，"楼"与"层"是一个意思，都表示两层以上的房屋。不过"层"后来主要用为量词，表示楼或者跟楼类似的建筑的层数，比如"三层楼""十八层地狱""七层宝塔"，等等。"楼"，不仅指两层及以上的房屋，也指建筑物的上层部分或上层结构，还可以指楼房的某一层。比如：

> 高楼当此夜，叹息未应闲。（李白《关山月》）

> 烽火城西百尺楼，黄昏独上海风秋。（王昌龄《从军行七首》其一）

> 闺中少妇不曾愁，春日凝妆上翠楼。（王昌龄《闺怨》）

"更上一层楼"的意思就是再上到更高的楼层上。在《全唐诗》里，收在朱斌名下的这首诗题名"登楼"，最后这句诗为"更上一重楼"。"重"也表示重复、又一层的意思。

诗人在鹳雀楼上远望夕阳落山、黄河奔流，极目天边，突然引发了感慨，其实也是一种感悟，才有了这两句诗的哲理。

为什么说"欲穷千里目，更上一层楼"这两句诗富有哲理呢？

我们常说，站得高才能看得远。《荀子·劝学》：

> 吾尝跂而望矣，不如登高之博见也。登高而招，臂非加长也，而见者远。

意思是：我曾经踮脚往远处望，但是看的范围不如登上高处看得更广。站在高处招手，手臂并没有加长，可是很远的地方的人都能看到我。什么原因呢？就是因为我的高度，决定了我的视野和影响力。

人学习的过程，也是一个逐渐增长见识、开阔视野的过程。你学得越多，见识得越多，智慧越多，就有了认识的高度和思想的高度，你的境界就会不一样。这个道理，就是"欲穷千里目，更上一层楼"。什么是认识和思想的高度？它其实就是独立思考、科学探究的思维的高度，一种自我的智慧和格局的高度。

这首诗还是一首平仄规整的律绝。第一句，仄仄平平仄，"白日"的"白"在平水韵里是入声字，为仄声。第二句，平平仄仄平。第三句，仄平平仄仄。第四句，仄仄仄平平。第三句的第一个字，是可平可仄的。这首诗用韵为平水韵"下平十一尤"韵，没有"出韵"的现象。可以说这首诗的格律很讲究，可以作为我们学习五绝的范本。

这首诗还是一首对仗工整的五言律绝。这四句诗两两相对，对仗工稳。"白日"对"黄河"，"依山尽"对"入海流"，"欲穷"对"更上"，"千里目"对"一层楼"，对仗很工整。

诗人在圆熟运用格律、对仗的同时，还做到了描写景色、表达感悟的有机统一，读起来流畅顺口，行云流水一般，理解起来容易，背诵起来容易，深入浅出，实在难得。

通过这首诗，我们对诗歌写景的美、诗人情感的细腻丰富、诗人表达的哲理，都有所领受了。应该说，到这里，我们对这首诗的理解，是非常全面深入了。但是，我们还可以再往前走几步，再多一些对这首诗的思考和探究。

这里我们对"欲穷千里目，更上一层楼"再深究一下。我们都明白"千里目"是一种虚写，不是真的有能够看到千里之外的眼睛，"一层楼"也是虚写，当时的鹳雀楼只有三层，再上一层到了第三层，也看不了多远。诗人在这首诗里略微做了夸张，是正常的。我们知道，文学与科学是有区别的，文学可以夸张，比如李白诗里"白发三千丈"，你留三千丈的头发试试看，肯定寸步难行，是不现实的；"飞流直下三千尺"，庐山瀑布哪儿有那么长？这是夸张。诗人们有时候喜欢在诗词里运用夸张的手法，是为了强化诗歌的表现力。

我们用数学和物理来推算一下。看看如果要看到1 000里（我们此处姑且按1 000里=500千米来计算，不按唐里）之外的事物，需要站多高，站在多少层的楼上？

我们知道，光在同一种均匀介质中是沿直线传播的，而地球是球体，要想看得更远，就得站得更高。这首诗跟这个道理其实是一致的。

下面计算一下，到底要登上多少层楼才能"穷千里目"。

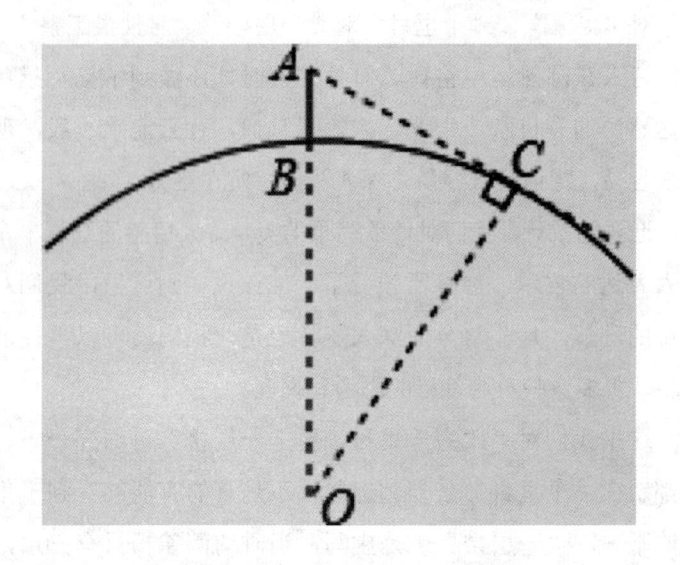

如图，圆弧代表地球剖面的一部分，圆心为O，AB为直立于地面的鹳雀楼高度，AC为站在楼顶处的视线，AO、AC与地球半径OC构成了Rt△ACO。人站在B点看不到C点景物，需要登楼到A点观看。当人的视线AC在C点处与弧BC相切时，

AB 即为楼的最小高度。假设鹳雀楼 AB 每层高约 3.2 米，地球半径按 6 400 千米计，求鹳雀楼 AB 的值（精确到 1 千米，地球可近似看成圆），并计算出至少要多少层才能"穷千里目"。

我们列出这个计算过程：

解：在 Rt△ACO 中

∵ AC=500km，OC=6400km

∴ OA=$\sqrt{AC^2+OC^2}$ = $\sqrt{(500^2+6400^2)}$ = $\sqrt{41210000}$

≈ 6420（km）

∵ OB=6400km

∴ AB=OA−OB=6420−6400=20（km）=20000（m）

∵ 层高 =3.2m

∴ 楼层数 =AB÷层高 =20000÷3.2=6250（层）

答："欲穷千里目"至少需要登上 6250 层楼。

可见要看到千里之外，撇开云雾、山川影响，需要站在离地 20 千米高的楼上。现今世界最高的建筑是阿联酋的哈利法塔（又名迪拜塔），162 层，也不过 828 米高。而一个想从数学角度来钻牛角尖的人会发现，这个高度是无法想象的。所以我们学习古诗的时候，还要具有一种艺术思维，要了解诗人运用夸张、想象来表现情思的艺术手法，不可拘泥、执着于具体的数字和形态，对诗歌的理解要从"言"到"象"到"意"逐渐深入，综合把握，最后落实到对诗意、诗人情意的理解与体悟上。

对这首诗的学习，还可以再往前探究一步：诗人为什么要登楼？登楼是一种怎样的情致？这一点前人论述的少，今人也往往忽略。我们就来看看这首诗呈现出的古人的"登高"情结。

思域拓展

古人的登高情结

登高而赋是文人的传统观念和行为。

《韩诗外传》记载孔子游于景山之上，子路、子贡、颜渊从。孔子曰："君子登高必赋。"①登高而赋，登高凭栏，一定要抒情、发表感想。如果看到大好景色而没有诗赋文章，那就是一件很不"文人"的事，自己都会很难为情。《汉书·艺文志》中有这样的话："不歌而诵谓之赋，登高能赋可以为大夫。"②

古人为什么那么喜欢登高呢？《文心雕龙》的作者刘勰说过："原夫登高之旨，盖睹物兴情。"登高的目的，是要多看看景物，激发内心的情怀。说白了就是开阔视野，抒发高远的情志。

登高还是一种民间的习俗。重阳登高的风俗古已有之。曹丕《九日与钟繇书》中说："岁往月来，忽复九月九日。九为阳数，而日月并应，俗嘉其名，以为宜于长久，故以享宴高会。"

---

① ［汉］韩婴《韩诗外传·卷第七》，上海书店出版社，2012年7月，第1版，第95页。
② ［汉］班固撰，［唐］颜师古注《汉书·卷三十　艺文志第十》，中华书局，1962年6月，第1版，第1 755页。

至少从那时候开始，人们就有了重阳登高的风俗。

唐代，太平公主于乐游园置亭游赏。据说"其地四望宽敞，每三月上巳、九月重阳，士女戏就此祓禊（fúxiè）登高，幄幕云布，车马填塞，虹彩映日，馨香满路，朝士词人赋诗，翌日传于京师"①。可见当时登高赋诗之盛况。

唐诗中有很多登高而赋的诗篇。略举几例：

前不见古人，后不见来者。

念天地之悠悠，独怆然而涕下。（陈子昂《登幽州台歌》）

陈子昂登高而神思飞动，跨越古今，抒发了寂寥高远的情思。

风急天高猿啸哀，渚清沙白鸟飞回。

无边落木萧萧下，不尽长江滚滚来。

万里悲秋常作客，百年多病独登台。

艰难苦恨繁霜鬓，潦倒新停浊酒杯。（杜甫《登高》）

这首诗是杜甫七律的经典之作，他登高而悲秋，望秋色而感慨艰难时事，写成了这首经典的登高佳作。

再如：

凤凰台上凤凰游，凤去台空江自流。

吴宫花草埋幽径，晋代衣冠成古丘。

三山半落青天外，二水中分白鹭洲。

---

① ［唐］杜甫著，［清］仇兆鳌注《杜诗详注·卷之二》，中华书局，1979年10月，第1版，第101页。按：浦起龙《读杜心解》引自《两京新记》的这段话为："太平公主于原上置亭游赏，每正月晦日，三月三日、九月九日，士女咸即此祓禊登高。词人乐饮歌诗，翌日传于都市。"（［清］浦起龙撰《读杜心解·卷二之一（七古）》，中华书局，1961年10月，第1版，第230页。）与仇兆鳌注《杜诗详注》所引有所不同。

总为浮云能蔽日，长安不见使人愁。（李白《登金陵凤凰台》）

还如：

向晚意不适，驱车登古原。

夕阳无限好，只是近黄昏。（李商隐《登乐游原》）

人们登山、登楼，凭栏远望，亲友聚会，欣赏美景，发现平日没有发现的自然现象和人生哲理，成了生活中的雅事。

由于蒲州重要的地位，唐代乃至以后，鹳雀楼都是文人士大夫登高赋诗的一个名胜。宋代沈括《梦溪笔谈》中提到："唐人留诗者甚多，唯李益、王文奂、畅诸三篇能状其景。"

李益的诗《同崔邠（bīn）登鹳雀楼》是这样的：

鹳雀楼西百尺墙，汀洲云树共茫茫。

汉家箫鼓随流水，魏国山河半夕阳。

事去千年犹恨速，愁来一日即知长。

风烟并在思归处，远目非春亦自伤。

被称为"河东才子"的畅当的《登鹳雀楼》：

迥临飞鸟上，高出世尘间。

天势围平野，河流入断山。

这两首诗都很有韵味，可以说是歌咏鹳雀楼的佳作。

其实还有一些歌咏鹳雀楼的诗也不错。永济人耿沣（wéi）是"大历十才子"之一，他也有一首《登鹳雀楼》：

久客心常醉，高楼日渐低。

黄河经海内，华岳镇关西。

去远千帆小，来迟独鸟迷。

终年不得意，空觉负东溪。

司马扎是晚唐诗人，他写有《登河中鹳雀楼》诗：

楼中见千里，楼影入通津。

烟树遥分陕，山河曲向秦。

兴亡留白日，今古共红尘。

鹳雀飞何处，城隅草自春。

他写的"楼中见千里"，即含有"欲穷千里目"的诗意。诗里的"白日"一词，也含有时光、历史之意味。

吴融也有一首《登鹳雀楼》：

鸟在林梢脚底看，夕阳无际戍烟残。

冻开河水奔浑急，雪洗条山错落寒。

始为一名抛故国，近因多难怕长安。

祖鞭掉折徒为尔，赢得云溪负钓竿。

吴融写的是冬日景象，还提到了"中条山"。

相比而言，这首"白日依山尽"语言明白晓畅，格律严谨，涵义深远，将高高的鹳雀楼上所见的阔大景象与更上层楼的哲理融为一诗，是登临鹳雀楼的诗歌精品，我们不妨把它称为中国诗史上最高大上的哲理诗。

这首诗对当时以及后世的诗人也有不小的影响。很多诗人相继阐发了与"欲穷千里目，更上一层楼"有异曲同工之妙的诗句。比如：

欲穷大地三千界，须上高峰八百盘。（刘过《登白云绝顶》）

昨夜西风凋碧树，独上高楼，望尽天涯路。（晏殊《蝶

恋花》）

不畏浮云遮望眼，自缘身在最高层。（王安石《登飞来峰》）

王国维形容做学问有三个境界。

第一个境界是："独上高楼，望尽天涯路。"就是要让视野提升，对世界、对学问有更多的了解。

第二个境界是："衣带渐宽终不悔，为伊消得人憔悴。"这个境界是对第一个境界的补充和推进，视野开阔了以后，还要执着、专注、继续努力，向更高处探究，屈原说："路漫漫其修远兮，吾将上下而求索。"虽然很辛苦，但是仍然要努力不懈。在《登鹳雀楼》这首诗里，诗人的目光锁定在两件事上：山外白日的尽头、黄河入海的尽头。他是在仔细观察，翘首远望，不断探寻，不断发现。

第三个境界是："蓦然回首，那人正在灯火阑珊处。"执着、艰苦的学习和探索之后，某一个时刻，你会感觉豁然开朗，恍然大悟，发现了目标，实现了理想。这个过程就是"山重水复疑无路，柳暗花明又一村"的探索与发现的惊喜过程。

在这首诗里，诗人的惊喜不在于他真的看到了天边，看到了大海，他也知道自己不可能看到。但是这个努力远望的过程，使他找到了登楼的乐趣，他感悟到了"站得高才能看得远"这个道理，并用诗歌表达了出来。

我们知道，五言绝句一共20个字。在短短的20个字中又要叙事，又要揭示感悟的道理，这是很难的。可是这首诗做到了，貌似平淡无奇，却耐人寻味。

自主学习

《登鹳雀楼》的诗情与画意

为了探讨这首诗的诗情画意,你不妨到网络上搜集一些关于《登鹳雀楼》的画作,看看画者对这首诗的理解和视觉呈现是怎样的。

为什么要将诗情、画意结合起来呢?要知道,诗词与书画其实是相通的,也是相得益彰的。优美的诗歌,也可以通过绘画形象地表现出来。如果你不能透彻准确地理解诗词,即便你再有绘画才能,再刻苦,也无法在画作中体现出诗歌的意蕴和美。所以有艺术特长的人,想学习书画的人,不能忽略诗词和文化的学习。古代文人往往琴棋书画俱佳,所以他们能触类旁通,在各个领域都取得成就,这就启发我们也要努力拓展视野,吸取各个方面的知识,做一个"通才"。

这首《登鹳雀楼》是唐诗中的佳作,也广为后人所知。在学习之后,你会对这首诗有更多更深的理解和认识,对诗人的感悟、登高的情怀、诗意的生活,有更多的理解和思考。

2015年12月7日,中国首位诺贝尔生理学或医学奖得主屠呦呦应瑞典诺贝尔奖委员会邀请,在瑞典卡罗琳医学院用中文发表了题为"青蒿素的发现：传统中医献给世界的礼物"的主题演讲，在演讲结尾就提到了这首《登鹳雀楼》里的诗句，她说道：

  请各位有机会时"更上一层楼"，去领略中国文化的魅力，发现蕴涵于传统中医药中的宝藏！

在任何时候，我们都要有"更上一层楼"的信念和目标，要百尺竿头，更进一步，取得更大的成就，提升到更高的境界，这就是这首《登鹳雀楼》带给我们的启发，这就是唐诗的魅力。

希望你在今后登临高处时，在处于低谷时，在取得成就时，都能想起这首诗，想起这首诗蕴含的哲理和美感……

第五课 《滁州西涧》

与韦应物一同去游春

韦应物是一个很有励志意义的诗人。

他曾是"京城恶少",后来悔过自新,成了一个受人拥戴的好官,并以恬淡、闲适的山水田园诗作而成为唐代山水田园诗的代表人物之一,值得我们学习。他的《滁州西涧》就是这样一首将声韵、画面、意境完美融合的山水诗佳作。

知人论世

浪子回头韦应物

我们先来了解一下浪子回头的唐代诗人韦应物。

韦应物，字义博。韦应物的名"应物"是与"义博"这个字同义补充的，"应"和"义"都有"应当"之意；而"物"与"博"也是对应的。我们常说中国"地大物博"。博物是动物、植物、矿物、生理等学科的总称，也指知识渊博、博通万物，故有"博物""博物馆""博物院"等词，晋代张华《博物志》一书，记载了古代的各种逸闻杂事。很多时候，"物"与"博"是联系在一起使用的。这样分析，就很容易记住韦应物的字"义博"了。

韦应物生于737年，卒于793年，享年57岁。他是京兆杜陵（今陕西西安）人，属于当时的京城人。玄宗天宝十载（751年），15岁的韦应物为唐玄宗的侍卫，风光无限。他写诗回忆自己少年时期的浪荡经历："少事武皇帝，无赖恃恩私。身作里中横，家藏亡命儿。朝提樗蒲局，暮窃东邻姬。司隶不敢捕，立在白玉墀。一字都不识，饮酒肆顽痴。武皇升仙去，憔悴被人欺。""樗蒲（chūpú）"，是赌博的意思。韦应物因为是皇帝的跟班，无人敢管。少年荒唐，豪纵不羁，横行乡里，同乡都认为他是祸害。安史之乱时,唐玄宗仓皇出逃,韦应物失去依靠,突然明白仰仗他人权势作威作福,终是浮云,到头来都是一场空。于是开始发愤立志,"把笔学题诗"。他还清心寡欲,常"焚香扫地而坐",静心学习、思考,没有消沉、堕落,这实在很难得。他的经历与"周处除三害"以及《三字经》里提到的"苏老泉,二十七,始发愤,读书籍"都是悔过自新的典型励志案例。

知识链接

周处

周处(242—297年),字子隐,吴郡阳羡(今江苏宜兴)人。其祖父和父亲都做过东吴的太守,家境很优越。父亲去世后,由于母亲的溺爱,勇武好斗的周处横行乡里,无恶不作,乡人将他和南山猛虎、西沈(jiǔ)蛟龙合称为阳羡"三害"。周处听说后,幡然悔悟,改邪归正,射虎、搏蛟,并拜当时的大文学家陆机、陆云为师,学成后曾官至太守,后又任御史中丞,为官清正,不畏权贵,受到世人的称赞。

韦应物浪子回头,刻苦学习,终于成了杰出的诗人。他与王维、孟浩然、柳宗元合称"王孟韦柳",是唐代山水田园诗的四大杰出诗人。我们要讲的这首《滁州西涧》,就是韦应物山水诗的代表作品。

> **知识链接**
>
> ## 苏洵
>
> 苏洵（1009—1066年），字明允，号老泉，北宋著名文学家。他年少不学，后乡试失意，才痛改前非。"年二十七，始发愤读书"，文名大盛。后来成为"唐宋八大家"之一，与儿子苏轼、苏辙合称"三苏"。

韦应物的山水诗艺术成就很高，清新自然，富有生意。苏轼："乐天长短三千首，却爱韦郎五字诗。"说白乐天（白居易）写了三千首诗，可乐天自己却更爱韦郎（韦应物）的诗。苏轼还说："李杜之后，诗人继出，虽有远韵，而才不逮意，独韦应物、柳子厚发纤秾于简古，寄至味于澹泊，非余子所及也。"[1]可见他对韦应物的激赏。宋濂在《答章秀才论诗书》中评价韦应物的诗作说："有韦应物祖袭灵运，能一寄秾鲜于简淡之中，渊明以来，盖一人而已。"[2]这个评价极高，也极为中肯。更为难得的是，韦应物不是一个只为写景而写作的诗人，他的诗作中，常常有对百姓的同情和关心，他是一个看透人间荣华，又有所担当的人。这也是他的可敬之处。这一点上，他与杜甫有相同之处。

---

[1] ［宋］魏庆之著，王仲闻点校《诗人玉屑·卷之十五》，中华书局，2007年11月，第1版，第472页。

[2] 张进、侯雅文、董就雄编《王维资料汇编·五》，中华书局，2014年3月，第1版，第324页。

韦应物从一个浪荡公子、京城恶少，痛改前非，不仅成长为一位杰出诗人，还成为一位清廉正直、一心为民的优秀官员。

韦应物在唐代宗广德年间（763—764年）至德宗贞元年间（785—804年），先后担任过洛阳丞、京兆府功曹参军、滁州刺史、江州刺史、左司郎中、苏州刺史等职。世称"韦江州""韦左司"或"韦苏州"。

我们重点谈谈与这首诗有关的韦应物的为官经历：

782年秋至784年冬，韦应物任滁州刺史，时年47至48岁。

785年春，韦应物卸任后，闲居滁州，时年49岁。

785年夏至787年，韦应物任江州刺史，时年49至51岁。

在地方官任上时，韦应物恪尽职守，勤政爱民，并时时反躬自省，体现出了儒家的执政理想。他关心百姓疾苦，任苏州刺史时写给朋友的诗《寄李儋（dān）元锡》中有这样的句子："身多疾病思田里，邑有流亡愧俸钱。"意思是：我身体多病，恨不得归隐乡里，但是我的辖区内有百姓流亡，这是自己的失职，我愧对领取的俸禄。这是忧时爱民的仁者心肠。清代的沈德潜评论这两句诗是"不负心语"[①]。什么是"不负心语"？就是"不辜负良心的话"。

做一个清廉、正直的官员，是要有所牺牲的。韦应物一生正直、清廉、穷困，没有积蓄，他在苏州刺史任上退下来以后，客死永定寺。而一年以后，才由他的女儿扶柩回乡安葬。

---

① ［清］沈德潜选注《唐诗别裁集·卷十四》，上海古籍出版社，1979年1月，第1版，第472页。

2007年在西安韦曲发现了韦应物及其家人的墓志,丘丹撰《唐故尚书左司郎中苏州刺史京兆韦君墓志铭并序》说他死的时候,"池雁随丧,州人罢市",可见苏州百姓对他感情之深。丘丹还感叹韦应物"俭德如此,岂不谓贵而能贫者矣"。[①]这样的人生,应该是充实而无憾的。当然我们不赞成让有才能和德行的人物过贫病交加的生活,人还是要有基本的生活保障的。可是,本来可以过上富足生活的韦应物却选择了过"贵而能贫"的生活,这一点对我们是很有启发意义的。

　　物质的极大丰富,未必与精神生活的丰富同步。有了财富不一定幸福快乐,有了金钱并不意味着高人一等,显赫一时并不意味着能荣耀一世。历史上名垂千古、被后人称扬的,是那些有德行与学问的人,是那些为人类发展做出杰出贡献的人。

　　很多时候,能过"贵而能贫"的生活是一种境界。孔子称赞颜回:"贤哉,回也!一箪食,一瓢饮,在陋巷,人不堪其忧,回也不改其乐。贤哉,回也!"[②]颜回就是一位有境界的人。

　　《论语》里还提到孔子的另一位弟子原宪。他曾任孔子家宰,孔子要给他九百斛的俸禄,他坚决不要。孔子去世后,他退隐于卫国,住的房子很简陋,用的器具也很简陋,生活很清贫,但是他陶然自足。《庄子》里记载了他和子贡之间的一件事。同为孔门弟子的子贡有钱有势混得很开,去看他,可是奢华的车马进不了原宪住的狭窄的巷子。看到原宪,子贡关心地问:

[①] 谢思炜校注《白居易文集校注·卷第三十一·吴郡诗石记》,中华书局,2011年1月,第1版,第1839页。
[②] 程树德撰,程俊英、蒋见元点校《论语集释·卷十一　雍也上》,中华书局,1990年8月,第1版,第386页。

"你是不是病了？"原宪说了一段很意味深长的话，他说："宪闻之，无财谓之贫，学而不能行谓之病。今宪，贫也，非病也。"让子贡一脸的尴尬惭愧。原宪还说："夫希世而行，比周而友，学以为人，教以为己，仁义之慝（tè），舆马之饰，宪不忍为也。"①在原宪看来，没有钱财，只能算是贫；学了一肚子道德文章却不能去践行，这是病。我不过是贫，但安贫乐道，却没有你们有钱人的病。人行走世间，交友、求学，都以提升自己的仁义修养为要事，像你子贡这样肥马轻裘，是我不乐意去追求的。唐代吴筠写有一首《咏原宪子》："原生何淡漠，观妙自怡性。蓬户常晏如，弦歌乐天命。无财方是贫，有道固非病。木赐钦高风，退惭车马盛。"称赞原宪的这种安贫乐道的精神。后世也用"原宪甘贫"来比喻、称赞能安贫乐道的人。

　　学习诗歌、文化知识的目的不只是让我们成为具备这些知识的人，更是让我们成为具备学习和思考能力，并具备提升生活和人生能力的人，幸福而完整的人。如何让我们幸福而完整？诗意和审美能力，特别是"贵而能贫"的自我满足感，这种道德和精神境界，都会让我们的人生幸福而完整。

---

① ［宋］吕惠卿撰，汤君集校《庄子义集校·卷第九·让王第二十八》，中华书局，2009年2月，第1版，第532页。

明题辨义

《滁州西涧》诗题

关于这首诗的标题，令狐楚《御览诗》、韦庄《又玄集》、韦縠（hú）《才调集》、光绪年间《滁州志》题作"西涧"。我们姑且采用比较权威的孙望校笺的题目，称其为"滁州西涧"。[①]

这首诗的标题交代了地点：滁州西涧。写的是滁州西涧，甚至也可能就是在滁州西涧写成的。

根据这个标题，我们可以得知这首诗写于韦应物任滁州刺史期间。782年秋到784年冬，韦应物任滁州刺史。卸任后，785年春闲居滁州西涧，夏天赴江州任刺史。所以他写这首诗的时间应该是783年至785年的一个春季。我个人认为他是在785年春季，也就是他卸任后闲居滁州期间写这首诗的。

为什么呢？因为他从一方要员的位置上退下来以后，没有公务缠身，少了很多喧闹应酬，才会有更加恬静的心境去领略

[①] 孙望校笺《韦应物诗集系年校笺·卷第六·滁州西涧》，中华书局，2002年3月，第1版，第304页。

> **知识链接**
>
> ### 滁州"四名"
>
> 滁州在历史上有"四名":名人(韦应物、欧阳修、辛弃疾、吴敬梓等)、名亭(醉翁亭、丰乐亭)、名祠(阳明祠、陈铎祠、沃公祠)、名著(《醉翁亭记》《儒林外史》)。韦应物、欧阳修和辛弃疾都曾任滁州的最高行政长官,《儒林外史》的作者吴敬梓是滁州人。滁州有位列"四大名亭"(滁州醉翁亭、北京陶然亭、长沙爱晚亭和杭州湖心亭)之首的醉翁亭,还有其姊妹亭丰乐亭,这两座亭都是欧阳修时期建的。滁州可以说人文荟萃、钟灵毓秀。

自然山水之美,也才得以孤身一人到西涧野渡去探访。①

韦应物在滁州生活了三年,他现存近五分之一的诗歌是在滁州创作或与滁州有关。可见他很喜欢滁州。

滁州在今安徽滁州市以西,唐代隶属淮南道,涂(chú)水贯通境内,"涂"通"滁",故名为"滁州"。宋代欧阳修的《醉翁亭记》开篇就是"环滁皆山也",让滁州广为人知。

明代天启元年(1621年),湖州贡生尹梦璧任滁州通判期间,列"滁州十二景",绘以图画,配以诗文,刻于石碑。碑石每块长176厘米、宽50厘米,共有6块。每块碑石分刻两幅诗画,镶嵌在丰乐亭院内保丰堂内壁。后遭到破坏,目前尚存碑刻4块,

---

① 孙望认为该诗为"建中四年(783)春间作",见孙望校笺《韦应物诗集系年校笺·卷第六·滁州西涧》,中华书局,2002年3月,第1版,第304页。

残存在丰乐亭外林间空地上，字画尚可辨识。"滁州十二景"分别为：琅琊古刹、让泉秋月、丰岭祥云、清流瑞雪、花山簇锦、重熙洞天、西涧春潮、龙蟠叠翠、菱溪夜雨、石濑飞琼、柏子灵湫、谯楼大观。我们需要特别关注的是这十二景里的"西涧春潮"，尹梦璧当时为"西涧春潮"之景题了一首诗，配了画，原画题字为："涧水穿城，滁之得名本此，以朝满而夕除故也。百姓喜见其盈，韦公作诗以志焉。"可见这个景观是跟韦应物有关的。我们后面还会仔细讲。

这首诗标题提到"西涧"，什么是"涧"？篆文"涧"字左边是"氵"，右边是"间"。《说文解字》："涧，山夹水也。"《辞海》："涧，两山间的流水。""涧"的本义就是夹在两山间的水流。

欧阳修《醉翁亭记》说过"环滁皆山也"。滁州多山，滁水穿城而过，自然要在山间穿流，这就形成了"涧"。这样的地方，有山，有水，盘旋起伏，动静相宜，最适合观景。

韦应物留存下来的诗有570多首，其中涉及西涧的诗就有8首。除了《滁州西涧》外，还有不少诗都提到了西涧。如《西涧即事示卢陟》：

> 寝扉临碧涧，晨起澹忘情。
> 空林细雨至，圆波遍水生。
> 永日无余事，山中伐木声。
> 知予尘喧久，暂可散繁缨。

又如《观田家》：

> 微雨众卉新，一雷惊蛰始。

> 田家几日闲，耕种从此起。
> 丁壮俱在野，场圃亦就理。
> 归来景常晏，饮犊西涧水。
> 饥劬不自苦，膏泽且为喜。
> 仓廪无宿储，徭役犹未已。
> 方惭不耕者，禄食出闾里。

可见西涧在韦应物心目中，是理想之境。他又感慨"方惭不耕者，禄食出闾里"，与他的"邑有流亡愧俸钱"是一样的，表明他是一个心怀黎民的好官。

韦应物提到或者描写西涧的诗句还有：

> 聊将休暇日，种柳西涧滨。（《西涧种柳》）
>
> 远山含紫气，春野霭云暮。值此归时月，留连西涧渡。（《乘月过西郊渡》）
>
> 惊禽栖不定，流芳寒未遍。（《再游西郊渡》）
>
> 美泉朝涉涧，采石夜归州。（《游西山》）
>
> 不改幽涧色，宛如此地生。（《种药》）

那么滁州西涧在哪儿呢？这个问题探究起来很有意思。我们先来赏读这首诗，然后再就滁州西涧展开一些探讨。

深度探究

《滁州西涧》诗意

独怜幽草涧边生，上有黄鹂深树鸣。
春潮带雨晚来急，野渡无人舟自横。

我们就从第一句开始来领略这首诗的美。

▎独怜幽草涧边生

诗歌头起的很重要。例如李白的《静夜思》，起句是"床前看月光"，从"床"，也就是井栏，联想到家乡、故园的井，睹物起兴，抒发思乡之情。

在这首《滁州西涧》里，诗人开篇以"涧边幽草"起兴，写到自己对它的独爱。

先来看一下这个"独"字，繁体字写作"獨"。篆文的"独"字左边是"犬"，右边是"蜀"。《说文解字》："独，犬相得而斗也。羊为群，犬为独也。"意思是羊喜群居，而狗好斗，往往独处。"独"字的本义就是单独、单一。这个字的右边是"蜀"。有个成语叫"蜀犬吠日"，因为蜀地多雨有雾，这里的狗偶尔见一次太阳，就大惊小怪，狂叫不已。这样的叫声，也是挑衅性的，是好斗的表现。段玉裁注："犬好斗，好斗则独而不群。"这个注解也阐发了一个道理：好斗者往往搞不好跟他人的关系，不合群，会被周围的人疏远。其实优秀的人，也往往难以合群，所以有个成语叫"卓尔不群"。

《礼记》："君子慎其独也。""慎独"是儒家关于修身的重要观点。"慎独"的意思就是即便是一个人闲居独处、无人知道的时候，也能言行谨慎，合乎道义规则。英国历史学家托马斯·麦考莱说得更明白："在真相肯定永无人知的情况下，

知识链接

矜、寡、孤、独、废、疾

《礼记》提到的理想化社会的一个标志就是"矜（guān）、寡、孤、独、废、疾者皆有所养"。

老而无妻或老而丧妻者，叫"矜"，也叫"鳏"。

女子五十岁没有丈夫曰"寡"，一般而言，女子死了丈夫就被称为"寡妇"。

幼年丧父或父母双亡者称为"孤"，也就是孤儿。

《孟子·梁惠王下》："老而无子曰独。"人到老年时如果没有儿子，是很孤独凄凉的。对待老人、妇女和孩子的态度，往往可以用来衡量社会的良知和理性。

古人把身体器官残缺称为"废"，患病丧失劳动能力者称为"疾"。如何对待残疾人，也是一个社会文明的标尺。尊重他人，同情他人，帮助他人，是每一个人都能做到，也应该做到的。做一个有爱心，乐于助人的人，是幸福的，也是受人尊敬的。

一个人的所作所为，能显示他的品格。"我们在日常生活中，往往会遇到各种对自我的挑战、考验和诱惑。我们孤身一人时所做的不为他人所知的事，正标志着我们是怎样的人。这一点值得我们深思。

韦应物不是一个平庸的、随波逐流的人，而这样的人，往往是孤独的。别人或许喜欢喧闹、繁华的环境，唯独他喜欢幽僻环境里的山水，喜欢涧边生长的野草。这首诗一开篇就彰显了韦应物异于他人的志趣。所以一个"独"就写出了他的独特之处，把读者引入一种与世间常理、庸众俗情不一样的情景里。

这个"独"字除了有独特之意外，还有孤单、寂寞的意思。

"怜"有可怜、怜惜之意，也有爱怜之意。《尔雅》："憐，爱也。"《说文解字》："憐，哀也。从心，粦声。字亦作怜。"意思是哀怜、怜悯。其实我们对待婴儿的态度就是这种"怜"的情态。从喜爱、心疼开始，然后有了怜惜、怜悯等情感。在"独怜幽草涧边生"这句诗里，用的就是"喜爱"这个本义。

"幽"，也有版本作"芳"。"天涯何处无芳草"是我们都知道的句子，但是在韦应物的这句诗里，"幽草"还是要比"芳草"更妥帖一些，为什么呢？

我们知道，草是比较普通的植物，极易存活，不像各种鲜花果实那么受人关注，草比较普通，自然也少有人喜爱。

《说文解字》："幽，隐也。"段玉裁注："幽……取遮蔽之意。""幽"有隐隐约约、视觉上看不大清楚，遮蔽起来不为人知的意思。所以，幽静、幽僻、幽暗、幽寂、幽远，都有远离人群、不为人知的涵义。"幽草"不单单指幽深、幽远的草丛，还指颜色幽深浓绿的草丛。这就是古人炼字上的精到之处。一个"幽"字，不仅交代了草生长的位置上的幽远、幽深，还交代了颜色上的浓绿，与生长环境中光线的幽暗融为一体。可见这个地方少有人来，比较幽静，光线也暗，是一个比较偏僻的地方。在这个地方生长的草，想来也一定很普通，可是韦应物却很喜欢，这就是一种韦应物式的"独怜"了。

其实说实在的，读了这句诗，我们并不能明白韦应物"独怜"的原因，他的"独怜"给我们怪怪的感觉，似乎韦应物有点另类，与世人格格不入，似乎"不正常"。如果我们只停留在这种浅尝辄止的了解上，有了一点怪怪的感觉就停步的话，我们就会错过对韦应物以及这首诗的深层了解和发现。

所以学习这首诗，不单单是要理解这首诗的字面意思，更重要的是要深入了解其深层意蕴。对这首诗的学习，是一场诗意的"探究"和"探险"。

这种"幽草"生长在哪儿呢？是在"涧边"。

这是"生"的甲骨文字形。《说文解字》："生，进也。象草木生出土上。""生"字描摹的是草木叶芽从土里长出来的样子。生命、生长、生存，都是基于一种内在的力量，一棵小草的嫩芽的力量，能顶开一块压住它的巨石，这就是生命的力量。"诗意国学"提倡唤醒内在的自我成长，就是要培养学生自我成长的内在能力，一种在没有老师指导、没有家长引导的情况下，也能自我学习、自我提高、自我约束的能力。这就是生命、生活、生长的能力。

这一句诗"独怜幽草涧边生"，写了西涧旁边的幽草，也写了诗人的爱怜之情。这一句的"主角"是幽草，主打的色调是深绿色，与周围幽暗的环境是协调的。一个"生"字，写出了幽草的生机和动态，呈现了静中有动的画面。

在有的版本里，"生"又作"行"。[①]"生"是幽草自身的生长状态，而"行"则是诗人行走的状态，两者比起来，还是"生"更好一些，它体现出来的是草在涧边的自我生长，不受人力的支配，不受外界的影响，这是自由自在的生命状态。而"行"，就破坏了这种自在的状态。

我们接下来再来看第二句诗。

上有黄鹂深树鸣

这句"上有黄鹂深树鸣"写的是诗人抬头所见。

前面讲过黄鹂一般成双成对地在春天出现，叫声很好听，羽毛颜色也很醒目。而且黄鹂很胆小，不易见于树顶，但能听到鸣叫声，据此可判知其所在。杜甫的"两个黄鹂鸣翠柳""映阶碧草自春色，隔叶黄鹂空好音"，黄庭坚的"春无踪迹谁知，除非问取黄鹂"等都写到了黄鹂。黄鹂的鸣叫给人安定、和谐、温馨的感觉，所以，这一句诗传递出的信息是愉悦、轻松的心情，这也就有助于我们理解第一句中的"独怜"的"独"不是陷入孤独、寂寞而不能自拔的消沉的情思，而是与别人不同的自得其乐的

[①] 何良俊说："韦苏州滁州西涧诗。有手书刻在太清楼帖中。本作独怜幽草涧边行。尚有黄鹂深树鸣。春潮带雨晚来急。野渡无人舟自横。盖怜幽草而行于涧边。当春深之时黄鹂尚鸣。始于情性有关。今集本与选诗中。行作生。尚作上。则于我了无与矣。其为传刻之讹无疑。"见［明］何良俊撰《四友斋丛说·卷之三十六·考文》，中华书局，1959年4月，第1版，第326页。录此聊备一说。

轻松、悠闲、自在。

什么是"深树"?"深树"就是幽深的树林。"深树"与上一句的"幽草"相对应。诗人用"幽"来形容草,再用"深"来形容树木。草在地面上向远处延展开来,幽暗浓绿;树林在山涧向上、向高处延展开来,幽深茂密。这就形成了空间上水平延展和向上延展的交错与呼应。黄鹂是藏在树林深处的,从鸣叫声得知是黄鹂,但只闻其声,未见其形。这里呈现的是空寂、简洁而耐人寻味的画面。

第一句诗以山涧来衬托幽草的浓绿色彩,第二句诗以鸟鸣使人联想到黄鹂隐藏在幽深浓绿的树林中的颜色,两句诗呈现的都是绿色;第一句诗以幽草盎然的生机来呈现动感,第二句以美妙的声音来呈现动感。诗人笔下的滁州西涧,有活泼的趣味和盎然的生机,万物自得生长,和谐相生。在这样的自然环境里,人也是和谐、愉悦的。我们喜爱什么样的环境,决定了我们是什么样的人。

"上有黄鹂深树鸣"还有别一种趣味。这一句诗让我们想起南朝诗人王籍《入若耶溪》里的两句诗:

蝉噪林逾静,鸟鸣山更幽。

我们其实也会有这样的体验。在空旷的深山里,有蝉声、鸟鸣,我们不觉得吵闹,反而觉得格外幽静。如果有了人声,反而会觉得大山的幽静被打破了。为什么?因为在很多时候,蝉、鸟的鸣叫声是大自然的一部分,与自然和谐一体;倒是人类的声音,不一定与自然合拍。我们人类必须通过适当的方式,才能与自然合一,才能不破坏自然的美与和谐。

对于"蝉噪林逾静,鸟鸣山更幽",宋代的王安石别出心裁,偏偏说:"茅檐相对坐终日,一鸟不鸣山更幽。"(《钟山即事》)王安石好"翻案"。他认为山里一点鸟叫声都没有,才更为幽静,这实在是大实话,但是却失去了自然的趣味。他翻案的诗句确实不好,难怪黄庭坚说王安石这是"点金成铁"。

我们回过头再来读王维的《鸟鸣涧》:"人闲桂花落,夜静春山空。月出惊山鸟,时鸣春涧中。"便会觉得还是这样的夜晚和山涧,更为寂静,因为有月影的移动,有山鸟的鸣叫,才会感受到寂静。所以不管是"蝉噪林逾静,鸟鸣山更幽""月出惊山鸟,时鸣春涧中",还是"上有黄鹂深树鸣",我们都能感受到自然中的寂静,并将自己安放在一个寂静的环境中,享受这种与自然合一的寂静。这便是审美的、诗意的境界。

我们再把前两句诗结合在一起,探究以下的问题:

第一个问题,诗人"独怜"的,单是"幽草"呢,还是也包括了深树里鸣叫的"黄鹂"呢?

诗人"独怜"的是"幽草"。幽草是寂寞的,卑下的,沉默的。幽草之上,有深林中鸣叫的黄鹂;鸣叫的黄鹂之下,是无声无息生长着的幽草。诗人最喜爱的不是树上飞动鸣叫的黄鹂,而是在山涧边默默生长的幽草。这是为什么呢?

广义的"草"指茎干柔软的草本植物,包括庄稼和蔬菜;一般意义上的"草"是对高等植物中除树木、庄稼、蔬菜等栽培植物以外的草本植物的统称。

我们可以看到甲骨文的"草"字跟"生"字是有关联的。"生"的甲骨文是 ,下多了一个"土"字,是指包括草在内的植物从土里生长、发芽、露出地面来。草是最有生命力的植物。白居易说它"野火烧不尽，春风吹又生"。跟高大的花木相比，草又是弱小卑微的，所以"草"常常与"草寇、草民、草根"联系在一起。古人穷困潦倒过不下去了，要自卖自身，或者卖孩子，往往会在自己或者要卖的孩子的头上插一根草，这样的生命实在是如草一样低贱卑微。

这样卑微的山间"幽草"，诗人韦应物为什么会喜欢呢？我们知道韦应物经常到滁州西涧，他不会不知道这种草的名字，他也不会对他不了解的草表现出他独有的爱怜。

那么，我们的第二个问题是，他喜爱的会是什么草呢？

胡适先生有一句关于做学问的名言："大胆假设，小心求证。"你不妨放开胆子来提出问题，假设各种可能性，但最后一定要小心谨慎地加以求证，不能想当然，不能草率下结论，这就是我们常说的科学的研究方法、科学的精神。

从科学角度看，考证"幽草"是什么草，要解决这样几个问题：1.考量该草的习性，它要能在安徽滁州当地生长；2.该草的习性要适合山涧、水边生长；3.要有古代在滁州当地出现该草的文献佐证。而从人文性的角度考究的话，则要注意以下几个问题：1.该草要切合诗人创作时的精神状态；2.诗人与他喜爱的这种草之间要有人格和价值上的共同之处；3.该草在中国文化中要有独特的精神内涵。

总结起来讲，我们考证这种草是什么，要确认两点：一是这种草在滁州西涧是确实存在的，二是这种草与诗人是有价值和精神上的契合之处的。这两点同样重要，缺一不可。

根据滁州的地理位置以及植物分布特征，在西涧能够生长的草有很多种，因此，要从科学角度来确定"幽草"是什么草，答案会有上百种。但是，结合这首诗，我们不难看到，并非所有的植物都是诗人喜欢的，已经有古人指出来这首诗里的"幽草"是什么草，而且我们也能从各种文献资料里考证出这种草不仅适合在滁州生长，还与诗人的精神存在对应和呼应。

　　因此，我们完全可以得出结论，诗人韦应物喜爱的"幽草"是青蒲。

　　我们先来探讨一下"青蒲"是什么植物。

　　在古代，"蒲草""香蒲""青蒲"常通用。"青蒲"的正名叫"水烛"，为香蒲科，香蒲属，生于河流、湖泊、池塘浅水处，水深达1米或更深的沼泽、沟渠也常见。植株高大，地上茎直立，粗壮，叶片较长，雌花序粗大，叶鞘抱茎。小坚果长椭圆形，种子深褐色，夏季开花，雌雄花穗紧密排列在同一穗轴上，形如蜡烛，故称为"水烛"。其花粉可入药，称"蒲黄"，能消炎、止血、利尿。雌花可做"蒲绒"，能填床枕。花序可作切花或干花。叶片可作编织材料，茎叶纤维可造纸。其假茎的白嫩部分（即蒲菜）和地下匍匐茎尖的幼嫩部分（即草芽）可食用。它是中国传统的水景花卉，还用于美化水面和湿地。

　　青蒲的分布较广，北到东北三省，东到山东、台湾，西到陕西、甘肃、新疆，南到云南都可生长，安徽也可以生长青蒲。宋代梅尧臣写到他的家乡安徽宣城的山水，就常提到，如"溅溅涧水浅，苒苒菖蒲稠。菖蒲花已晚，菖蒲茸尚柔。"（《游隐静山》）"短短蒲茸齐似剪，平平沙石净于筛。"（《东溪》）

可见在宋代，安徽的山水之间是可以看到蒲草的。

蒲草对温度要求不太严，只要不低于0℃就能安全越冬，不高于33℃就能顺利度夏。最适宜的生长温度为15℃至30℃。我们查阅有关资料得知，滁州为亚热带湿润季风气候，气候特征可概括为：冬季寒冷少雨，春季冷暖多变，夏季炎热多雨，秋季晴朗气爽。年平均气温15.4℃。由于唐代为中国历史上第三个温暖时期，滁州的年平均气温应该比现在要高。

所以，从科学上探究的话，滁州山涧是可以生长青蒲的。

我们再从人文的角度来探究。根据对青蒲习性的了解，它需要充足的直射阳光才能正常生长。如果光线不足，或在蔽荫的环境中生长，叶片会长得薄而且黄，枝条或叶柄纤瘦、节间伸长，处于徒长状态，花瓣小，花色淡甚至开不出花。它在山涧边生长，需要足够的光照。它处在人迹罕至的山涧野渡，少有人关注，唯独有诗人对它予以关注、爱怜，可见诗人对它的习性也是有足够了解的。加上身为官员，韦应物深知青蒲需要阳光，如同百姓需要朝廷和官员的关爱。百姓与蒲草一样，都是卑微的生命，都需要关爱。诗人从青蒲的自然习性，联想到辖区百姓的命运，将对百姓的关爱，投射到对青蒲的怜爱上，或者说，由对青蒲的爱怜，而引发对百姓疾苦的关注，这就实现了青蒲与诗人爱民情怀的精神上的关联。

韦应物曾写下八首关于"滁州西涧"的诗，应该对这里的植被很熟悉，有可能对它产生认同与喜爱之情。因此这里的"幽草"是特指，而不是泛指。而且诗人不会随意写一些无病呻吟的文字。韦应物的诗歌继承着中国诗歌的比兴传统，大都是兴讽之作，寄托着自己的情感和心志。其诗作对青蒲表现出的喜爱之情，也是真实可信的。

那么，有没有文字证据表明韦应物这首诗里出现的"幽草"就是青蒲呢？

答案是：有！

明熹宗天启元年（1621年），湖州人尹梦璧任滁州通判期间，归纳了"滁州十二景"，其中一景为"西涧春潮"，他还在乌兔桥旁建了一座"幽草亭"，根据韦应物的诗意，配了图画和诗文，并刻在了石碑上。尹梦璧为"西涧春潮"之景配的诗为：

知识链接

强弩射潮

"怪看潮势思强弩"一句是有典故的。宋代苏轼《八月十五日看潮五绝》其五："江神河伯两醯（xī）鸡，海若东来气吐霓。安得夫差水犀手，三千强弩射潮低。"苏轼自注说："吴越王尝以弓弩射潮头，与海神战，自尔水不近城。"说的是五代时吴越王钱镠（liú）筑捍海塘，因江涛迅急，影响施工，就制作了三千竹箭，命水犀军（指披着水犀甲的水军，后来多指水上劲旅）以五百强弩迎射潮头，潮水始退。后人遂以"强弩射潮""射潮"来形容降服大潮的威武之举。"怪看潮势思强弩"是说，惊讶地看到湍急的潮势，就令人想到吴越王钱镠"强弩射潮"的故事。

东风吹雨过城头，洒落千山水驶流。
百鸟乍惊迷古渡，青蒲微露失芳洲。
怪看潮势思强弩，喜听涛声欲泛舟。
抚景漫追韦刺史，寻诗长伴道人游。

这首诗里提到的韦刺史就是曾任滁州刺史的韦应物，"古渡""潮势""泛舟"，都跟韦应物的《滁州西涧》有关。特别是其中提到的"青蒲微露失芳洲"，也正是"独怜幽草涧边生"的诗意。尹梦璧自然对滁州西涧做过仔细考察，滁州西涧青蒲丛生，当是不争的事实，要不然他也不会这么肯定地写在诗里。这是我们可以找到的最直接的文献佐证。

但是，尽管如此，我们仍然还需要继续探究。即便青蒲可以生长在滁州西涧，诗人喜爱它的原因是什么呢？

前面说过，韦应物把蒲草比作百姓。百姓就像蒲草需要光照一样，需要官吏的爱护。而韦应物也自比清苦的蒲草。他在卸任之后，便是布衣草民，他对百姓的爱，对百姓的哀怜，也会投射到青蒲上。他写的是对青蒲这种"幽草"的独怜，其实是心存对百姓的挂念；既然已经卸任，不在其位，便只有将对百姓的殷殷之情，寄托于卑微寂寞的涧边青蒲了。

或许有人会说这样的比附比较牵强，但这样的情感寄托，对韦应物而言，是在情理之中的。即便我们不做这样的深入比附，也依然能找到诗人喜爱青蒲的依据。因为，青蒲是中国文化中常用的象征物，在古代文化中具有独特的内涵。

在汉语中，有很多与蒲草有关的词语，比如：

折蒲、编蒲、截蒲：编联蒲草写字苦学。

鞭蒲：蒲草做成的鞭子。表示刑罚宽仁。

　　旌蒲：古时征聘贤士所用的旌帛和蒲车。

　　萑（huán）蒲：指盗贼出没的地方。

　　团蒲：蒲团，指用蒲草编织成的圆坐垫。

与"蒲"有关的词，多跟草根、民间、草寇有关。"蒲草"一般用以表示以下这几类的意思：第一，草根与民间；第二，贫寒清苦的生活；第三，贤良、正直与忠诚。

而说到"青蒲"，其意义更是非常明确。"青蒲"在古代指天子内庭，即皇帝的卧室。忠臣俯首于青蒲之上向天子直谏，称为"伏蒲"。《汉书·王商史丹傅喜传》："丹以亲密臣得侍视疾，候上间独寝时，丹直入卧内，顿首伏青蒲上……"[①] 汉元帝欲废太子，等到元帝独自就寝时，史丹直入卧室，伏于青蒲上进谏。应劭曰："以青规地曰青蒲，自非皇后不得至此。"李周翰注《文选》说："青蒲，天子内庭也，以青色规之，而谏者伏其上。""伏蒲"成为忠臣犯颜直谏的代指。比如杜甫就有"斯时伏青蒲，廷诤守御床"（《壮游》）、"青蒲甘受戮，白发竟谁怜"（《寄岳州贾司马六丈巴州严八使君两阁老五十韵》）之句；白居易有"议高通白虎，谏切伏青蒲"（《东南行》）之句；杜牧有"宵衣旰（gàn）食明天子，日伏青蒲不为言"（《闻开江相国宋下世二首》）之句。可见，"青蒲""伏青蒲""伏蒲"都是跟忠臣、谏臣有关的。而我们知道，韦应物就是一个尽职尽责、品性高尚的官员。所以，"青蒲"是为国为民情怀的象征，

---

① ［汉］班固撰，［唐］颜师古注《汉书·卷八十二　王商史丹傅喜传第五十二》，中华书局，1962年6月，第1版，第3 377页。

是诗人情操、志向、人格的自况。

从科学性与人文性两个方面结合探究，可以得出结论：韦应物这首诗里提到的"幽草"，就是青蒲。

▌春潮带雨晚来急

什么是"春潮"？它是指春季的潮汐。春潮的特征是来得猛，去得快。所以这句诗形容春潮是"晚来急"。

什么是"带"？甲骨文"带"字，表现的是衣带的形状，本义就是束衣的腰带。《说文解字》："带，绅也。男子鞶（pán）带，妇人带丝。象系佩之形。佩必有巾，从巾。"贵族男子佩皮制的衣带，妇人则以丝为衣带。我们经常说"绅士风度"，什么是"绅"呢？《说文解字》："绅，大带也。"《白虎通》："衣裳所以必有绅带者，示敬谨自约整也。"所以穿戴规整，恭敬自律的人，才能称为绅士。如果行为失范，内心卑劣肮脏，穿戴有范儿，徒有其表，那也不过是衣冠禽兽，算不上绅士。《论语》里孔子给子张讲了关于实践忠信的意义和方法，子张觉得很受用，于是"书诸绅"，把孔夫子的这些话写在了绅带上，可见讲究行为忠信的人才是真正的"绅士"。

"带"字从衣带这个本义，又引申出携带、佩带等意思来。这句诗里说"春潮带雨"，奔涌而来的春天的潮水，夹带着天上落下的雨水。这是一个下雨天，可是韦应物还出来到郊外赏景，可见他是一个有闲情逸致的人，一个热爱自然的人。在春雨之中，潮水湍急，黄鹂和鸣，草木茂密，诗人的心也是悠闲、幽静的。

但是，诗人并没有描写他的心情和精神状态，反而用"晚来急"三字，描写了傍晚时分潮水和雨水越来越急、越来越大的景象。

什么是"急"？小篆"急"字上面是"及"，意思是用手抓住；下面是"心"。要被人抓住了，或要抓住人了，心跳就会加快，这种紧张、急切的感觉，就是"急"。有时候时间紧，我们常说"来不及"了，心里就会感到紧张，这种感觉，便是"急"。《说文解字》："急，褊（biǎn）也。从心，及声。"这个"褊"是狭小、狭隘的意思。衣服小了，不合身，拘在身上，自然感到局促、着急。引申开去，"急"有急促、迅急、猛烈等意思。有个成语叫"骤风急雨"，"急雨"就是迅猛的降雨。

天色已"晚"，按说诗人该回家了，再晚就不方便行路了，可是诗人还是这么悠闲；雨水越来越急，潮水越来越急，可是诗人不急，他丝毫没有紧迫感，这些"急"反衬出他内心的闲

知识链接

急雨

唐诗里有一些有"急雨"的诗句，如：

残虹挂陕北，急雨过关西。（岑参《早秋与诸子登虢州西亭观眺》）

晓来急雨春风颠，睡美不闻钟鼓传。（杜甫《逼仄行，赠毕曜》）

急雨江帆重，残更驿树深。（顾况《南归》）

旋风天地转，急雨江河翻。（元稹《赛神》）

静与悠然。这种对比和反衬，要比直接写他内心多么悠闲安静要好得多。所以，从一个"晚"和一个"急"，便突显出了诗人的从容闲静。这样的洒脱，才是真的与大自然融为一体。

■ 野渡无人舟自横

荒野的渡口，空无一人，只有扁舟一叶，横陈岸边，在风雨湍流里飘悠摇晃。这是纯粹的写景，诗人的情感是如何得以寄托的呢？

诗人的情怀需要仔细揣摩，诗歌需要仔细品读。我们要了解诗人的情怀，就需要了解古代诗歌中常用的典故、常见的意象。从文字，到意象，再到意境，这才是解读、欣赏诗歌的正确路径。

我们先来做表层的解读。

什么是"野"？《说文解字》："野，郊外也。"段玉裁注："邑外谓之郊，郊外谓之野，野外谓之林，林外谓之冂（jiōng）。"我们现在常说郊区、郊外，什么是"郊"？城市外围建筑变少、人烟变稀的区域，就是"郊"；再向"郊"外走，便是"野"了。

甲骨文的"野"字从林，从土，意思是长满了草木的土地。从田园到山林之间的过渡地带，有耕种的土地，有山林，说明还有人类的活动，这就是"野"。人类活动少的地方，便是远离文明、自然生长的环境，就有野生、粗野、野蛮等词。

从"野"再向外走，脱离人类耕作活动的地方，就到原始森林了，丛生的树木就叫"林"。《水浒》里就写了一个人烟稀少、荒凉偏僻的地方，叫"野猪林"，林冲就差点在那儿遇害。

"林外谓之门","门"也作"垌",意思是远离郊野的地方,差不多算是边境地带了。探讨这些字的意义,也是蛮有意思的。

我们再来看"渡"字。什么是"渡"?《说文解字》:"渡,济也。从水,度声。""济"就是渡河的意思。"渡"的本义就是过江、过河。渡河的码头,就叫"渡口"。渡口还被称为"津""津口""渡头"。成语"无人问津"的"津",就是渡口、码头的意思。天津就是个大港口,因此得名。白居易《长相思》:"汴水流,泗水流,流到瓜洲古渡头。"陆游《书愤》:"楼船夜雪瓜州渡,铁马秋风大散关。"其中的"渡"都是"渡口"。渡河的船只,就叫"渡船"。

知道了"野"在远郊之外,也就不难理解"野渡"的意思了。"野渡"就是郊外的渡口。郊外的渡口,是属于公益性质的便民设施,设在人烟稀少的地方,使用率不太高。

知识链接

"渡"和"度"的区别

"渡"一般指空间上的、跟水有关的动作和事情;"度"一般指时间、程度上的事情和状况。比如:

渡河、渡口、远渡重洋、渡过难关、摆渡,都用"渡";

度日如年、欢度佳节、虚度年华、劳累过度,就要用"度"。

明白了"渡"跟空间有关,"度"跟时间和程度有关,组词造句的时候就不会搞错了。

过去的野渡一般是这样的：在没有桥的河边放置一条船，不设艄公，船的两头拴上绳子，要过河的人自己拉动绳索，把船从对岸拉过来，自己划船过河。到20世纪六七十年代的时候，滁州西部山区还一直沿用这种渡河方式。这就是无人的"野渡"。

我们再来说说这句诗里的"无"字。"无"的古文字有两种写法。一是"无"，一是"無"。这两个字以前通用，意思是一样的。也就是说，"无"这个字其实很早就有了，不是后来才简化的。"無"的本义是跳舞，它出现得比较早，甲骨文的"無"字，是一个人手拿花束在跳舞。

在中国的文化和哲学中，特别是道家思想中，"有""无"是一对很重要的概念。在中国古代诗词理论中，"无""无我"也同样是很高的审美艺术境界。佛家提倡"无我"，王国维也论述过"有我之境"与"无我之境"。他在《人间词话》里说："有我之境，以我观物，故物皆著我之色彩；无我之境，以物观物，故不知何者为我，何者为物。"[1]

简单地说，在文字中看到作者的影子，有作者的身体、思想和感受出场，就是"有我"；作者将自己隐藏于自然外物之中，就是"无我"。在这首《滁州西涧》中，"无人"，就是没有人，没有船夫，没有行人，甚至看不到诗人在哪儿，便是"无我之境"。

这里"无人"是关键词。"野渡"本来人烟就稀少，加上春雨晚来急，出行人更少。这句诗在呈现"无人"的场景时，用笔特别巧妙。诗人不写无人的场景是怎样的，而是通过一个

---

[1] 王国维著，徐调孚校注《校注人间词话·卷上》，中华书局，2003年4月，第2版，第1页。

细节来写"无人"。他注意到了一条渡船,这条船在涧水中打横并随波起伏晃动着。

"舟"是什么?"舟"就是船。《说文解字》:"船,舟也。"清代段玉裁注:"古人言舟,汉人言船","舟即今之船也。"周处《风土记》:"小曰舟,大曰船。"舟应该是比船小一些的。在滁州西涧的野渡,如果放一条大船,就不协调了,让人感觉浪费,所以还是小舟比较合适。当然了,小舟抗风浪的能力会比大船差很多,很容易被水流冲激而打横,也很容易起伏晃动。

"自"的本义不是"自己",而是指鼻子。"自"是"鼻"的本字。《说文解字》:"自,鼻也。"

其实甲骨文"自"的字形,很形象地表明它的本义就是"鼻子"。我们教婴儿说话,往往会让孩子先学会辨别"我"和别人。说到"我",一般都会指鼻子,代表在说自己。这个"自"字的意思就是用鼻子来指代自己。

再来说说"横"。横的意思,指的是门上的横木,也有说是指横搭在弓弦上的弓箭。

"横"有三类含义。

与地面平行的方向是"横",与"竖立"相反就是"横"。"横"就是水平。这是横的第一类含义。

"横"的第二类含义是与前后方向相反,指左右方向,自左到右或自右到左为"横"。所以汉字笔画的"横笔"就是从左到右书写的,写字要做到"横平竖直"。春节贴春联,贴在门头上方的叫"横批",与竖向的上联和下联不同,是左右方向横贴的。

"横"的第三类含义与南北相对，东西方向为"横"，南北方向为"纵"。地球的纬线是横向的，经线是竖向的。战国时期，有纵横家苏秦游说六国联合抗秦，他的策略称为"合纵"，因为六国的排列基本上是南北向的；又有张仪主张秦国要与它东边的齐、楚等国搞好关系，瓦解六国关系，破坏"合纵"策略，称为"连横"。

总之，左右方向、水平方向、东西方向，都是横向。可见，一个汉字的"横"，有很多细微的含义。

我们发现，成语中跟"横"有关的词，大都给人异样的感觉。比如：横眉立目、横眉怒目、横眉冷对、横挑鼻子竖挑眼、横空出世、横七竖八、横殃飞祸、横征暴敛、横冲直撞、横行霸道……这些感觉是跟不讲规则秩序、不讲文明礼貌、打破常态有关的。

所以这首诗里出现"舟自横"，我们也会觉得奇怪，为什么？因为船在水面打横，有失去控制的感觉。为什么会失去控制？是因为没有人操控船。也就是说，这条船上没有人。整首诗里没有人的痕迹，没有人的活动，这就是一种"无我之境"。

如果你对这首诗的认识和理解到这里就结束了，你收获的是什么？你会觉得自己学习了一首写景的诗，学会了如何写景，如何营造一种"无我之境"。这已经很了不起了。其实到了现在，你对韦应物的了解，对这首诗的理解，才刚刚踏进门，还需要再往前走几步，继续探究，才能发现诗人的精神世界，以及这首诗蕴含的深意。

在这首诗里，有一个意象是需要我们注意的。这个意象就是"自横"的"舟"。

我们就不难发现，韦应物的这首写景诗，并不仅仅是为了写景，他要抒发自己的思想和情怀。如果突然转折来抒情，就会破坏这首诗里恬淡、幽静的气氛，那怎么办？优秀的诗人总是有办法，他通过一些象征物和意象，来寄托内心的情感与志向。借物咏怀、托物言志、借景抒情，乃是古代诗歌常用的手法。

我们在讲"春潮带雨晚来急"时，提到了诗人雨中不归的恬淡悠闲。其实这样的诗词很多，比如："青箬笠，绿蓑衣，斜风细雨不须归"（张志和《渔歌子》）；"一蓑烟雨任平生"（苏轼《定风波》）。"一蓑烟雨"，就是身穿蓑衣，行走于烟雨之中。古人雨天出行要戴斗笠，穿蓑衣。那时候没有塑料雨衣，没有折叠伞，青箬笠、绿蓑衣就是当时的雨具。这样"一蓑烟雨""不须归"的生活，哪类人最常见？是打鱼或者钓鱼的人，古人称为"渔父（fǔ）"。渔父的意思是渔翁、捕鱼的人。说到渔翁，我们又会想到柳宗元的《江雪》："千山鸟飞绝，万径人踪灭。孤舟蓑笠翁，独钓寒江雪。"这是一个潇洒出尘的渔翁。

有一个歇后语叫"姜太公钓鱼——愿者上钩"，讲的就是史上最牛的渔父姜子牙，他当时在渭河边上垂钓，用的鱼钩是直的，没有带弯头，也就是说，鱼吞了鱼钩，不会被勾住嘴巴。古今中外钓鱼的人里，只有他是这样的。他的理想不是钓几条鱼，他想玩儿更大的。《封神演义》第二十三回："吾宁向直中取，不向曲中求。不为锦鳞设，只钓王与侯。"名为垂钓，意在引起王侯注意，让自己能够参与国家治理。

《庄子》里有一篇叫《渔父》，所写的渔父就是个让孔子敬佩得五体投地的世外高人。屈原也有一篇《渔父》，写了一个超然尘世的渔父，与屈原展开了对话，还唱了一首歌：

> 沧浪之水清兮，
>
> 可以濯吾缨；
>
> 沧浪之水浊兮，
>
> 可以濯吾足。

　　这首歌的意思是水清了可以用来洗帽带，水浑浊了也还可以洗脚。暗示屈原不一定因为水浑不能洗帽带，就无所适从了。这首歌也称《沧浪歌》《孺子歌》，后人称为《渔父歌》。这个渔父，也成为超然尘世的隐士的象征。后人纷纷以渔父的形象来表达超脱、隐逸的情怀。李白的"人生在世不称意，明朝散发弄扁舟"（《宣州谢朓楼饯别校书叔云》），柳宗元的"孤舟蓑笠翁，独钓寒江雪"，韩愈的"萍藻满盘无处奠，空闻渔父叩舷歌"（《湘中》），都抒发了对渔父潇洒高洁情操的感怀。

　　其实韦应物并没有将渔父的形象引入这首诗。他只是让我们联想到远离尘嚣的渔父那烟雨平生的生活与生命境界，如果说滁州西涧里有隐逸的渔父，就又重新掉入"有我之境"了。

　　所以，韦应物并没有为了托物言志而入"有我之境"，他没有写渔父。第四句着眼点在"舟"上。他写的是物，呈现的是景物的一部分，是一条小船。这是一条无人操控的船。

　　船为何会"自横"？第一，心灵自由而无所拘牵；第二，漂泊无定。古代文人把这样的船和这样的心灵状态，称为"不系舟"。

　　"不系舟"的意思就是没有被绳索系住的船只，可以任意飘荡，不受约束，比喻自由的、无拘无束的生活状态。《庄子·列御寇》里说："巧者劳而知者忧，无能者无所求，饱食而遨游，泛若不系之舟，虚而遨游者也。"① 像"不系之舟"那样四处遨游，无忧无求，才是最为自在的生活。唐诗里就有很多提到"不系舟"的诗句。如：

宛溪霜夜听猿愁，去国长如不系舟。（李白《寄崔侍御》）

独与不系舟，往来楚云里。（刘长卿《赠湘南渔父》）

岂无平生志，拘牵不自由。一朝归渭上，泛如不系舟。（白居易《适意》）

安能追逐人间事，万里身同不系舟。（鱼玄机《暮春即事》）

未到无为岸，空怜不系舟。（皎然《湖南兰若示大乘诸公》）

韦应物在他的《自巩洛舟行入黄河即事寄府县僚友》诗里有这样的句子："为报洛桥游宦侣，扁舟不系与心同。"可见，他是很喜欢"不系舟"这一意象的。这是身心自由的象征。不管潮水多急，雨水多大，自己愿像野渡横浮水面的小船那样，任性漂浮，不受拘束。

可见，"春潮带雨晚来急，野渡无人舟自横"，是写景，更是诗人心灵世界和精神追求的自况。不愿意与尘世同流合污，不愿意随波逐流，不愿意委曲求全的人，才会喜爱自然，才愿意将自己的情感与理想交托给自然。韦应物就是这样的人。他做官，就全心全意为百姓；一旦卸任，就投身山水，享受无拘无束的生活，亦儒亦道，收放自如。

---

① ［清］王先谦撰，沈啸寰点校《庄子集解·卷八　列御寇第三十二》，中华书局，1987年10月，第1版，第279页。

这两句诗也因此让不少人受到了触动，产生了共鸣。后来有人甚至在诗词中直接引用这两句诗意，来抒发自己的情怀。比如寇准的《春日登楼怀归》诗：

> 高楼聊引望，杳杳一川平。
> 野水无人渡，孤舟尽日横。
> 荒村生断霭，古寺语流莺。
> 旧业遥清渭，沉思忽自惊。

他的"野水无人渡，孤舟尽日横"，很显然是化用了韦应物的诗句。我们再来看陆游的《雨中泊舟萧山县驿》：

> 端居无策散闲愁，聊作人间汗漫游。
> 晚笛随风来倦枕，春潮带雨送孤舟。

这一句"春潮带雨送孤舟"，也让人联想到韦应物的《滁州西涧》。

宋代陈允平《西平乐慢》词也有句：

> 叹寂寞尘埃满眼，梦逐孤云缥缈，春潮带雨，鸥迎远溆，雁别平沙。

"春潮带雨"，也出自"春潮带雨晚来急"。

宋代张炎《瑶台聚八仙·为野舟赋》词也化用春潮带雨的诗意：

> 带雨春潮。人不渡、沙外晓色迢遥。自横深静，谁见隔柳停桡。知我知鱼未是乐，转蓬闲趁白鸥招。任风飘。夜来酒醒，何处江皋。泛宅浮家更好，度菰蒲影里，濯足吹箫。坐阅千帆，空竟万里波涛。他年五湖访隐，第一是吴淞第四桥。玄真子、共游烟水，人月俱高。

这里的"带雨春潮"出自"春潮带雨晚来急","人不渡""自横深静,谁见隔柳停桡"也化用自"野渡无人舟自横"。"桡"读 ráo,意思是"船桨","停桡"就是停船的意思。"菰蒲影里","菰"是一种水生植物,它的茎俗称"茭白",这里提到"菰草"和"蒲草",既指两种草,也指代湖泊。跟韦应物诗里提到的"幽草"也是有一致性的。

宋代廖世美《烛影摇红·题安陆浮云楼》词:

晚霁波声带雨。悄无人、舟横野渡。

显而易见,"晚霁波声带雨""悄无人、舟横野渡",都是化用韦应物诗意的。

宋代苏舜钦诗《淮中晚泊犊头》:

春阴垂野草青青,时有幽花一树明。
晚泊孤舟古祠下,满川风雨看潮生。

从词句到诗意,都显然出自韦应物的这首诗。

宋代周弼有"池亭暮雪兼风起,篱落春潮带雨浑"(《甫里观》);吴文英有"野舟横渡水初晴"(《满江红·饯方蕙岩赴阙》)。明代张宁《送史明古过访还吴江》有"天孤远雁和云断,风急春潮带雨飞"。这些诗意和句子,都源自韦应物的这首诗。

一首诗能引得后人的化用、援引,便是对诗人最大的肯定与奖赏。诗歌的荣耀,是与世俗世界截然不同的。韦应物如地下有知,也当为此而含笑九泉了。

通过对《滁州西涧》的赏读,我们对韦应物和他的诗歌创作都有了深入的了解。他的诗歌成就不愧与王维、孟浩然、柳宗元齐名。从打造地方文化旅游名片的角度看,这首诗不仅使"西

> **知识链接**
>
> ### 江神嗜黄鲁直书韦诗
>
> 　　《冷斋夜话》里记载了一个关于《滁州西涧》的故事：
> 　　王荣老尝官于观州，欲渡观江，七日风作，不得济。父老曰："公箧中必蓄宝物，此江神极灵，当献之，得济。"荣老顾无所有，惟玉麈尾，即以献之，风如故。又以端砚献之，风愈作；又以宣包、虎帐献之，皆不验。夜卧念曰：有黄鲁直草书扇头题韦应物诗曰："独怜幽草涧边生，上有黄鹂深树鸣。春潮带雨晚来急，野渡无人舟自横。"即取视之。俛仰之际，曰："我犹不识，鬼宁识之乎？"持以献之，香火未收，天水相照，如两镜展对，南风徐来，帆一饷而济。予观江神必元祐迁客之鬼，不然何嗜之深邪！
> 　　这个故事讲风大无法渡江，只好用麈尾（古代名士手持的雅器，与后世的"拂尘"略有不同）、端砚等祭献"江神"，但是不管用，风甚至越来越大。后来将黄庭坚书写有韦应物《滁州西涧》一诗的扇子祭献，顿时风停，一眨眼工夫就过了江。

涧春潮"入滁州十二景，还大大提升了滁州的知名度。应该说，一首韦应物《滁州西涧》的好诗，加上一篇欧阳修"环滁皆山也"的美文，不知省去了当今滁州旅游业多少宣传费和推广费。诗歌和美文之作用，不可低估也。

美感体验

《滁州西涧》的声律美和视觉美

上文我们对《滁州西涧》的言、象、意都进行了深入的探究和赏析，了解到这是一首涵义蕴藉、诗意丰美的诗。接下来对这首诗的诗意之美，做一个基本的梳理。

▍声律之美

前面讲过，格律诗的平仄规则，要以首句的平仄来确立。《滁州西涧》的首句为七绝"平起平收式"，平仄规则应该是这样的：

平平仄仄仄平平

仄仄平平仄仄平

㊀仄平平平仄仄

平平仄仄仄平平

格律诗还有一个规矩，就是不能犯孤平。拿七言诗来说，一句之中，除了平声的韵脚字及其前面相连的一个平声字以外，一句之中必须有另外两个相连的平声。句中只要是两仄夹一平，就犯了孤平。所以这一句"独怜幽草涧边生"的平仄为：仄平平仄仄平平。本来前两个字的平仄应该是"平平"，可是"独怜"

的平仄是"仄平"。如果第三个字"幽草"的"幽"用成仄声（比如"绿""杂"一类的仄声字），就犯了两仄夹一平的孤平之病了。在这种情况下把后面应该出现的"仄仄"改为"平仄"，如这里用"幽草"，使得"怜幽"两个平声相连，就是本句自救，不至于出现孤平之病。

我们再审视这首《滁州西涧》的实际的平仄样式：

仄平平仄仄平平

仄仄平平㊣仄平

平平仄仄仄平仄

仄仄平平㊣仄平

不难发现，这首诗的第三、四句失粘了。就像跟常人不同而"独怜幽草"一样，韦应物写律绝还用了格律诗的变体——折腰体。王维的《送元二使安西》和这首《滁州西涧》都是折腰体。与王维同为山水田园诗代表人物的韦应物，在精神层面与艺术形式层面也都将王维引为同调。

这首诗韵脚字"生""鸣""横"用韵为平水韵"下平八庚"韵，跟杜甫五律《春夜喜雨》的韵是一样的。这首诗不管是吟诵出来，还是配上音乐演唱，都有金石之声，很是悦耳动听。

▎视觉之美

《滁州西涧》还是一首画面感极强的诗作。韦应物这首诗与前面论及的王维、杜甫的诗作都堪称"诗中有画"。

女儿读小学时，要我给她讲这首诗，我要求她闭上眼睛来听。我给她描绘诗中的美景：山涧边浓绿的草丛，山涧高处茂密的绿林，还有隐约其中的黄色的黄鹂，山涧奔涌的涧水的绿波白浪，这些都是视觉上缤纷的色彩之美，这就是一幅美丽的图画。女儿说："爸爸，您这么一说，我一下子就记住了！这首诗好美啊！我再也忘不掉了。我还好想把它画成画儿！"诗里的景物、色彩、动感、韵味，深深地印在孩子心里，在以后的某个时间点上，会灵光乍现，照亮孩子的情思，让孩子顿悟诗中的意境、旨趣。这就是"诗意国学"深度赏读古诗词的良苦用心之所在。

在这样的诗与画中，有山涧，有绿草，有树林，有水流，有黄鹂，有孤舟，这些构成了画面中的景物，同时也是诗人情感的载体和意象，幽草、黄鹂、孤舟，都是蕴含着诗人情感、情思、情志的象征物，所以这不是简单的图画，而是诗人内心世界的呈现。每一处景物都是富有情意的，也同时都是富有深意的。所谓的匠心独运，我们可以在此深深、细细地领略到。

这幅画面颇有层次感。以涧水来做布局，涧边幽草，涧上深树，树中黄鹂，空间上高低、上下分布，错落有致；春潮奔涌向前，春雨急落向下，也是高下错落、纵横交织；近处是幽草、涧水，远处是深树、孤舟，正是"远近高低各不同"。山涧的下面平面延展的是水流和幽草，点缀着一叶扁舟在打横；山涧的上面是春雨和深树，点缀着黄鹂在啼鸣。——精心布局之妙，远胜过古今多少山水画家了。

这首诗还有动静相宜之妙。幽草、深树是静的，春潮、春雨是动的，黄鹂的叫声是动的，静的是体现心境与情怀的景物，动的是跟春天有关的声音（水声、雨声、鸟鸣声）。这些声音不会破坏这个环境的幽静，而只会让这个环境更加幽静，更有意趣。这也是这首诗最有魅力的一个特色。

这里的动作、动感，与静密不可分，是静中之动，也是能实现动静转换的动中之静。诗人喜爱的幽草静默的"生"，有寂静的内在生长的动感，但是却不为我们常人察觉；黄鹂在深树鸣叫，身影却难以为我们发现；水流湍急，渡船却静静地横于水面，显得那么安闲……这里的生命的生长、存在都是静默的，这里的一切声响，都呈现出了静默的力量。我们能想象到孤舟的每一个晃动，都像琴弦上的每一个颤音，像和弦的每一次共鸣，那样美丽、悠长……

所以，这首诗呈现出的，是集声音、动作、色彩为一体的多媒体景象，是一首春之声乐曲。伟大的艺术，都是相通的。美丽的诗歌，能将声音、色彩、画面都融汇合一。韦应物的《滁州西涧》就是这样的艺术杰作。

访古寻踪

到底有没有滁州西涧

我们这个世界是多元的。人们的艺术见解、思考方式,都有太多的差异。《滁州西涧》这首诗里展现出的"无我之境",便是一种包容、接纳万物的境界,是一种万物和谐共存的境界。我们在对待关于这首诗的有关争议上,也应该抱着这样的宽容、自由的心态。

针对这首诗,最大的争议,是围绕"西涧"展开的。到底有没有西涧、野渡呢?古往今来,争议不少,探究这些争议,也是很有意思的。

▎欧阳修钻的牛角尖——没有西涧

曾经在宋代庆历五年(1045年)担任过滁州知州的欧阳修对滁州非常喜爱,他的《醉翁亭记》就写在他的滁州任上:

环滁皆山也。其西南诸峰,林壑尤美,望之蔚然而深秀者,琅琊也。山行六七里,渐闻水声潺潺,而泻出于两峰之间者,酿泉也。峰回路转,有亭翼然临于泉上者,醉翁亭也。作亭者谁?山之僧智仙也。名之者谁?太守自谓也。

太守与客来饮于此，饮少辄醉，而年又最高，故自号曰醉翁也。醉翁之意不在酒，在乎山水之间也。山水之乐，得之心而寓之酒也。

《醉翁亭记》的创作时间应该跟范仲淹的《岳阳楼记》（作于庆历六年，即1046年）差不多。这篇文章是写山水之乐的名篇，醉翁亭和丰乐亭这两座名亭也都跟欧阳修有关。欧阳修在《书韦应物西涧诗后》一文中对滁州西涧提出了疑问——

今州城之西乃是丰山，无所谓西涧者。独城之北有一涧，水极浅，遇夏潦涨溢，恒为州人之患，其水亦不胜舟，又江潮不至。此岂诗家务作佳句，而实无此邪？然当时偶不以图经考正，恐在州界中也。闻左司郭员外新授滁阳，欲以此事问之。[1]

按理说，欧阳修喜爱游山玩水，他在滁州当官，滁州又不大，他对滁州的山水地理应该很熟悉。韦应物是唐代有名的诗人，又在滁州做过官，写过不少诗，欧阳修更不会不知道。或许到了韦应物写成这首诗250余年后的宋代，滁州的气候、环境、地形有了一些变化，但是欧阳修也不能因为他没看到城西有涧，就认为韦应物《滁州西涧》这首诗是"诗家务作佳句"而杜撰虚构的。他还说自己在任时没考证，离任之后，突然觉得不敢确定了，这才要请新到滁阳上任的左司郭员外去考证一下。这多少有点不合情理，更像是欧阳修一时兴起，为搞点创意项目

---

[1] 欧阳修著，李逸安点校《欧阳修全集·卷七十二　居士外集卷二十二》，中华书局，2001年3月，第1版，第1 051—1 052页。

而考古、翻案。①

对欧阳修的反驳：有西涧

欧阳修说没有西涧，回应的人还是很多的。更多的人认为有西涧。

明代胡应麟《诗薮》外编卷四说："韦苏州：'春潮带雨晚来急，野渡无人舟自横。'宋人谓滁州西涧，春潮绝不能至，不知诗人遇兴遣词，大则须弥，小则芥子，宁此拘拘？"②批评宋代人如欧阳修者钻牛角尖，考证滁州西涧多此一举。

清代王士禛也说："西涧在滁州城西……昔人或谓西涧潮所不至，指为今六合县之芳草涧，谓此涧亦以韦公诗而名，滁人争之。余谓诗人但论兴象，岂必以潮之至与不至为据，真痴人前不得说梦耳。"③与胡应麟观点相呼应，但是，都把牛角尖钻在西涧会不会真的有"春潮"了。——这春潮有或者没有，其实根本不必较真。

前面说过，韦应物留存的诗作题咏西涧、涉及西涧的诗就有8首之多。他反复吟唱西涧，足见对西涧的喜爱，也足证西涧在唐代是真实存在的。他的《西涧即事示卢陟》诗，题目里

---

① 孙望也批评欧阳修的这一观点，他说："然若以此而致疑本无此涧，谓缘诗家务作佳句而虚张之，其说亦非。何则，应物咏滁州西涧之诗，非只此篇，若《西涧即事示卢陟》，若《岁日寄京师诸季端武等》中'见月西涧泉'之西涧，皆是，岂得谓其皆以强求佳句而虚构之耶。"（孙望校笺《韦应物诗集系年校笺·卷第六·滁州西涧》，中华书局，2002年3月，第1版，第305页）
② ［明］胡应麟《诗薮》，上海古籍出版社，1979年11月，第1版，第195页。
③ ［清］王士禛撰，阎宝恒点校《皇华纪闻·卷四·滁州西涧》，齐鲁书社，2007年6月，第1版，第2764页。

就标明了"西涧",再如《乘月过西郊渡》诗里说"值此归时月,留连西涧渡",不仅提到西涧,还提到在这里的渡口流连忘返,应当不是虚言。

明代万历年间的《滁阳志》,就否定了欧阳修的说法,认为有"西涧",即"州西北五里"的"乌土河"。他说:

> 西涧,俗号乌土河,在州西北五里。唐韦应物所咏即此地也。《仪真志》载其诗,以为韦应物过六合宿永定寺留题。欧阳公诵此诗谓非滁州作,滁州西涧春潮不到,特六合芳草涧耳。不知芳草涧不名西涧。今滁州西涧,每春雨连作,则溪流暴涨,何谓春潮不到乎?二说非是。又,应物有《西涧即事示卢陟》诗见《艺文》。王明清《挥麈录》记宋太祖入滁事云:以兵浮西涧,入自北门。则知西涧旧亦潴水,以为备御云。水即沙河之上流。①

欧阳修的《醉翁亭记》提到浏览"西南诸峰",好像不怎么往西北方向游玩。"州西北五里",欧阳修竟然就没去过。他甚至没听过"西涧"这个地名,这一点确实比较奇怪。

明代滁州通判尹梦璧于1621年将"西涧春潮"列入"滁州十二景",在乌兔桥旁建野渡庵、幽草亭,据《滁州西涧》诗意配图画诗文,刻在6块石碑上。原画还配有题字:"涧水穿城,滁之得名本此,以朝满而夕除故也。百姓喜见其盈,韦公作诗以志焉。"这是明代人确认滁州有西涧的又一明证。

时至今日,有人到这里进行了实地考察,发现"每当春汛

---

① [明]戴瑞卿修,于永享等纂《滁阳志·卷三·山水》,万历刊本。

来临，上游来水湍急，河面变宽，当地自然呈现韦诗笔下西涧诗意。"①可见到了今天，西涧春潮还是可以实地看到的。

宋代的欧阳修在滁州任上几年，没做考证，卸任了突然怀疑起来，好像那个左司郭员外也没有给他考证的结果。欧阳修在当时是文坛政界的大人物，按道理这个左司郭员外不会受托不当回事，我们猜测其结果可能是：左司郭员外打听了解后，为了不使欧阳修难堪，还是不说为好。——当然了，这些都只是推测。但明清时期的人们都认为西涧是确实存在的。

西涧位置考

既然我们支持滁州有西涧，那么，西涧在哪儿呢？

针对滁州西涧位置的探讨，有两方面的意义：一是可以加深我们学习这首诗的感受和体验，二是可以更好地领会韦应物创作这首诗时的状态。当然了，我们还可以实地考察，在考察滁州西涧的过程中，增加学习这首诗的现场感，并通过考察，从古今地理、历史、环境的变迁中，领悟更多人生的道理。

在古代，陆路方面，自滁州城出西门，向西北穿过赤湖，过清流关，是一条贯穿南北的交通要道。赤湖西北是清流关，当地人称为"关山洞"，唐代的时候，这里路不宽，行人也不多。南唐时设关。滁州的石濑涧上仍保存着两座古桥，这两座桥相隔三里，一名官庄桥，一名赤湖铺桥，横跨清流关至滁州古驿道。桥身斑驳，保存完好。这说明古代滁州陆路是有交通要道的。

---

① 黄玉才《韦应物与滁州西涧》，《滁州日报·皖东晨刊》，2010年5月17日。

在水路上是怎样的呢？清光绪年间《滁州志》叙述"小沙河"近百里的源流时说：

> 小沙河，源出一都二保分水岭，与全椒交界。东北行，左汇侧菱山水……过官庄东仙桥下，折而北，入赤湖铺，即石濑涧也……又东，合金家桥下之水为乌兔河，有桥曰乌兔桥。又东入上水关。以在州之西，又名曰西涧。唐韦应物《滁州西涧》诗即指此。上有野渡桥，即取诗意也。贯城中，出下水关，合清流河。①

说明到了清代，这里确实还是一条水路要道。

孙望《韦应物诗集系年校笺》中述及西涧，征引资料说：

> 《古今图书集成·方舆汇编·职方典》一二七册八四一卷滁州部谓："西涧，俗号乌土河。"……是滁之西涧即俗称乌土河或乌兔河矣。②

1958年时，滁州修建城西水库，西涧的乌兔桥、野渡桥、野渡庵一段被淹没。1987年版的《滁州市文物志》将从城西水库老闸绕市一院、滁州中学至上水关一段称为"西涧"，并加以绘图说明。有人对此提出了质疑。到了2009年，人们开始重视旅游了，城西水库又恢复了"西涧"之名，也就是今天的西涧湖。

有专家考证，小沙河源头由西部关山南麓与琅琊山北麓山水交汇而成，上游名石濑涧，河水过龙蟠、花山三岔河、丰山、

---

① 《中国地方志集成·安徽府县志辑34》，江苏古籍出版社，1998年4月，第1版，第258页。
② 孙望校笺《韦应物诗集系年校笺·卷六·滁州西涧》，中华书局，2002年3月，第1版，第304页。

毛草岭、赤湖铺；下游俗称上马河，最后经乌兔河，入上水关，出下水关入清流河，绵延五十多里。① 因主河道在城西，又多山间曲流，故名"西涧"。

如果有机会去滁州，你可以依着这样的地名，来一次《滁州西涧》的诗意之旅。

西涧野渡位置考

我们再来说说西涧野渡的位置。

这个渡口是野渡，当然离当时滁州城有一定的距离。太远的话，韦应物不会常去游玩；太近，就又称不上"野渡"了。有专家考证，这个野渡所在地，是赤湖古渡，也就是现在的赤湖铺桥。我们来分析一下，是否可信。

作为西涧野渡，需要具备哪些条件呢？

第一，这里要有"涧"的地貌和植被；第二，要离城较远，人烟稀少——"野"；第三，这里要是水陆交叉口——"渡"；第四，水面不太宽——设渡船而不架桥。

首先，清光绪时的《滁州志》记载："小沙河……折而北入赤湖铺，即名石濑涧也。"石濑涧有"滁州十二景"之一的"石濑飞琼"："石生水底，嵯峨突兀，亘数十丈，水流其间，萦纡往复。每盛夏溪涨，水石相激，澎湃有声，波澜眩转，观者忘倦。"② 这里是具备明显的"西涧"地貌特征的。这一点不

---

① 黄玉才《韦应物与滁州西涧》，《滁州日报·皖东晨刊》，2010年5月17日。
② 《中国地方志集成·安徽府县志辑34》，江苏古籍出版社，1998年4月，第1版，第258页。

容置疑了。

其次，这里距滁州城西涧路 7.5 公里，人烟稀少。

第三，由滁州城出西门，向西北穿赤湖、过清流关是贯穿南北交通的重要通道。清流关，当地人称"关山洞"。南唐时设关口，有驿道，是水路、陆路的换乘点，有渡口。清代王士禛有《题清流关》诗："潇潇寒雨渡清流，苦竹云阴特地愁。回首南唐风景尽，青山无数绕滁州。"

第四，河面宽三四十米。由于利用率不高，架桥成本大，设置无人摆渡的渡口比较经济。

前面讲过，20 世纪六七十年代滁州西部山区，还一直沿用这种无人值守的"野渡"：在没有桥的河边放置一条船，不设艄公，两边各拴一条绳子，需要过河的人拉动绳索摆渡过河。

所以，说赤湖铺桥一带就是西涧野渡，是基本符合西涧、野、渡的特点的。宋代以后，这里的河面修了桥，也就没有了渡船，幽草、深树、水流都有了变化，野渡的地形地貌也发生了改变。所以，欧阳修很有可能是因为这个原因，才不识"西涧"渡的。

也许宋代人乃至我们今天看到的西涧野渡的景象，与你想象的韦应物诗中的滁州西涧有很大的差距，也许你还会由此萌生"看景不如听景"的失落，也许你会觉得诗歌永远比现实要美。但是，走在这个地方，感受着当年韦应物的诗意与情怀，依然能建立起今人与古人、我们与韦应物的精神上的关联。诗歌和诗歌中描写的景物或许变了，或许消失了，但是，诗歌的精神，诗人的情怀，艺术的美，却一直在汉语诗歌艺术的时空中流淌、蔓延、传递。在这一点上，宋代、明代、清代甚至今天的人们，都因为这种传递，而让滁州西涧成为我们每个时代诗意和审美的化身，成为我们生活和艺术中的精神财富。

我们再来聆听、感受清代诗人王士禛《西涧》诗里这样的感慨吧：

西涧萧萧数骑过，韦公诗句奈愁何？
黄鹂唤客且须住，野渡庵前风雨多。

古今变迁，风景名胜往往也跟着变化，或者消失，或者面目全非。人在历史和自然中的遭遇，也是如此。人一旦在思想和生活中失去诗意，一旦失去审美的理想和趣味，就会堕落，就会变得粗鄙、低俗，甚至忽视诗意与审美的意义和价值。这样的现象一旦发生，就是人类文明的灾难。

所以，不管"野渡庵"前是否依然风雨如晦，我们都需要唤回我们心中美丽的诗意。这样温柔的诗意，对于自己，对于世界，都是莫大的幸运。

自主学习

《滁州西涧》的诗情与画意

《滁州西涧》的文辞之美是显而易见的。我们可以做一些趣味游戏,来体会一下这首诗文辞上的妙处。

这是一首七言绝句。我们可以在尽量不损害其整体诗意的情况下,把它改成五言绝句:

幽草涧边生,黄鹂深树鸣。

潮雨晚来急,野渡舟自横。

修改后的句子,基本保留了原诗的意境。我们进行这样的练习,目的是为了把握诗人诗歌里的主要词语和意境。这也是诗词写作练习的一个环节,让我们对诗歌有深入的理解和把握。

在改为五言诗的基础上,我们可以再将这首诗改为三言诗。这就要求我们尽量保留原诗中的意象,将最为关键、重要的词语保留下来:

幽草生,黄鹂鸣。

潮雨急,渡舟横。

这里留下来的,就是这首诗不可或缺的关键词语了。"幽草""黄鹂""潮雨""渡舟",就是诗中的意象,是诗人着墨、用情之处。通过这样的锤炼，可以让我们明白如何写景，如何在格律诗中让每个字、每个词语都发挥其妙用。

在古代，文人大都要具备基本的文化和艺术素养，这些素养体现在琴、棋、书、画、诗、酒、茶、花等方面。不会写诗自然称不上文人；"士无故不撤琴瑟"，文人还要会弹琴，李白、王维、白居易等都是著名的琴家；还要擅长书画。这样的训练，用现在的术语说，就叫通才教育、素质教育。你如果喜欢艺术，那就要多读书，多学诗词，要对诗意和审美有更多的认知和学习，这样才能在艺术上有更大的成就。

画画，尤其是画古诗诗意，首先要对原诗的诗意与审美意趣有深入、准确的了解，这是一个基本功。没有这个基本功，你就成不了优秀的画家。

你是否有兴趣动手画一画呢？用你的画笔，将你的感受，将你心目中的《滁州西涧》的诗意画出来吧。这个过程不单单能考验你对诗歌的理解与把握，还能看出你对色彩、景物、意境的把握与再现能力。

这个用图画来再现的过程，就是一种审美能力训练和提升的过程。人们常说"眼高手低"，"诗意国学"有这样的主张：你的"手"可以"低"，但是你的"眼"一定要"高"！这个"手低"，是指表现能力、创作能力；而"眼高"，则是指理解能力、感悟能力和审美能力。你不一定是在技巧上训练有素的画家，但是你一定要先成为有较高的审美眼界、有一定审美趣味的人，要养成基本的审美判断力和鉴赏力。这才是最重要的。

所以深入学习、鉴赏一首诗，不仅仅是把握其诗意，还要培养提升自己的审美判断力和鉴赏力。诗意和审美，是密不可分的。这也是教育中最为宝贵的东西。

附录

"诗意国学"的基本主张

"诗意国学",顾名思义,是以诗词为主要载体,重建"诗意"与语文教育深层关联的一种诗学主张,提倡回归母语与古诗文经典的语文学习观,关注文本的深度分析和探究。从深度学习古诗文名篇入手,激活并提升想象、观察、感悟、体验、表达、写作以及审美能力,进而通过学习、交流与体验,领受语文乃至母语中的诗意魅力和乐趣。关注培养创新能力,全面提升综合素养(审美素养、文学素养、传统文化素养),培养全面发展、具备诗意和审美能力的人。

目前许多国学课程以读经为主,主张在孩子记忆力最好的时候把这些经典背诵下来,老师不必详细地讲解、指导,孩子不必细致地理解和领悟。等孩子年龄稍大,阅历渐多,自然而然就能理解经典的含义了。但是事实并非如此。我们不难发现很多这样的例子:不少孩子在幼儿园或者小学低幼年级时能熟练背诵很多经典诗文,但是随着学习的日益繁重,还没等到长大,就已经把这些曾经背得烂熟的经典忘得差不多了。以古人学习与记忆的规律和方法来指导今天的孩子,似乎不那么合适。

兴趣是最好的老师。我们都认同这样的心理认知规律：只有那些被我们理解和领悟的知识和趣味，才有可能化为我们的血肉，深入我们的灵魂，变成我们的能力和素养。一味死记硬背，不仅无助于提高青少年的学习效率、兴趣和积极性，甚至还会引起孩子的反感和抵触，影响他们的接受与认同。

"诗意国学"认为可以按照如下的步骤来学习：

第一，从古诗文、对联入手学语文。

"诗意国学"从诗文、对联入手学语文。讲授的诗文内容主要来自（但不限于）教育部推荐的中小学生必背古诗文篇目，与现行学校教育中的语文课程有效接轨，将古诗文中所蕴含的传统文化内容及其审美魅力娓娓道来，让学生在深刻领会诗歌内涵的同时，对诗歌与中国文化的美，有更深切的体认，提升学生的语文综合素养与能力。

第二，激发兴趣，不脱离当下的时代氛围。

"诗意国学"主张语文学习要关注三个层面：

言：语言、文字、版本等文本层面（文本解读、考证、理解）【学习】

象：载体、物象、环境、仪式层面（感受、体验）【体认】

意：意蕴、象征、价值、精神层面（体悟、批评、践行）【熏染、实践】

在"言"的层面，"诗意国学"根植于活泼的母语环境，从语言、文字入手，寻求提升学生语文探究能力的究竟法门。通过对古代文字、建筑、器物、习俗以及相关艺术载体的探究，激活深入思辨的内在动力，促进内在的"自我成长"。

在"象"的层面，通过各种方式的体验、感受，来强化"体认"的效果，让学生领悟语言文字之美、仪式程序之美、境界格调之美。这个过程是"润物无声"的，也是影响深远的。"诗意国学"将诗意、情怀和美感内化为灵魂深处的感动，与孩子的日常生活、行为、思想融为一体。同时也通过对诗词格律和写作技法的指引，让学生对诗词写作和创作特色有基本的体认，内化为一种语文综合能力。

"意"的层面，是价值、精神等生命深层的意义之所在，它将对学生的观念、理想、行为提供熏染和指导，帮助他们了解诗意的、美好的人生追求与价值关怀，并转化为自身的爱、诗意和情怀，改变不良的行为方式。

第三，多学科融合，提升语文综合能力和学习兴趣。

"诗意国学"提倡学习母语和语文要基于当今科学技术的发展和信息传播的特征，做到科学与人文的融合，时代精神与文化传统的融合，传承与发扬的结合。"诗意国学"对于古诗文的讲解，旁涉古文字、古音韵、艺术、社会、历史、地理、数学、物理、生物、建筑等学科，信息量大，能激发学生的学习兴趣和求知欲，也有助于开阔视野，提升其综合素养。

对于讲授的每一篇诗文，我们都查阅了大量的资料，做了大量的考证和探究，推翻谬说，正本清源。在讲授的过程中，我们又将这个探究、挑战和发现的过程及乐趣与孩子们一同分享，目标只有一个：让学习充满乐趣，让孩子多有收获，共同领受发现和成长的喜悦。

"诗意国学"课程追记

2015年2月2日至8日,"诗意国学"第一阶段课程开讲。课程体现"诗意国学"的学习理念:让孩子爱上古诗和传统文化,综合语文素养和能力得到提升,同时也让孩子的生活与学习习惯、礼仪、品德与精神风貌得到改变与改善。这让家长、教师都受到了极大的触动。

"我女儿上小学以后,每天早上叫孩子起床都要三四次,可是,这个星期上'诗意国学'课,每天早上6点多,只需要喊一次,孩子就一下子爬起来了。这是从来没有过的奇特现象,孩子能这么积极、感兴趣地上课,兴致勃勃地学习,这是我们家长没有想到的。"一个女孩的妈妈这样分享道。

"诗意国学"课程主要包括这样四个环节:

第一个环节是"诗意国学"的熏染环节,主要是配合中小学语文教材中学生必背古诗词的学习,培养孩子们的诗意感悟、表达与写作能力。

第二个环节是通过传统文化体验课程来进行"文化熏染",让孩子们感受传统文化的魅力与精神。比如鲁班锁制作体验课程、传统线装书制作体验课程、风筝制作放飞体验课程、少儿茶艺体验课程等。鲁班锁制作体验非常有益于培养孩子的动手能力、精细规划能力，在经过亲手制作鲁班锁的体验后，孩子们感受到中国传统木工的技术精细度和智慧，也深深感受到细心、耐心与恒心的重要性。孩子们对自己参与制作的线装书爱不释手，舍不得在上面写字，那种对图书的敬畏与珍惜，会伴随孩子一生。而风筝课上孩子们精心的绘制，欢快的放飞实践，也是一次接受传统文化熏染并得到磨炼的静心之旅。茶学课程对于孩子们深入理解中国茶文化中的"敬、静、净、境"，更是具有十分深远的意义。

第三个环节是审美能力提升课程。让孩子们从平仄、用韵、发声用气，以及音乐、色彩、舞韵、茶艺中感受传统文化之美。知名书法家在手工宣纸上恭笔手书、题有全体国学导师名字的课程结业证书别致新颖，不仅让孩子感受到中国书法艺术的美，还对孩子具有永久的纪念和激励意义。

第四个环节是将这些熏染与感受内化为指导日常实践的"自省能力"。通过礼仪学习以及每天的阅读分享会、每晚分享会，指导孩子对每一天的学习、体验、手工、观影、阅读进行"内省"，反思每一天的收获、进步与不足，从而激发孩子们的爱心、进取心与成就感。

孩子们将自己的进步与不足通过"内省"转化为思考与行动的力量。这种互相影响与促进下的内省，会成为孩子自我反思与自我进步的内驱力。这也是我们将"诗意国学"精神落实到日常生活的一次成功实践。

在第一天的"诗意国学"课上，我为孩子们讲授李白的《静夜思》，提供了几个不同的诗歌版本，并教给孩子们格律诗的基础知识，让孩子们尝试着将李白这首古风改为格律诗。10岁的女孩之简将李白这首古风改成了格律诗：

床前看月光，疑是草间霜。

举首望山月，低头思故乡。

这个为1 200多年前的大诗人李白改诗的小女孩，对格律诗有了极大的兴趣。第二天汪子言老师讲授《黄鹤楼送孟浩然之广陵》后，提议为即将赴多伦多的同学赠诗，之简利用每一节课的间隙仔细琢磨，最后在与同学们切磋之后，写出了她人生中第一首七言绝句：

好友东辞学院人，青衿共读念情深。

晴空远影举头望，唯有白云入梦频。

这样的作品，对于接触格律诗写作的10岁女孩来说，意义是深远的。

"这些事例让我们看到，一旦孩子内在成长的驱动力被激活，孩子学习和成长的积极性与潜能将是不可估量的。孩子们不知疲倦的学习热情，不断进取的学习动力，以及自我行为、意识上的诸多转变，都表明让孩子学会'内在的成长'，是十分有意义，也是十分重要的。"语文高级教师王双云这样评价"诗意国学"课程。

课程结束后，之瑛给我发来了几年来她旅游时写的古体诗，一共有几十首，这个数量，对于一个10岁的孩子来说，是很惊人的，而这些诗作体现出的孩子对自然与人文的感怀与爱、她内心蕴含的诗情，都深深地感染了我。

"诗意国学"课程侧记

▌趣学《清明》（庞之容，11岁）

一提到清明节就会想起杜牧的那两句诗"清明时节雨纷纷，路上行人欲断魂"，悲伤之情油然而生。但是，今年我在"诗意国学班"趣味十足地学习了《清明》这首诗，过了一个别具风味的清明节。

《清明》一诗，老少皆知：

清明时节雨纷纷，

路上行人欲断魂。

借问酒家何处有？

牧童遥指杏花村。

诗人借景抒情表达了忧伤的心情，我们在学习这首诗的时候，老师说，清明节不一定是忧伤的，也可以是诗意的。我们先把这首经典的七言诗改成了五言：

清明雨纷纷，

行人欲断魂。

酒家何处有？

遥指杏花村。

这种方法就像是缩写句子,去掉了部分词语,虽然字数少了,但是意思没变。

我们再接再厉,又把格律诗改成了词:

　　清明时节雨,

　　纷纷路上行。

　　人欲断魂,

　　借问酒家何处?

　　有牧童,

　　遥指杏花村。

这样,改变了格式,重新断句,字数没变,意思也没变,但是意境却不一样了,读起来别有另一番滋味。我们玩得还不过瘾,更进一步把诗歌改成了剧本:

　　时间:清明时节

　　场景:雨纷纷

　　地点:路上

　　人物:行人　牧童

　　行人(欲断魂):借问酒家何处有?

　　牧童(遥指):杏花村。

我真没想到仅仅28个字,竟然能改编成一个有人物、有场景、有情节的完整剧本。

——剧本都有了,哪能不演一演?

我们班上的同学两两一组,进行表演。我和好朋友一组,我演行人,他演牧童。由于没有经验,第一遍表演时,当我满脸忧愁，踉踉跄跄走到他面前问路的时候，他竟然不负责任地往我来的方向一指，又把我支了回去。于是再来。第二遍表演时，我尽量按照诗中对人物的描写去演，驼着背、弓着腰、叹着气、步履蹒跚地走着。他也蹦蹦跳跳、天真烂漫地出场，我谦和地问牧童："借问酒家何处有？"这回他终于进入了状态，给我指了条"正道"，往旁边一指，说："杏花村。"

我们在清明节这一天，学习了《清明》，改编了《清明》，还表演了《清明》，深深地体味了古诗的魅力，感受了汉字的魔力，古诗不仅可以背、可以改，还可以穿越时空，身临其境，乐享其中，我们完全沉浸在浩瀚的诗海中，与诗结友，以诗为伴，难舍难分……

原来可以这样学古诗文（赵博熙，15岁）

许久以来我对文言文以及历史都十分头疼，因为之前对于我来说这些晦涩难懂的词句与耳熟能详的故事只不过是古时人们抒发情怀、记录生活的朋友圈罢了，而一个小孩子又何必在意一群从未见过的人与事？这一想法一直持续到我参加了"诗意国学班"后才消散。

犹记那是个懒散的午后，我被家长开心地哄（骗）了过来，以为这里有好玩的，直到推开门的一瞬间，我才意识到：原来这世界上最长的路就是家长的套路。既来之则安之，我抱着听完一次就再也不见的心态坐了下来……下课时我内心的感悟和惊讶令我至今难忘——原来《静夜思》还能这么讲？！

《鸿门宴》是中国两千年来脍炙人口的名篇，也是我在《史记》中最喜欢的一段故事。它那剑拔弩张的微妙气氛在杨老师讲解《项羽本纪》时被淋漓尽致地展现了出来。

"项庄拔剑起舞，项伯亦拔剑起舞，常以身翼蔽沛公，庄不得击。"当讲到这一段时，为了更直观地让我们感受到当时一触即发的情境，杨老师让班里的同学们直接开演。我扮演舞剑的项庄，另两人则分饰项伯与刘邦。刚开始，因为大家都还没适应以尺代剑所带来的反差，所以都一脸滑稽地表演。而我和扮演项伯的同学更是痴迷于"切磋武艺"，把他身后的刘邦直接无视了。于是重来。这一次我把所有的注意力都集中在舞剑的同时如何让这个尺子碰到刘邦身上，我先假装以表演为由慢慢地靠近"刘邦"，然后动作也从刚开始的小心摆弄而变得越发张扬，就当我绷紧肌肉准备探向他时，只见另一把尺子突然从一旁刺了过来，扰乱了我的节奏。原来是对面的同学，他站起来也以舞剑为由开始与我针锋相对，在干扰我的同时，寸步不离刘邦，逐渐让本来一边倒的形势陷入僵局之中。通过这场戏，我深刻地体会到了那时每个人的心情：项庄的急躁、项伯的紧张和刘邦的恐惧……

我们不仅学习了《鸿门宴》，还还原了文章里的场景，深深地体会到了文言文的魅力。这一教学方式让我们打破了时间与空间的束缚，在那个暗波涌动的宴席中重新相遇。

▎给清华的亭子起名

2011 年 9 月，带上小学的凡凡和她的同学一起到清华园的荷塘玩儿。爸爸边走边问两个小女生："你们知道中国的著名作家朱自清吗？"她们表示听说过。爸爸就说："他是有名的诗人和散文家，他的名篇《荷塘月色》就是在这儿写的。"

于是，两个同学都惊异地望着荷塘，瞪大了眼睛。

爸爸继续说："这篇散文写出了荷塘荷叶和荷花清香带给他的种种感受，文字和感觉都特别的美。你们来看看这里的荷叶，闻闻这里的荷香，相信你们也能写出优美的文章来。"

于是，爸爸带她们一同看田田的荷叶，细细闻荷叶上荷花的清香。两个孩子手拉手小心翼翼地吸着绿绿的荷风，仿佛变成了水塘边袅袅的清荷。

到了孔子像前，爸爸教同学们仔细观察孔子的手势，学习古代双手行礼的姿势。凡凡一学就会，说道："我们学习吟诵的时候，就学过这样的姿势，所以我会。"

大家认真地向孔子像行礼，绕像一周，走到了荷塘边的一个亭子前，爸爸指着亭子上挂着的"荷塘月色"牌匾说："在这个亭子里，可以看到满塘的荷叶。可惜呢，这个亭子好像没有名字，那么，我们就请两位同学给这个亭子起个名吧。"

凡凡的同学说："我觉得叫'望荷亭'或者'赏荷亭'比较好。"

爸爸："不错。远望荷塘，或者欣赏荷叶，都挺好的。"

凡凡："爸爸，我到了这儿，不知怎么，就想起了'毕竟西湖六月中，风光不与四时同。接天莲叶无穷碧，映日荷花别样红'这首诗。"

爸爸笑了："看到美景，你也想吟诗了？"

凡凡："我觉得叫'赏荷'有点太普通了。我想了一个名字，叫'吟碧亭'吧。"

爸爸："你怎么会想出这样一个名字呢？"

凡凡："我觉得这儿的碧绿的颜色特别好，特别吸引人。再加上我想起了'接天莲叶无穷碧'，就突然有了这个名字。"

爸爸和凡凡的同学都觉得这个名字非常好，于是表决通过，给这个亭子起名"吟碧亭"。"观荷"显得直白，"赏荷"显得做作。而"吟碧"，则自得其乐，形诸歌诗，将自然之乐内化为人心之乐，将自然之美转换为歌诗之美。"碧"字取荷之色彩而歌咏，而不局限于荷叶之碧绿；初秋之满眼绿色，与绿荷一同，入游者之目，悦观者之心。万物皆与我为一，万绿皆入我画图，比单拿荷叶之绿说事，要蕴藉且丰富许多。

▍儿童节的古诗游戏

6月1日，儿童节。

看完电影，吃完午饭，凡凡约了好朋友田方然一起去科技馆。科技馆要闭馆了，两个好朋友还意犹未尽，于是，一同去了奥林匹克森林公园。

在公园里的路上，两个小朋友边走边商量玩儿什么。商量无果，凡凡就要爸爸出主意。爸爸急中生智，说道："田方然，你的古诗学得好，我们一起来做跟古诗有关的游戏吧！"

田方然和凡凡异口同声说："好！"

爸爸："请你们每个人背一首写春天的古诗。"

凡凡举手要抢答："我会！——春眠不觉晓，处处闻啼鸟。夜来风雨声，花落知多少。"

爸爸:"你过关了!"

田方然答道:"好雨知时节,当春乃发生。随风潜入夜,润物细无声。野径云俱黑,江船火独明。晓看红湿处,花重锦官城。"

爸爸:"恭喜你答得这么好!你也过关了!下一关是这样的:请每人背一首写朋友之间友谊的诗。"

凡凡又抢答:"我来!——《赠汪伦》,李白:李白乘舟将欲行,忽闻岸上踏歌声。桃花潭水深千尺,不及汪伦送我情。"

爸爸评判道:"过关了。"

田方然也答道:"《送孟浩然之广陵》,李白:故人西辞黄鹤楼,烟花三月下扬州。孤帆远影碧空尽,惟见长江天际流。"

爸爸:"你们俩都挺厉害的!都过关了。不过呢,第三关很难,你们有信心吗?"

两人大声答道:"有信心!"

于是,爸爸出题了:"那好,请田方然同学先来——请你说出带有'田''方''然'三字的诗句来。"

田方然沉吟起来,然后慢慢说道:"这个太难了!"

爸爸:"我修改一下规则,你也可以说跟这三个字同音的诗句。比如'方',你可以用 fāng、fáng、fǎng、fàng 这样的音,都行的。"

田方然:"我得好好想想。"

凡凡在一旁跃跃欲试,但是爸爸说:"这是在考田方然同学,杨一凡同学不要提醒。"凡凡只好忍着不说话。

爸爸又提醒了一下:"比如《悯农》里就有这个'田'字。"

田方然马上脱口而出:"四海无闲田,农夫犹饿死。"

爸爸:"说得好!请说出带'方'的诗句。"

田方然:"离离原上草,一岁一枯荣。野火烧不尽,春风吹又生。远芳侵古道,晴翠接荒城。又送王孙去,萋萋满别情。"

爸爸:"我服了你了!"

田方然为第三个带"然"的古诗犯愁了:"这带'然'的我怎么就想不起来呢?"

爸爸:"不急,你慢慢想。"

过了一会儿,田方然说道:"我想不起来。"

爸爸暗示了"江碧鸟逾白",田方然马上接了下句"山青花欲燃",过关了。

然后让凡凡背出带有"杨""一""凡"三字的古诗。

凡凡想了想,先背了一首:"接天莲叶无穷碧,映日荷花别样红。——这个'样'行吗?"

爸爸:"行。我也给你背一个'故人西辞——'"

凡凡和田方然都跟着背了下去:"故人西辞黄鹤楼,烟花三月下扬州。"

爸爸:"这个'扬'跟'杨'同音,更好一些吧?"

凡凡表示同意,然后说:"我再背带'一'的吧——朝辞白帝彩云间,千里江陵一日还。两岸猿声啼不住,轻舟已过万重山。"

爸爸:"这个好!田方然也背一个带'一'的吧。"

田方然就背了首《登鹳雀楼》:"白日依山尽,黄河入海流。欲穷千里目,更上一层楼。"

爸爸:"挺好!凡凡再来带'凡'的诗。"

凡凡想了一会儿,说道:"我接着背刚才那首诗吧——孤帆远影碧空尽,唯见长江天际流。"

　　爸爸很满意两人的表现,也表现了一把:"我给你们背个同时有'一凡'两个字的古诗吧。"

　　凡凡吃惊地说:"不可能!"

　　田方然也说:"我也觉得不可能!"

　　爸爸道:"客路青山外,行舟绿水前。潮平两岸阔,风正一帆悬。——这是唐代王湾的诗。王湾是我们洛阳人,所以,他的诗里就写了洛阳人的女儿杨一凡。"

　　背完古诗,两个小伙伴就在树林间跑了起来,衣裾飘飘,像蝴蝶翩翩飞在树林里,飞在童心的快乐中。

后记

"诗意国学"的提出,源自内心爱的驱动。

几年前,读小学的女儿突然对我说:"爸爸,我现在越来越觉得学古诗没意思。"我问为什么。孩子说,她们上课学到古诗的时候,一节课就把一两首诗讲完了,剩余的时间就是背诵。可是很多时候背会了还是不懂,所以很快就又忘掉了,所以觉得学着没意思。——孩子说的确实没错。这样学古诗,跟学生们的生活、成长没有内在的关联。

我希望孩子能喜欢上诗歌。怎么办?那就要换一种方法,让孩子深入了解古诗,体会到古诗的美。有一次,女儿说背诵韦应物《滁州西涧》总是磕磕绊绊的,老出错。我就萌发了给她深入讲解这首诗的念头。

我让女儿闭上眼,给她描绘这首诗里呈现的画面,描绘其中的景物、色彩、声音、动作……讲完了,女儿睁开眼就说:"爸爸,我能顺利背下这首诗了,我以后再也不会忘掉这首诗了。我今天才发现原来古人这么厉害,能把景色写得这么美!"

我从此受到了鼓舞,给女儿和她的同学深度讲解她们所学的那些唐诗，如李白《早发白帝城》《赠汪伦》《静夜思》等，并将游戏、绘画、平仄练习、情感表达技巧结合起来。没想到孩子和她的同学们格外喜欢，还能迅速掌握格律诗的平仄规律，在游戏中对古诗产生了浓厚的兴趣，甚至平时聚会、游戏、外出玩耍时，都要念诵古诗。

由此一发不可收拾，我开始唐诗的教学研究，并形成了关于"诗意国学"的教学主张。

本书就是我关于唐诗教学的一些心得和成果。

深入研究唐诗，形成讲义、教案并讲给孩子的过程，其实是充满艰辛和欢喜的一次审美之旅。对于一首唐诗，不仅要广采古往今来的研究成果，还要甄别、分析，去粗取精，去伪存真，对诗歌文本进行大量的考证探究。对于每首诗的研究和赏读，都要投入大量的时间和精力去查阅文献资料，而且希望推翻谬说，提出新解，并融合诸多学科的知识，将语文课上的唐诗学习，变成融汇诸多学科知识（历史、地理、哲学、科技、生物等）的类似于"博物学"的通识学习，将唐诗的常规学习方式，变成像福尔摩斯探案那样的"探究式"学习。这种试图将唐诗学习注入更多新知、信息、思考、感悟的"野心"，使得"诗意国学"课程的准备难度空前加大。当然，在带来挑战的同时，也带来了发现的乐趣，给孩子们带来了更加丰富的精神盛宴。

本书向您呈现的，是"诗意国学"的五堂唐诗课。除了唐诗课程之外，"诗意国学"还有关于宋词、古代散文的系列赏读课程，都体现出我们对于探究式、博物学的通识学习方式的探究努力及其成果。

令我感念至深的是,"诗意国学"课程得到了诸多师长、亲友的指导、启发、支持和帮助。

"诗意国学"从朱永新老师倡导的"新教育实验"的理念和实践中收益良多。对"新教育实验"提出的"过幸福而完整的教育生活"的主张,我深为赞同,亦在身体力行。今又蒙朱永新老师抬爱,他亲为拙作写序,诸多嘉许,令我永志不忘。

我在美国麻省理工学院访学时的导师郑洪教授,不仅是世界著名的理论物理学家和数学家,还是文理兼通的文化学者和文学家。他是我在麻省理工学院遇见的最令人敬重的华人学者。他严谨的科学精神与殷殷的人文情怀,都对我影响至深。与先生谈论中国诗词文学、历史、古玩收藏,乃是莫大的享受。"诗意国学"课程研发过程中,我不敢忘记先生教诲,对每一个历史事件、每一引文出处,都不敢轻易转引,而是力求找到原始出处,以求准确无误;对每一新说,都力求言之有据、言之有理,以免误人。

"诗意国学"课程探案式的唐诗学习方式,也受到被称为"华人神探"的著名科学家、美国纽黑文大学教授李昌钰博士的点拨和启发。2018年,我与李昌钰博士有过两次深入的交流,有感于他严谨的科学精神和人文情怀,曾发表过关于他的研究文章,"诗意国学"从他提出的"鉴识学"理论和方法中受益良多。

本书的一些内容,我曾发给国内诗学和文艺研究的专家求教。蒙北京大学艺术学院陈旭光教授、北京师范大学李壮鹰教授、首都师范大学许自强教授、美国密歇根大学王宇根教授、全国当代语文教学专业委员会秘书长毛继东教授、焦作师范高等专科学校张丙辰教授、中原出版传媒集团李志强先生诸公不弃，给予诸多指导并热心推荐，实在是对我莫大的鼓励和鞭策，谨在此深表谢意！我的恩师、河南师范大学谭兴戎教授和丁安仪教授听了"诗意国学"的全部音频课程，并给予了细致的指导。殷殷情意，寸管难尽。

还要感谢商务印书馆袁舫、吴满蓉、李平诸位老师，她们亦师亦友，为本书的出版，都给予了诸多的指点，她们专业勤勉的精神，令我难以忘怀。

还要特别感谢青海的好伙伴、拥有海量数字资源的马功先生，几年来，他不吝提供诸多参考书籍，本书注释中列出的不少参考文献，都蕴含着他的辛劳。

本书难免还有许多舛误和不足，希望各界方家能多多批评、交流。本书乃是一个抛砖引玉的尝试，希望能对青少年深入学习唐诗有所帮助。也希望能与更多的同好者一同探讨、切磋。是为至盼。

2019年11月，母亲突然脑出血住院。在医院陪护的一个月里，我利用每天晚上母亲睡着的时间修改书稿，每当深夜困倦的时候，看到母亲醒来时默默看我的眼神，我都会合上电脑，深深凝视母亲的眼，在心里祈祷母亲战胜病魔，早日康复。而奇迹终于发生，母亲终于清醒过来了。我们在春节的瑞雪中，一同领略了春天的风景。

我要把这本书献给我的母亲。

我相信，正是爱的力量，让母亲得以逐渐康复；我也相信，爱的力量，也能让本书得以走进每个读者的内心。

　　2020年，我们遭逢了新冠疫情，我们经历了太多的触动。我的内心，满是对世界的爱和感谢。

杨寿良

2020 年 5 月 16 日